Annales 2022

Sujets

Mathématiques 3e

Carole Feugère

Professeure de Mathématiques

Gilles Mora

Professeur de Mathématiques

Nathan

PRÉSENTATION

Ces *Annales ABC du Brevet* ont été conçues pour vous aider à préparer efficacement l'épreuve de Mathématiques du **Brevet 2022**. Vous y trouverez des sujets sélectionnés par nos auteurs et conformes au programme du collège qui est entré en application à la rentrée 2016.

→ **En juin 2022**, l'examen du Brevet sera constitué de :
– **4 épreuves écrites** : Mathématiques, Physique-Chimie – SVT – Technologie, Français et Histoire-Géographie – Enseignement moral et civique ;
– **1 épreuve orale**.

6 sujets complets de Brevet

→ Des sujets complets des **Brevets 2019, 2020 et 2021** : celui de France métropolitaine, mais aussi des sujets de centres étrangers.

163 exercices classés par thèmes

→ Une sélection d'exercices et de problèmes choisis parmi les sujets des sessions antérieures.

→ Ces exercices ont été **classés par thèmes** pour permettre un entraînement efficace tout au long de l'année.

Et en plus, des compléments indispensables et pratiques

→ **L'Infos-Brevet** : un dossier complet pour bien aborder l'examen et l'épreuve de mathématiques.

→ **Des fiches de révisions** pour retenir les points-clés.

Couverture : Jean-Marc Denglos et Clémentine Largant
Coordination éditoriale : Marie-Pierre Lowys, Maria Tasso
Édition : Fanny Morquin
Fabrication : Laurence Monaï
Mise en page : Nord Compo
Conception graphique intérieure : Julie Lannes

Nathan 2021 - 92, avenue de France - 75013 Paris - ISBN 978-2-09-157264-2

SOMMAIRE

INFOS-BREVET

SUJETS COMPLETS

EXERCICES CLASSÉS PAR THÈMES

RÉVISIONS

Tableaux des sujets complets par thèmes

Calculs numériques et littéraux

Multiples/diviseurs		1 E_2 – 6 E_1
Nombres premiers		1 E_2 – 2 E_1 – 3 E_1 – 3 E_2 – 4 E_1 – 5 E_1 – 6 E_1
Fractions		3 E_1
Programmes de calculs		1 E_4 – 3 E_3 – 4 E_2 – 5 E_2 – 6 E_6
Développement/factorisation		1 E_4 – 2 E_1 – 3 E_3 – 5 E_2 – 6 E_6
Égalité de deux expressions		4 E_2 – 5 E_2 – 6 E_6
Équations/inéquations		1 E_4 – 3 E_3 – 3 E_5 – 4 E_2 – 6 E_5
Mise en équations/inéquations		3 E_3 – 4 E_2 – 5 E_3 – 6 E_6
Grandeurs composées		2 E_2 – 3 E_4 – 5 E_6 – 5 E_7 – 6 E_3
QCM et vrai-faux	sans justification	4 E_1 – 5 E_1
	avec justification	2 E_1
Problèmes de calculs/recherche (vie courante…)		1 E_2 – 2 E_2 – 2 E_5 – 3 E_5 – 4 E_3 – 4 E_4 – 5 E_7
Lecture et interprétation de plusieurs documents		1 E_2 – 2 E_2 – 5 E_7
Tableur		4 E_4 – 5 E_2

Pourcentages, statistiques et probabilités

Pourcentages et proportions		1 E_5 – 3 E_4 – 6 E_2
Pourcentages d'évolution		1 E_1 – 2 E_5 – 4 E_3 – 5 E_1
Statistiques (fréquence, moyenne, médiane, etc.)		1 E_1 – 1 E_2 – 2 E_1 – 4 E_1 – 5 E_1 – 6 E_3
Calculs de probabilités		1 E_3 – 3 E_2 – 4 E_1 – 5 E_4 – 6 E_4
QCM et vrai-faux	sans justification	1 E_3 – 4 E_1 – 5 E_1
	avec justification	1 E_2 – 2 E_1
Tableur		1 E_1

Fonctions

Images, antécédents	2 E_1
Lectures graphiques	2 E_2 – 3 E_5 – 4 E_4 – 5 E_6
Représentation graphique	3 E_5 – 4 E_4
Fonctions linéaires	4 E_4
Proportionnalité	3 E_5 – 4 E_4 – 5 E_6
QCM et vrai-faux	2 E_1

Géométrie dans le plan

Théorèmes divers		1 E_2 – 3 E_1 – 3 E_4 – 4 E_5
Constructions		5 E_3
Théorème de Pythagore		1 E_5 – 2 E_1 – 4 E_3 – 5 E_5
Thalès	**théorème**	1 E_2 – 3 E_4 – 4 E_3 – 5 E_5
	réciproque	5 E_5
Trigonométrie	**calculs d'angles**	3 E_1 – 3 E_4 – 4 E_3
	calculs de longueurs	2 E_1 – 3 E_4 – 5 E_1 – 6 E_2
Triangles semblables		6 E_2
Homothétie		1 E_3 – 3 E_1 – 4 E_1 – 5 E_1 – 6 E_5
Translations		3 E_1 – 6 E_5
Autres transformations (symétrie, rotations)		1 E_3 – 2 E_3 – 3 E_1 – 6 E_5
Agrandissement/réduction		1 E_3 – 4 E_1 – 6 E_2- 6 E_5
Périmètres et aires		1 E_5 – 3 E_1 – 4 E_5 – 5 E_3 – 6 E_5
QCM	**sans justification**	1 E_3 – 4 E_1 – 5 E_1
	avec justification	2 E_1
Exercice avec recherche		5 E_5

Géométrie dans l'espace

Calculs d'aires et de volumes	1 E_5 – 3 E_1 – 4 E_1 – 5 E_7 – 6 E_3
QCM	3 E_1 – 4 E_1

Algorithmique et programmation

Calcul et Scratch	1 E_4 – 3 E_3
Géométrie dans le plan et Scratch	4 E_5 – 5 E_3 – 6 E_4
Autres programmes	2 E_4

Infos-Brevet

Comment obtenir le Brevet

Le DNB (Diplôme National du Brevet)

• Le Brevet permet d'**évaluer les compétences** acquises par l'élève à l'issue du collège et du **cycle 4**.

• Le DNB s'obtient par les notes :

– du **contrôle continu** qui représente **400 points** :

- l'évaluation des huit composantes du socle commun de compétences, de connaissances et de culture entre désormais dans le calcul des points pour l'obtention du brevet,
- la maîtrise de chacune des huit composantes du socle commun est évaluée lors du dernier conseil de classe de 3e ;

– de **l'examen final** qui représente **400 points** :

- 4 épreuves écrites : 300 points,
- 1 épreuve orale : 100 points.

• Pour être déclaré admis au diplôme national du Brevet, il faut cumuler un total de **400 points** sur un total de **800** (soit 10 sur 20).

• Des **mentions sont attribuées** selon le barème suivant :

– mention assez bien pour un total de points au moins égal à 480 sur 800 ;
– mention bien pour un total de points au moins égal à 560 sur 800 ;
– mention très bien pour un total de points au moins égal à 640 sur 800.

Les 4 épreuves écrites

Mathématiques	**Français**	**Sciences**	**Histoire-Géo-EMC**
100 points	100 points	50 points	50 points
2 heures	3 heures	1 heure	2 heures

L'épreuve orale

• Vous pouvez présenter le projet seul ou en groupe de deux ou trois.

• D'une durée de 15 ou 25 minutes suivant le nombre de candidats dans le groupe, l'épreuve orale évalue votre capacité à exposer un projet et est notée sur 100 points.

• Vous devez présenter un projet, de votre choix, que vous avez étudié lors des EPI (Enseignements pratiques interdisciplinaires), d'un parcours éducatif (Avenir, Citoyen, Éducation culturelle et artistique) ou en histoire des arts.

• L'oral se déroule en deux temps :

– présentation du projet ;
– questions du jury.

Le contrôle continu

Évaluation des **huit composantes du socle commun** de connaissances, de compétences et de culture tout au long de l'année scolaire.

→ 400 points

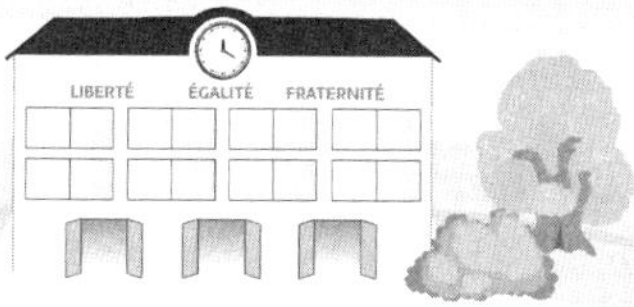

L'épreuve orale

Présentation d'un projet mené en histoire des arts ou dans le cadre d'un EPI ou de l'un des parcours éducatifs (Avenir, Citoyen, Éducation culturelle et artistique). L'exposé est suivi d'un entretien.

→ oral individuel : 100 points (15 min)
ou
→ oral collectif : 100 points (25 min)

dès avril – fin juin

L'épreuve de Français

Travail sur un texte littéraire
Dictée
Rédaction

→ 100 points (3 h)

L'épreuve d'Histoire-Géographie et EMC

Analyse et compréhension de documents.

→ 50 points (2 h)

L'épreuve de Mathématiques

Exercices, dont certains assortis de tableaux ou de schémas, et un exercice d'informatique.

→ 100 points (2 h)

L'épreuve de Sciences

- Physique-Chimie
- SVT
- Technologie

→ 50 points (1 h)

début juillet

Publication des **résultats du Brevet**

Diplôme et mentions

Admission au diplôme national du Brevet :
400 points sur 800 (soit 10 sur 20)

- **Mention assez bien** plus de 480 points
- **Mention bien** plus de 560 points
- **Mention très bien** plus de 640 points

septembre octobre

Cérémonie républicaine de remise des diplômes du Brevet

L'épreuve de Maths expliquée

Comment s'organise l'épreuve ?

- **Durée** : 2 heures.
- **Notation** : sur 100 points.
- Un ou plusieurs exercices portent sur une thématique commune (par exemple la sécurité routière).
- Les exercices peuvent prendre différentes formes : exercices à prise d'initiative, questionnaire à choix multiples...
- Ils peuvent s'appuyer sur des situations issues de la vie courante ou d'autres disciplines.

Top chrono !

Pour vous organiser efficacement, prévoyez environ :

- **5 minutes pour lire attentivement le sujet.** Cela vous permet de cibler les exercices avec lesquels vous êtes le plus à l'aise et de commencer par ceux-là ;
- **10 à 30 minutes par exercice**, selon sa longueur. Surveillez attentivement le temps qu'il vous reste. Ne vous éternisez pas sur une question ;
- **5 minutes pour vous relire** en fin d'épreuve : mettez en évidence les résultats, effacez les ratures, vérifiez l'orthographe...

Quel matériel pour cette épreuve ?

- **Le kit du bon géomètre** : compas, règle, équerre et rapporteur.
- **Votre calculatrice** (avec les piles chargées) : indispensable et irremplaçable !
- **Attention** : « *L'utilisation des téléphones portables et, plus largement, de tout appareil permettant des échanges ou la consultation d'informations, est interdite* » et ce, dans tous les examens. Aussi vous n'avez pas le droit d'utiliser votre téléphone pour effectuer des calculs ou pour consulter l'heure. Vous devrez veiller à le ranger éteint (pas même en veille ou en mode silencieux) dans votre sac, lui-même déposé à l'entrée ou au fond de la salle d'examen.

La méthode pour le Brevet

De l'organisation

Comment aborder votre sujet

- **Prenez le temps de lire l'intégralité du sujet** avant de vous lancer. Ainsi, vous prenez connaissance des thèmes abordés et réfléchissez aux exercices par lesquels vous débuterez.
- **Commencez** par les exercices avec lesquels vous êtes le plus à l'aise. En effet, vous pouvez traiter les exercices dans l'ordre de votre choix.
- **Gérez correctement votre temps.** Prévoyez de garder un peu de temps pour la relecture.

Au brouillon

- **Utilisez les feuilles de brouillon** pour faire certains **calculs**, tracer les **figures** ou les **constructions** de manière à apprécier la place nécessaire à la réalisation sur la copie.
- **Pour les QCM**, faites les calculs intégralement sur votre brouillon pour vous assurer de la bonne réponse. Pas de précipitation !

En bref

Commencez par les exercices que vous préférez, vous prendrez confiance en vous au début de l'épreuve et gagnerez tout de suite des points !

De la rigueur et de la cohérence

- **Énoncez clairement les théorèmes utilisés** sans négliger de vérifier les hypothèses. Par exemple, pour faire de la trigonométrie, assurez-vous de travailler dans un triangle rectangle; pour utiliser le théorème de Thalès, vous devez avoir des droites parallèles.
- **En géométrie**, complétez les mesures données par l'énoncé sur la figure si elle est fournie dans le sujet ou bien dessinez-en une sur votre brouillon. Cela vous aidera dans votre réflexion.
- **Essayez de traiter les questions les unes après les autres** dans un même exercice. Si toutefois vous séchez sur une question, passez à la suite (en laissant un peu de place, quitte à y revenir plus tard éventuellement) en considérant le résultat comme démontré.

Astuce

Parfois, le résultat d'une question peut apparaître plus loin dans l'exercice (d'où encore l'intérêt de lire avec attention l'énoncé en entier).

- **Soyez cohérent dans vos réponses.**

→ Si l'on vous demande de montrer qu'un triangle est rectangle, c'est qu'il l'est ! Ne concluez pas qu'il n'est pas rectangle. Si tel est le cas, c'est qu'il y a une erreur quelque part... (si elle n'est pas dans l'énoncé, où est-elle d'après vous ?).

→ De même dans un QCM, si vos calculs ne mènent à aucune des réponses proposées, vous devez chercher votre erreur...

→ Si en calculant le prix d'un pain au chocolat par exemple, vous trouvez 256 €, interrogez-vous.

En bref

Les mathématiques sont une discipline scientifique qui requiert de la rigueur. Aussi, pensez à expliquer le plus clairement possible vos raisonnements.
Toutes les réponses doivent être justifiées, sauf si une indication contraire est donnée.
Pour chaque question, si le travail n'est pas terminé, laissez tout de même une trace de la recherche. Elle sera prise en compte dans les notations.

Du soin

- **Faites attention à l'orthographe.** Un théorème de *Phythagore* ou un théorème de *Talès* ne sont pas les bienvenus ! On leur préfère de très loin *Pythagore* et *Thalès*.
- **Évitez les ratures** qui nuisent à la lisibilité ou les « pâtés » de blanc correcteur.
- **Évitez le « je »** ou le **« nous »** dans la rédaction.
- **Soulignez ou encadrez vos résultats.** Et vérifiez par la même occasion que ce que vous avez mis en évidence répond bien à la question posée dans le sujet.
- **Notez bien les numéros des questions** quand vous traitez un exercice.

En bref

Les enseignants qui corrigent vos copies sont sensibles aux efforts faits pour rendre une copie soignée et agréable à lire. Prenez alors votre plus belle écriture et rendez un travail propre !

Le programme de Maths

Finalités et objectifs

Au collège, les mathématiques contribuent à entraîner les élèves à la pratique d'une démarche scientifique. L'objectif est de développer les capacités d'expérimentation et de raisonnement, d'imagination et d'analyse critique. La mise en œuvre du programme doit permettre de développer les six compétences majeures de l'activité mathématique : **chercher, modéliser, représenter, raisonner, calculer, communiquer**.

Partie 1 : Nombres et calculs

Attendus de fin de cycle :

- Utiliser les nombres pour comparer, calculer et résoudre des problèmes.
- Comprendre et utiliser les notions de divisibilité et de nombres premiers.
- Utiliser le calcul littéral.

Thèmes	Connaissances
Arithmétique	• Diviseurs, multiples. • Notions de nombres premiers. • Décomposition en produit de facteurs premiers. • Fractions irréductibles.
Écritures littérales	• Établir et utiliser une expression littérale. • Double distributivité. • Égalités remarquables. • Utiliser un calcul littéral pour prouver un résultat général, pour valider ou réfuter une conjecture.
Équations et inéquations du premier degré	• Résoudre une équation. • Propriétés des inégalités. • Résoudre une inéquation. • Résoudre des problèmes se ramenant au premier degré.

Partie 2 : Organisation et gestion de données, fonctions

Attendus de fin de cycle :

- Interpréter, représenter et traiter des données.
- Comprendre et utiliser des notions élémentaires de probabilités.
- Résoudre des problèmes de proportionnalité.
- Comprendre et utiliser la notion de fonction.

Thèmes	Connaissances
Notion de fonction	• Modéliser des phénomènes continus par une fonction. • Déterminer l'image d'un nombre. • Déterminer un antécédent d'un nombre.

Fonctions linéaires, fonctions affines	• Représenter une fonction linéaire ou une fonction affine. • Déterminer une fonction linéaire ou affine. • Fonctions linéaires et proportionnalité. • Résoudre un problème en utilisant une fonction linéaire ou affine.
Statistiques	• Moyenne, médiane, étendue. • Interpréter des caractéristiques de position ou de dispersion d'une série statistique.
Probabilités	• Notions de probabilités. • Calculer des probabilités dans un contexte simple.

Partie 3 : Grandeurs et mesures

Attendus de fin de cycle :

- Calculer avec des grandeurs mesurables ; exprimer les résultats dans les unités adaptées.
- Comprendre l'effet de quelques transformations sur des grandeurs géométriques.

Thèmes	Connaissances
Aires et volumes	• Calculer des aires et des volumes. • Étudier l'effet d'un agrandissement-réduction.
Grandeurs composées	• Étudier des grandeurs produits ou quotients (vitesse, débit, concentration, masse volumique...). • Changements d'unités.

Partie 4 : Espace et géométrie

Attendus de fin de cycle :

- Représenter l'espace.
- Utiliser les notions de géométrie plane pour démontrer.

Thèmes	Connaissances
Théorème de Thalès	• Utiliser le théorème de Thalès pour calculer une longueur. • Réciproque du théorème de Thalès. • Homothéties. • Triangles semblables.
Trigonométrie	• Cosinus, sinus, tangente d'un angle aigu. • Calculer une longueur dans un triangle rectangle ou un angle.
Géométrie dans l'espace	• Se repérer dans l'espace. • Sections de solides.

Partie 5 : Algorithmique et programmation

Attendus de fin de cycle :

- Écrire, mettre au point et exécuter un programme simple.

Thèmes	Connaissances
Algorithmique et programmation	• Utilisation d'un nouveau type de variables. • Étude d'un algorithme. • Utilisation des boucles, des instructions conditionnelles.

SUJETS COMPLETS

Sujet 1 France métropolitaine, juin 2021

100 pts 2 heures

Exercice 1

20 min 20 pts

Cette feuille de calcul présente les températures moyennes mensuelles à Tours en 2019.

	A	B	C	D	E	F	G	H	I	J	K	L	M	N
1	Mois	J	F	M	A	M	J	J	A	S	O	N	D	Moyenne sur l'année
2	Température en °C	4,4	7,8	9,6	11,2	13,4	19,4	22,6	20,5	17,9	14,4	8,2	7,8	

1 D'après le tableau ci-dessus, quelle a été la température moyenne à Tours en novembre 2019 ? **2 pts**

2 Déterminer l'étendue de cette série. **3 pts**

3 Quelle formule doit-on saisir en cellule N2 pour calculer la température moyenne annuelle ? **4 pts**

4 Vérifier que la température moyenne annuelle est 13,1 °C. **4 pts**

5 La température moyenne annuelle à Tours en 2009 était de 11,9 °C.

Le pourcentage d'augmentation entre 2009 et 2019, arrondi à l'unité, est-il de 7 %, 10 % ou 13 % ? Justifier la réponse. **7 pts**

Exercice 2

30 min 20 pts

Le Futuroscope est un parc de loisirs situé dans la Vienne. L'année 2019 a enregistré 1,9 million de visiteurs.

1 Combien aurait-il fallu de visiteurs en plus en 2019 pour atteindre 2 millions de visiteurs ? **2 pts**

2 L'affirmation « Il y a eu environ 5 200 visiteurs par jour en 2019 » est-elle vraie ? Justifier la réponse. **4 pts**

3 Un professeur organise une sortie pédagogique au Futuroscope pour ses élèves de troisième. Il veut répartir les 126 garçons et les 90 filles par groupes. Il souhaite que chaque groupe comporte le même nombre de filles et le même nombre de garçons.

a. Décomposer en produits de facteurs premiers les nombres 126 et 90. **3 pts**

b. Trouver tous les entiers qui divisent à la fois les nombres 126 et 90. **3 pts**

c. En déduire le plus grand nombre de groupes que le professeur pourra constituer. Combien de filles et de garçons y aura-t-il alors dans chaque groupe ? **3 pts**

4 Deux élèves de troisième, Marie et Adrien, se souviennent avoir vu en mathématiques que les hauteurs inaccessibles pouvaient être déterminées avec l'ombre. Ils souhaitent calculer la hauteur de la Gyrotour du Futuroscope.
Marie se place comme indiqué sur la figure ci-dessous, de telle sorte que son ombre coïncide avec celle de la tour. Après avoir effectué plusieurs mesures, Adrien effectue le schéma ci-dessous (*le schéma n'est pas à l'échelle*), sur lequel les points A, E et B, ainsi que les points A, D et C sont alignés.
Calculer la hauteur BC de la Gyrotour. **5 pts**

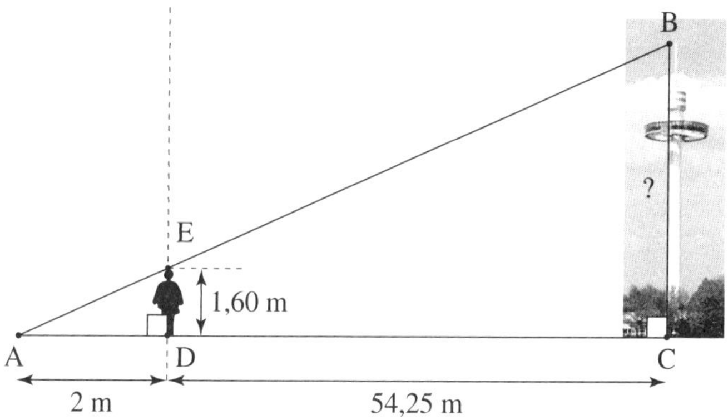

Exercice 3

20 min **20 pts**

Cet exercice est un questionnaire à choix multiples (QCM).
Aucune justification n'est demandée.
Pour chaque question, trois réponses (A, B et C) sont proposées.
Une seule réponse est exacte.

Partie A

Une urne contient 7 jetons verts, 4 jetons rouges, 3 jetons bleus et 2 jetons jaunes. Les jetons sont indiscernables au toucher. On pioche un jeton au hasard dans cette urne.

SUJETS COMPLETS

4 pts par réponse

Question	Réponse A	Réponse B	Réponse C
1 À quel évènement correspond une probabilité de $\frac{7}{16}$?	Obtenir un jeton de couleur rouge ou jaune	Obtenir un jeton qui n'est pas vert	Obtenir un jeton vert
2 Quelle est la probabilité de ne pas tirer un jeton bleu ?	$\frac{13}{16}$	$\frac{3}{16}$	$\frac{3}{4}$

Partie B

On considère la figure suivante, composée de vingt motifs numérotés de 1 à 20, dans laquelle :

- $\widehat{AOB} = 36°$;
- le motif 11 est l'image du motif 1 par l'homothétie de centre O et de rapport 2.

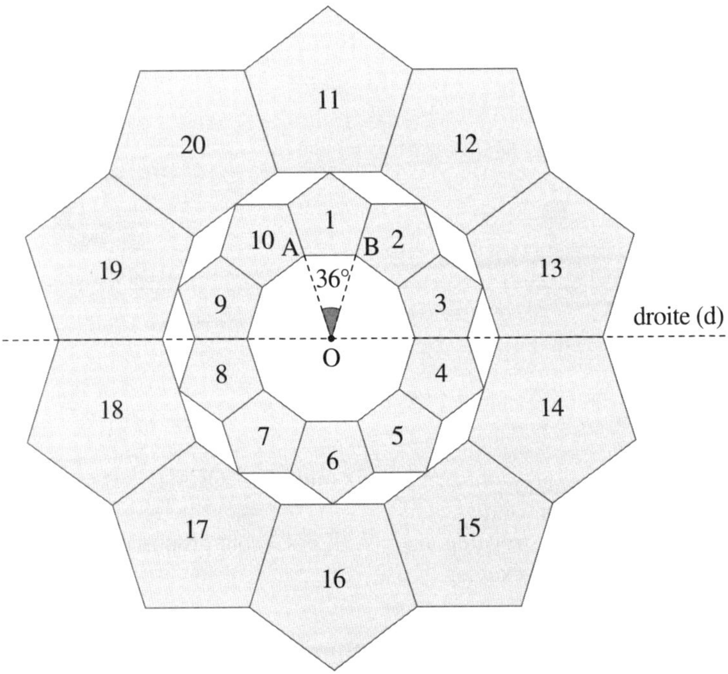

4 pts par réponse

Question	Réponse A	Réponse B	Réponse C
1 Quelle est l'image du motif 20 par la symétrie d'axe la droite (d) ?	Le motif 17	Le motif 15	Le motif 12
2 Par quelle rotation le motif 3 est-il l'image du motif 1 ?	Une rotation de centre O et d'angle 36°	Une rotation de centre O et d'angle 72°	Une rotation de centre O et d'angle 90°
3 L'aire du motif 11 est égale :	au double de l'aire du motif 1	à 4 fois l'aire du motif 1	à la moitié de l'aire du motif 1

Exercice 4

25 min **20 pts**

Voici un programme de calcul :

- Choisir un nombre.
- Prendre le carré du nombre de départ.
- Ajouter le triple du nombre de départ.
- Soustraire 10 au résultat.

1 Vérifier que si on choisit 4 comme nombre de départ, on obtient 18. **2 pts**

2 Appliquer ce programme de calcul au nombre – 3. **3 pts**

3 Vous trouverez ci-dessous un script, écrit avec Scratch.

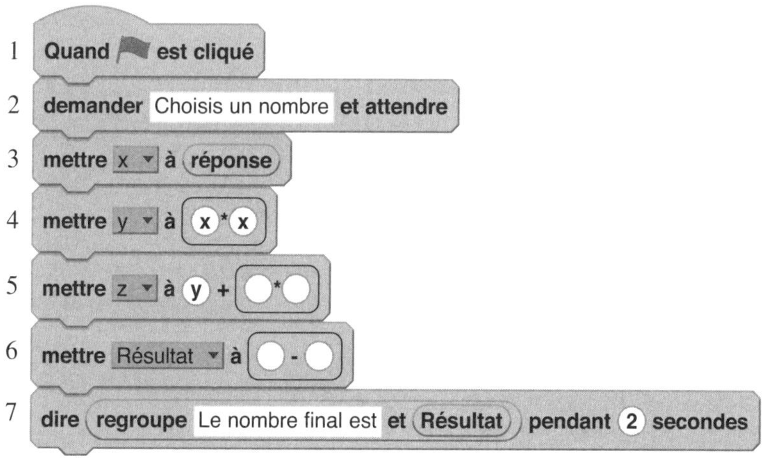

Compléter les lignes 5 et 6 pour que ce script corresponde au programme de calcul. **4 pts**

4 On veut déterminer le nombre à choisir au départ pour obtenir zéro comme résultat.

a. On appelle x le nombre de départ. Exprimer en fonction de x le résultat final. **4 pts**

b. Vérifier que ce résultat peut aussi s'écrire sous la forme $(x + 5)(x - 2)$. **4 pts**

c. Quel(s) nombre(s) doit-on choisir au départ pour obtenir le nombre 0 à l'arrivée ? **3 pts**

Exercice 5

25 min **20 pts**

La production annuelle de déchets par Français était de 5,2 tonnes par habitant en 2007. Entre 2007 et 2017, elle a diminué de 6,5 %.

1 De combien de tonnes la production annuelle de déchets par Français en 2017 a-t-elle diminué par rapport à l'année 2007 ? **4 pts**

2 Pour continuer à diminuer leur production de déchets, de nombreuses familles utilisent désormais un composteur.
Une de ces familles a choisi le modèle ci-dessous, composé d'un pavé droit et d'un prisme droit (*la figure du composteur n'est pas à l'échelle*). Le descriptif indique qu'il a une contenance d'environ 0,5 m^3. On souhaite vérifier cette information.

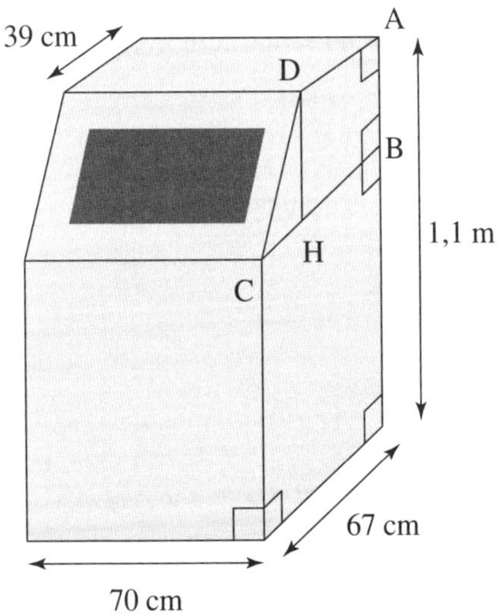

Trapèze ABCD

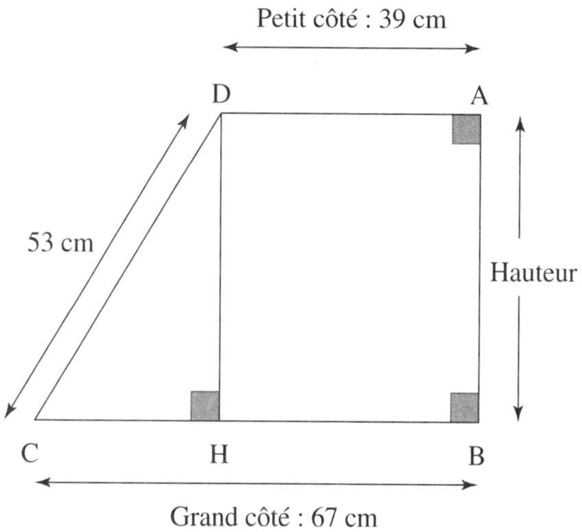

a. Dans le trapèze ABCD, calculer la longueur CH. **2 pts**

b. Montrer que la longueur DH est égale à 45 cm. **4 pts**

c. Vérifier que l'aire du trapèze ABCD est de 2 385 cm^2. **5 pts**

d. Calculer le volume du composteur.

L'affirmation « il a une contenance d'environ 0,5 m^3 » est-elle vraie ? Justifier. **5 pts**

Rappels :

- Aire d'un trapèze = $\dfrac{(\text{Petit côté} + \text{Grand côté}) \times \text{Hauteur}}{2}$
- Volume d'un prisme droit = Aire de la base × Hauteur
- Volume d'un pavé droit = Longueur × Largeur × Hauteur

Sujet 2 Amérique du nord, juin 2021

100 pts — 2 heures

Exercice 1

30 min **26 pts**

Pour chacune des six affirmations suivantes, indiquer si elle est vraie ou fausse.

On rappelle que ***chaque réponse doit être justifiée****.*

1 On considère la fonction f définie par $f(x) = 3x - 7$.

Affirmation n° 1 : « L'image par f du nombre -1 est 2. » **3 pts**

2 On considère l'expression $E = (x - 5)(x + 1)$.

Affirmation n° 2 : « L'expression E a pour forme développée et réduite $x^2 - 4x - 5$. » **3 pts**

3 n est un nombre entier positif.

Affirmation n° 3 : « Lorsque n est égal à 5, le nombre $2^n + 1$ est un nombre premier. » **4 pts**

4 On a lancé 15 fois un dé à six faces numérotées de 1 à 6 et on a noté les fréquences d'apparition dans le tableau ci-dessous :

Numéro de la face apparente	1	2	3	4	5	6
Fréquence d'apparition	$\frac{3}{15}$	$\frac{4}{15}$	$\frac{5}{15}$	$\frac{2}{15}$	$\frac{1}{15}$	…

Affirmation n° 4 : « La fréquence d'apparition du 6 est 0. » **4 pts**

5 On considère un triangle RAS rectangle en S.

Le côté [AS] mesure 80 cm et l'angle $\widehat{ARS}$ mesure 26°.

Affirmation n° 5 : « Le segment [RS] mesure environ 164 cm. » **6 pts**

6 Un rectangle ABCD a pour longueur 160 cm et pour largeur 95 cm.

Affirmation n° 6 : « Les diagonales de ce rectangle mesurent exactement 186 cm. » **6 pts**

Exercice 2 30 min **21 pts**

Une athlète a réalisé un triathlon d'une longueur totale de 12,9 kilomètres. Les trois épreuves se déroulent dans l'ordre suivant :

Épreuve ①	Épreuve ②	Épreuve ③
Natation Distance = 400 m	Cyclisme	Course à pied Distance = 2,5 km

Entre deux épreuves, l'athlète doit effectuer sur place un changement d'équipement.

Le graphique ci-dessous représente la distance parcourue par l'athlète (exprimée en kilomètres), en fonction du temps de parcours de l'athlète (exprimé en minutes) pendant son triathlon.

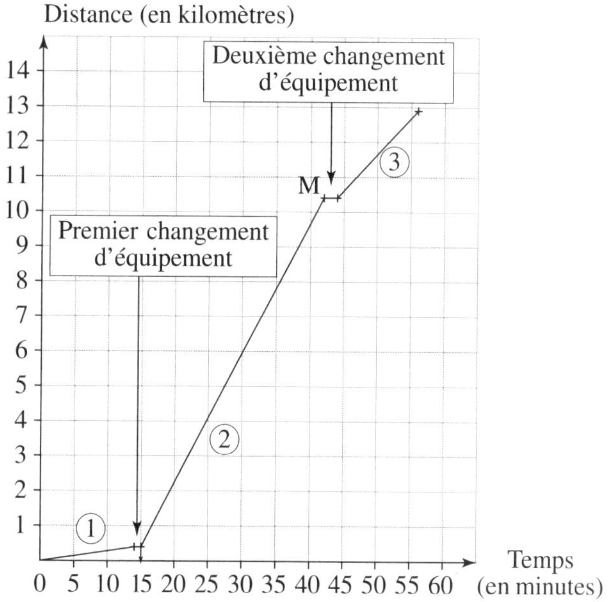

Le point M a pour abscisse 42 et pour ordonnée 10,4.

À l'aide du tableau ou par lecture du graphique ci-dessus (avec la précision qu'il permet), répondre aux questions suivantes, en justifiant la démarche.

1 Au bout de combien de temps l'athlète s'est-elle arrêtée pour effectuer son premier changement d'équipement ? **2 pts**

2 Quelle est la longueur, exprimée en kilomètres, du parcours de l'épreuve de cyclisme ? **2,5 pts**

3 En combien de temps l'athlète a-t-elle effectué l'épreuve de course à pied ? **2,5 pts**

4 Parmi les trois épreuves, pendant laquelle l'athlète a-t-elle été la moins rapide ? **9 pts**

5 On considère que les changements d'équipement entre les épreuves font partie du triathlon.
La vitesse moyenne de l'athlète sur l'ensemble du triathlon est-elle supérieure à 14 km/h ? **5 pts**

Exercice 3

15 min **16 pts**

Dans cet exercice, aucune justification n'est demandée.

On a construit un carré ABCD.
On a construit le point O sur la droite (DB), à l'extérieur du segment [DB] et tel que : OB = AB.
Le point H est le symétrique de D par rapport à O.

On a obtenu la figure ci-contre en utilisant plusieurs fois la même rotation de centre O et d'angle 45°.

La figure obtenue est symétrique par rapport à l'axe (DB) et par rapport au point O.

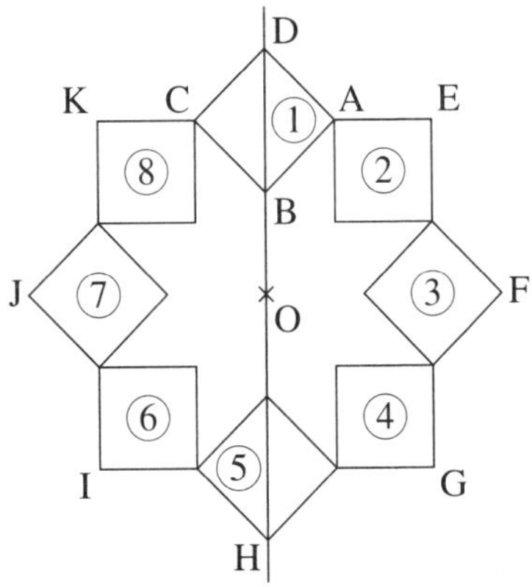

1 Donner deux carrés différents, images l'un de l'autre par la symétrie axiale d'axe (DB). **4 pts**

2 Le carré ③ est-il l'image du carré ⑧ par la symétrie centrale de centre O ? **2 pts**

3 On considère la rotation de centre O qui transforme le carré ① en le carré ②. Quelle est l'image du carré ⑧ par cette rotation ? **4 pts**

4 On considère la rotation de centre O qui transforme le carré ② en le carré ⑤. Préciser l'image du segment [EF] par cette rotation. **6 pts**

Exercice 4

20 min **16 pts**

Dans cet exercice, aucune justification n'est demandée.

On dispose d'un tableau carré ci-contre partagé en neuf cases blanches de mêmes dimensions qui constituent un motif.

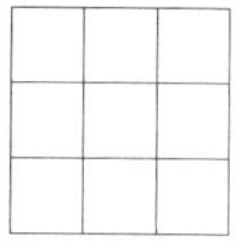

Quatre instructions A, B, C et E permettent de changer l'aspect de certaines cases. Ainsi :

Instruction	Descriptif	Effet de l'instruction
A	La case centrale du motif est noircie.	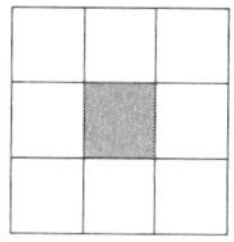
B	Dans le motif, la case en bas à gauche et la case en haut à droite sont noircies.	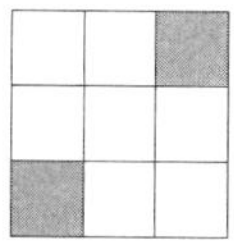
C	Dans le motif, la case médiane à gauche et la case médiane à droite sont noircies.	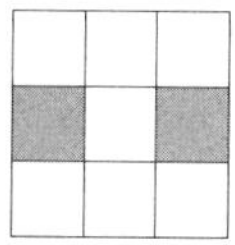
E	Les couleurs du motif sont inversées : les cases blanches deviennent noires et les cases noires deviennent blanches.	Inverser les couleurs

Remarque :
Si une case du motif est déjà noire et si une instruction demande de la noircir, alors cette case ne change pas de couleur et reste noire à la suite de cette instruction.

Exemples :
À partir d'un motif dont toutes les cases sont blanches :

– la suite d'instructions A C permet d'obtenir le motif suivant

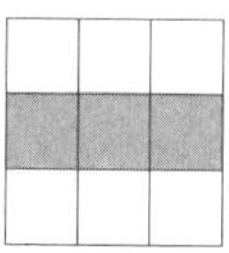

– la suite d'instructions A C E permet d'obtenir le motif suivant

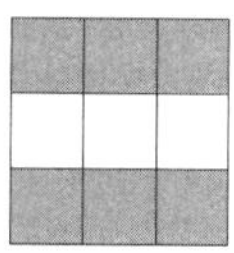

Pour chacune des questions suivantes, on dispose au départ d'un motif dont toutes les cases sont blanches.

1 Représenter le motif obtenu avec la suite d'instructions A B. **2 pts**

2 Parmi les quatre propositions suivantes, deux propositions permettent d'obtenir le motif ci-dessous. Lesquelles ?

Proposition nº 1 : A B C

Proposition nº 2 : C E

Proposition nº 3 : B C E C

Proposition nº 4 : C A E A

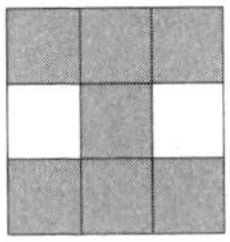

8 pts

3 Donner une suite d'instructions qui permet d'obtenir le motif ci-contre.

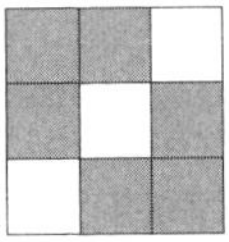

6 pts

Exercice 5

25 min **21 pts**

On souhaite rénover une salle de bain qui a la forme d'un parallélépipède rectangle. Il faut coller du papier peint sur les quatre murs. On n'en colle pas sur la porte, ni sur la fenêtre.
Voici un schéma de la salle de bain :

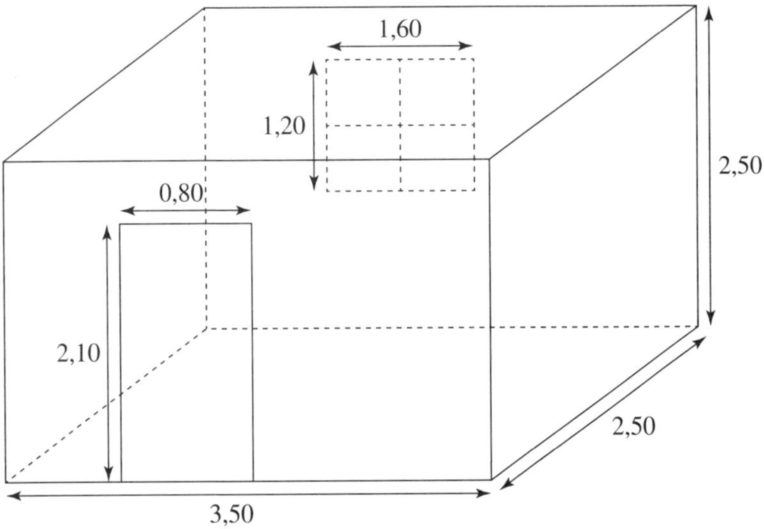

Les dimensions sont exprimées en mètres.

On dispose des informations suivantes :

Prix du papier peint : – le papier peint est vendu au rouleau entier ; – un rouleau coûte 16,95 € ; – un rouleau permet de recouvrir 5,3 m^2. *Conseil du vendeur :* Prévoir un rouleau de papier peint en plus afin de compenser les pertes liées aux découpes.	**Prix de la colle** : – la colle est vendue au pot entier ; – un pot a une masse de 0,2 kg ; – un pot coûte 5,70 €. *Conseil du vendeur :* Compter un pot de colle pour 4 rouleaux de papier peint.

1 Montrer que la surface à recouvrir de papier peint est de 26,4 m^2. **5 pts**

2 Calculer le prix, en euros, d'un mètre carré de papier peint. Arrondir au centime d'euro. **3 pts**

3 Si on suit les conseils du vendeur, combien coûtera la rénovation de la salle de bain ? **7 pts**

4 Le jour de l'achat, une remise de 8 % est accordée.
Quel est le prix à payer après remise ? Arrondir au centime d'euro. **6 pts**

Sujet 3 Centres étrangers, juin 2021

100 pts 2 heures

Exercice 1

30 min **24 pts**

Dans cet exercice, chaque question est indépendante. Aucune justification n'est demandée.

1 Décomposer 360 en produit de facteurs premiers. **5 pts**

2 À partir du triangle BEJ, rectangle isocèle en J, on a obtenu par pavage la figure ci-contre.

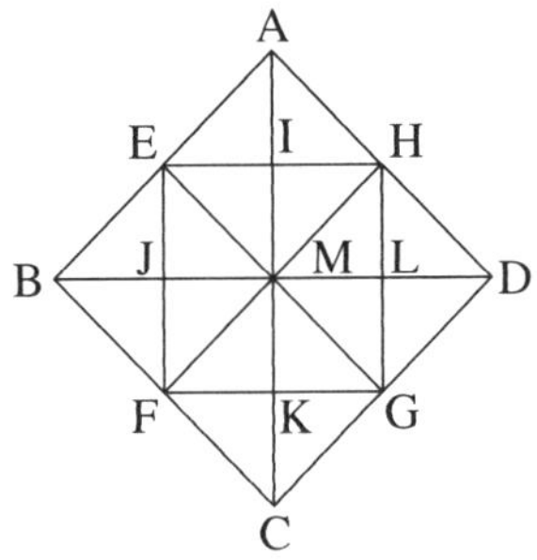

a. Quelle est l'image du triangle BEJ par la symétrie d'axe (BD) ? **1 pt**

b. Quelle est l'image du triangle AMH par la translation qui transforme le point E en B ? **1 pt**

c. Par quelle transformation passe-t-on du triangle AIH au triangle AMD ? **2 pts**

3 Calculer en détaillant les étapes : $\frac{7}{2} + \frac{15}{6} \times \frac{7}{25}$.

On donnera le résultat sous la forme d'une fraction irréductible. **5 pts**

4 Pour cette question, indiquer l'unique bonne réponse.
Sachant que le diamètre de la Lune est d'environ 3 474 km, la valeur qui approche le mieux son volume est :

Réponse A	Réponse B	Réponse C	Réponse D
$12{,}3 \times 10^{17}$ km^3	1 456 610 km^3	$1{,}8 \times 10^{11}$ km^3	$2{,}2 \times 10^{10}$ km^3

2 pts

5 On considère un triangle RST rectangle en S.
Compléter le tableau ci-après. On arrondira la valeur des angles à l'unité. **8 pts**

Longueurs	Angles	Périmètre du triangle RST	Aire du triangle RST
RS = 10 mm	$\widehat{RST} = 90°$	$\mathscr{P} =$	$\mathscr{A} =$
ST = 24 mm	$\widehat{STR} \approx$		
RT = 26 mm	$\widehat{SRT} \approx$		

Exercice 2

25 min **21 pts**

Partie 1

Dans cette première partie, on lance un dé bien équilibré à six faces numérotées de 1 à 6, puis on note le numéro de la face du dessus.

1 Donner sans justification les issues possibles. **2 pts**

2 Quelle est la probabilité de l'évènement A : « On obtient 2 » ? **2 pts**

3 Quelle est la probabilité de l'évènement B : « On obtient un nombre impair » ? **2 pts**

Partie 2

Dans cette deuxième partie, on lance simultanément deux dés bien équilibrés à six faces, un rouge et un vert. On appelle « score » la somme des numéros obtenus sur chaque dé.

1 Quelle est la probabilité de l'évènement C : « Le score est 13 » ? Comment appelle-t-on un tel évènement ? **2 pts**

2 Dans le tableau à double entrée ci-dessous, on remplit chaque case avec la somme des numéros obtenus sur chaque dé.

Dé rouge / Dé vert	1	2	3	4	5	6
1						
2						
3				7		
4		6				
5						
6						

SUJETS COMPLETS

a. Compléter, sans justifier, ce tableau. **2 pts**
b. Donner la liste des scores possibles. **2 pts**

3 **a.** Déterminer la probabilité de l'évènement D : « Le score est 10 ». **2 pts**
b. Déterminer la probabilité de l'évènement E : « Le score est un multiple de 4 ». **3 pts**
c. Démontrer que le score obtenu a autant de chances d'être un nombre premier qu'un nombre strictement plus grand que 7. **4 pts**

Exercice 3

20 min **16 pts**

Un professeur propose à ses élèves trois programmes de calcul, dont deux sont réalisés avec un logiciel de programmation.

Programme A

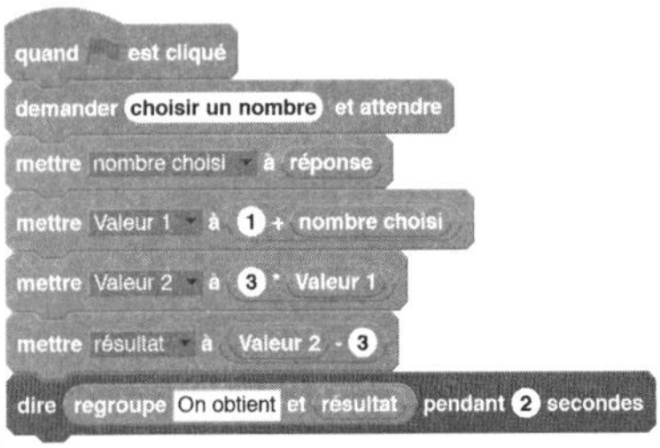

Programme B

Programme C

- Choisir un nombre.
- Multiplier par 7.
- Ajouter 3.
- Soustraire le nombre de départ.

1 **a.** Montrer que si on choisit 1 comme nombre de départ, alors le programme A affiche pendant 2 secondes : « On obtient 3 ». **2 pts**
b. Montrer que si on choisit 2 comme nombre de départ, alors le programme B affiche pendant 2 secondes : « On obtient –15 ». **2 pts**

2 Soit x le nombre de départ. Quelle expression littérale obtient-on à la fin de l'exécution du programme C ? **3 pts**

3 Un élève affirme qu'avec un des trois programmes, on obtient toujours le triple du nombre choisi. A-t-il raison ? **2 pts**

4 **a.** Résoudre l'équation $(x + 3)(x - 5) = 0$. **3 pts**

b. Pour quelles valeurs de départ le programme B affiche-t-il : « On obtient 0 » ? **1 pt**

5 Pour quelle(s) valeur(s) de départ le programme C affiche-t-il le même résultat que le programme A ? **3 pts**

Exercice 4

20 min **19 pts**

Aurélie fait du vélo en Angleterre au col de Hardknott.
Elle est partie d'une altitude de 251 mètres et arrivera au sommet à une altitude de 393 mètres.
Sur le schéma ci-dessous, qui n'est pas en vraie grandeur, le point de départ est représenté par le point A et le sommet par le point E. Aurélie est actuellement au point D.

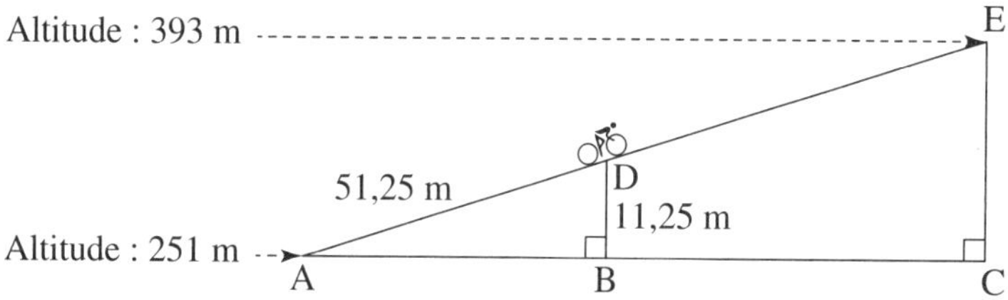

Les droites (AB) et (DB) sont perpendiculaires. Les droites (AC) et (CE) sont perpendiculaires.
Les points A, D et E sont alignés. Les points A, B et C sont alignés.
AD = 51,25 m et DB = 11,25 m.

1 Justifier que le dénivelé qu'Aurélie aura parcouru, c'est-à-dire la hauteur EC, est égal à 142 m. **3 pts**

2 **a.** Prouver que les droites (DB) et (EC) sont parallèles. **3 pts**
b. Montrer que la distance qu'Aurélie doit encore parcourir, c'est-à-dire la longueur DE, est d'environ 596 m. **5 pts**

3 On utilisera pour la longueur DE la valeur 596 m.
Sachant qu'Aurélie roule à une vitesse moyenne de 8 km/h, si elle part à 9 h 55 du point D, à quelle heure arrivera-t-elle au point E ?
Arrondir à la minute. **4 pts**

4 La pente d'une route est obtenue par le calcul suivant :

$$\text{Pente} = \frac{\text{Dénivelé}}{\text{Longueur horizontale parcourue}}$$

La pente s'exprime en pourcentage.

SUJETS COMPLETS

Exemple d'une pente à 13 %

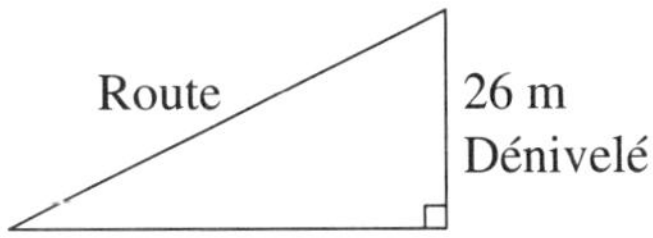

La figure n'est pas en vraie grandeur.

Démontrer que la pente de la route parcourue par Aurélie est de 22,5 %.

4 pts

Exercice 5

25 min **20 pts**

Une station de ski propose à ses clients trois formules pour la saison d'hiver :

– **Formule A** : on paie 36,50 € par journée de ski ;

– **Formule B** : on paie 90 € pour un abonnement « SkiPlus » pour la saison, puis 18,50 € par journée de ski ;

– **Formule C** : on paie 448,50 € pour un abonnement « SkiTotal » qui permet ensuite un accès gratuit à la station pendant toute la saison.

1 Marin se demande quelle formule choisir cet hiver. Il réalise un tableau pour calculer le montant à payer pour chacune des formules en fonction du nombre de journées de ski.

Compléter, sans justifier, le tableau ci-après. **3 pts**

Formule \ Nombre de journées de ski	2	6	10
Formule A	73 €		
Formule B	127 €		
Formule C	448,50 €		

2 Dans cette question, x désigne le nombre de journées de ski.

On considère les trois fonctions f, g et h définies par :

$f(x) = 90 + 18{,}5x$ $\quad g(x) = 448{,}5$ $\quad h(x) = 36{,}5x$

a. Laquelle de ces trois fonctions représente une situation de proportionnalité ? **2 pts**

b. Associer, sans justifier, chacune de ces fonctions à la formule A, B ou C correspondante. **2 pts**

c. Calculer le nombre de journées de ski pour lequel le montant à payer avec les formules A et B est identique. **5 pts**

3 On a représenté graphiquement les trois fonctions dans le graphique ci-dessous.

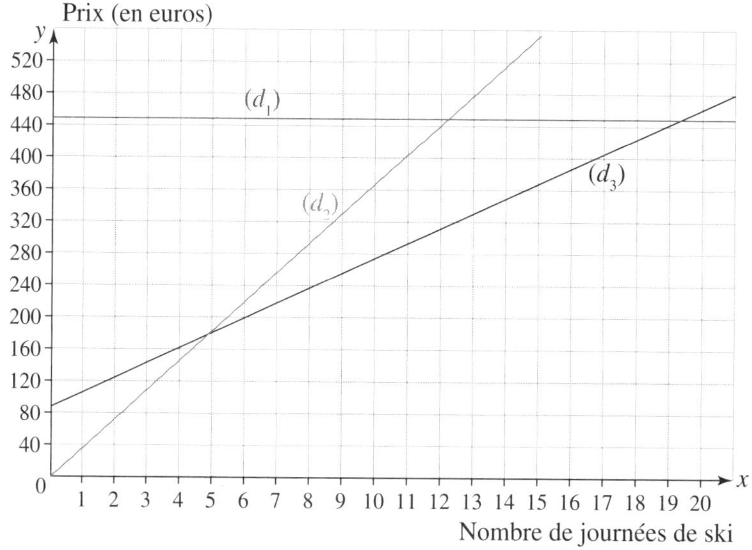

Sans justifier et à l'aide du graphique :

a. Associer chaque représentation graphique (d_1), (d_2) et (d_3) à la fonction f, g ou h correspondante. **2 pts**

b. Déterminer le nombre maximal de journées pendant lesquelles Marin peut skier avec un budget de 320 €, en choisissant la formule la plus avantageuse. **3 pts**

c. Déterminer à partir de combien de journées de ski il devient avantageux de choisir la formule C. **3 pts**

Sujet 4

100 pts 2 heures

France métropolitaine, septembre 2020

Exercice 1

20 min **20 pts**

Cet exercice est un questionnaire à choix multiples (QCM).
Pour chaque question, une seule des trois réponses proposées est exacte.
Indiquer le numéro de la question et recopier, sans justifier, la réponse choisie.

4 pts par question

Question	Réponse A	Réponse B	Réponse C
1 On donne la série de nombres suivante : 10 ; 6 ; 2 ; 14 ; 25 ; 12 ; 22. La médiane est :	12	13	14
2 Un sac opaque contient 50 billes bleues, 45 rouges, 45 vertes et 60 jaunes. Les billes sont indiscernables au toucher. On tire une bille au hasard dans ce sac. La probabilité que cette bille soit jaune est :	60	0,3	$\frac{1}{60}$
3 La décomposition en facteurs premiers de 2 020 est :	$2 \times 10 \times 101$	$5 \times 5 \times 101$	$2 \times 2 \times 5 \times 101$
4 La formule qui permet de calculer le volume d'une boule de rayon R est :	$2\pi R$	πR^2	$\frac{4}{3}\pi R^3$
5 Une homothétie de centre A et de rapport -2 est une transformation qui :	agrandit les longueurs	réduit les longueurs	conserve les longueurs

Exercice 2

25 min **20 pts**

On considère le programme de calcul suivant :

- Choisir un nombre.
- Ajouter 7 à ce nombre.
- Soustraire 7 au nombre choisi au départ.
- Multiplier les deux résultats précédents.
- Ajouter 50.

1 Montrer que si le nombre choisi au départ est 2, alors le résultat obtenu est 5. **2 pts**

2 Quel est le résultat obtenu avec ce programme si le nombre choisi au départ est – 10 ? **3 pts**

3 Un élève s'aperçoit qu'en calculant le double de 2 et en ajoutant 1, il obtient 5, le même résultat que celui qu'il a obtenu à la question **1**.
Il pense alors que le programme de calcul revient à calculer le double du nombre de départ et à ajouter 1.
A-t-il raison ? **5 pts**

4 Si x désigne le nombre choisi au départ, montrer que le résultat du programme de calcul est $x^2 + 1$. **5 pts**

5 Quel(s) nombre(s) doit-on choisir au départ du programme de calcul pour obtenir 17 comme résultat ? **5 pts**

Exercice 3

30 min **23 pts**

Une entreprise fabrique des portiques pour installer des balançoires sur des aires de jeux (voir doc. 1 et doc. 2 ci-après).

1 Déterminer la hauteur AH du portique, arrondie au centimètre près. **4 pts**

2 Les barres de maintien doivent être fixées à 165 cm du sommet (AN = 165 cm). Montrer que la longueur MN de chaque barre de maintien est d'environ 140 cm. **5 pts**

3 Montrer que le coût minimal d'un tel portique équipé de balançoires s'élève à 196,98 €. **5 pts**

4 L'entreprise veut vendre ce portique équipé 20 % plus cher que son coût minimal. Déterminer ce prix de vente arrondi au centime près. **5 pts**

5 Pour des raisons de sécurité, l'angle $\widehat{BAC}$ doit être compris entre 45° et 55°. Ce portique respecte-t-il cette condition ? **4 pts**

SUJETS COMPLETS

Doc. 1 **Croquis d'un portique**

Vue d'ensemble

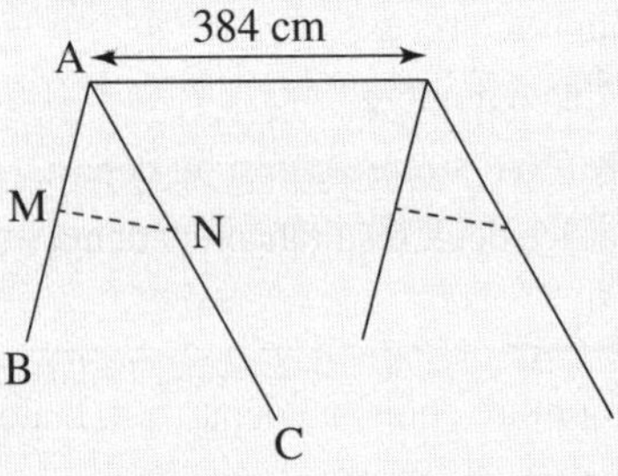

Vue de côté

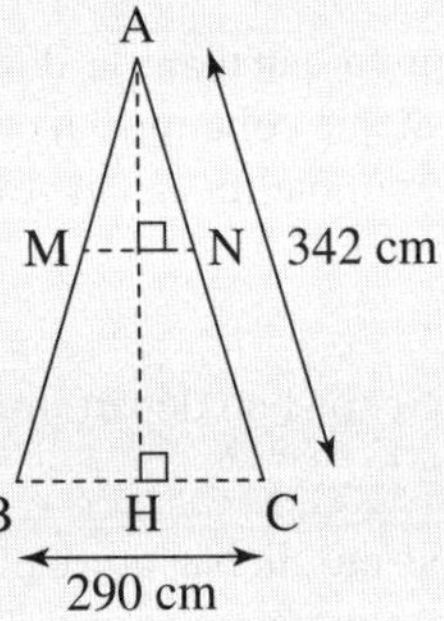

—— : poutres en bois de diamètre 100 mm
----- : barres de maintien latérales en bois

ABC est un triangle isocèle en A.
H est le milieu de [BC].
(MN) est parallèle à (BC).

Doc. 2 **Coût du matériel**

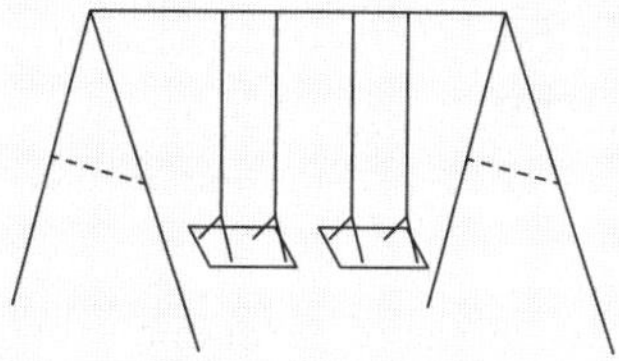

Poutres en bois de diamètre 100 mm :
– longueur 4 m : 12,99 € l'unité ;
– longueur 3,5 m : 11,75 € l'unité ;
– longueur 3 m : 10,25 € l'unité.

Barres de maintien latérales en bois :
– longueur 3 m : 6,99 € l'unité ;
– longueur 2 m : 4,75 € l'unité ;
– longueur 1,5 m : 3,89 € l'unité.

Ensemble des fixations nécessaires pour un portique : 80 €.

Ensemble de deux balançoires pour un portique : 50 €.

Exercice 4

25 min **23 pts**

Une association propose diverses activités pour occuper les enfants pendant les vacances scolaires.
Plusieurs tarifs sont proposés :

- **tarif A** : 8 € par demi-journée ;
- **tarif B** : une adhésion de 30 € donnant droit à un tarif préférentiel de 5 € par demi-journée.

Un fichier sur tableur a été préparé pour calculer le coût à payer en fonction du nombre de demi-journées d'activités pour chacun des tarifs proposés :

	A	B	C	D	E	F
1	Nombre de demi-journées	1	2	3	4	5
2	Tarif A	8	16			
3	Tarif B	35	40			

Les questions **1**, **2**, **4** et **5** ne nécessitent pas de justification.

1 Compléter le tableau ci-avant. **3 pts**

2 Retrouver, parmi les réponses suivantes, la formule qui a été saisie dans la cellule B3 avant de l'étirer vers la droite :

Réponse A	Réponse B	Réponse C	Réponse D	Réponse E
=8*B1	=30*B1+5	=5*B1+30*B1	=30+5*B1	=35

4 pts

SUJETS COMPLETS

3 On considère les fonctions f et g qui donnent les tarifs à payer en fonction du nombre x de demi-journées d'activités :

- **tarif A** : $f(x) = 8x$;
- **tarif B** : $g(x) = 30 + 5x$.

Parmi ces fonctions, quelle est celle qui traduit une situation de proportionnalité ? **3 pts**

4 Sur le graphique ci-après, on a représenté la fonction g. Représenter sur ce même graphique la fonction f. **4 pts**

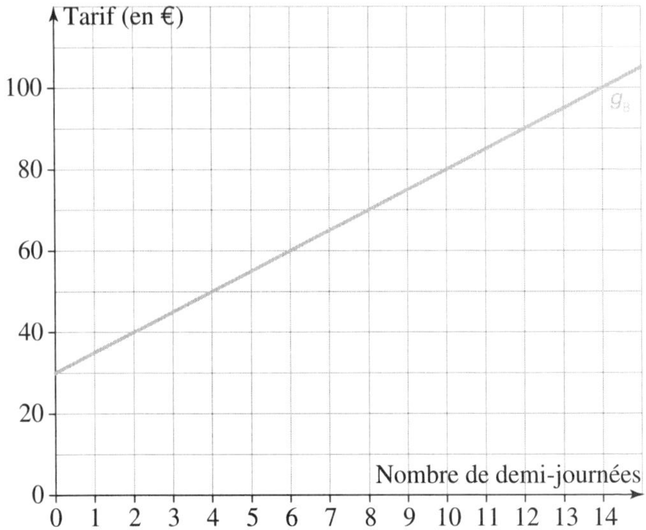

5 Déterminer le nombre de demi-journées d'activités pour lequel le tarif A est égal au tarif B. **4 pts**

6 Avec un budget de 100 €, déterminer le nombre maximal de demi-journées auxquelles on peut participer.
Décrire la méthode choisie. **5 pts**

Exercice 5

20 min **14 pts**

On cherche à dessiner une éolienne avec le logiciel Scratch ; elle est formée de 3 pales qui tournent autour d'un axe central.

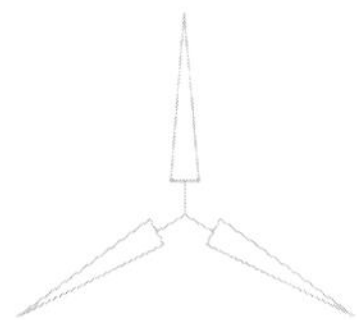

Éolienne modélisée par Scratch

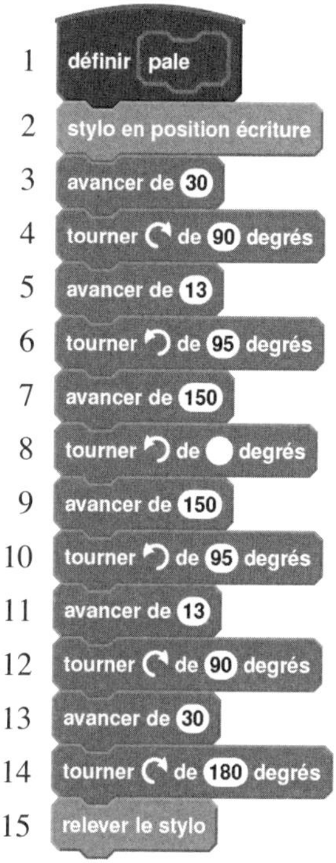

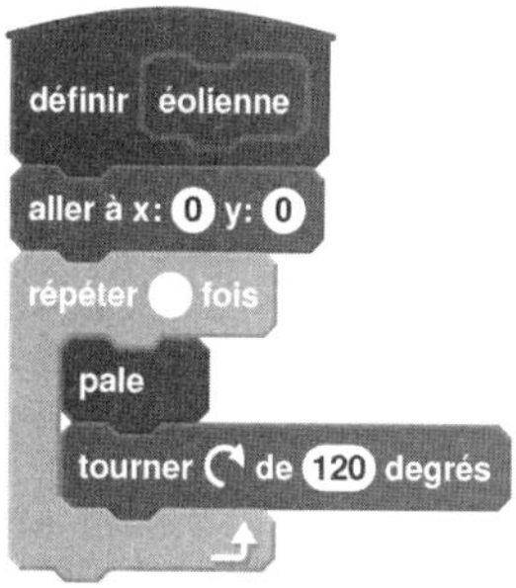

1 La figure ci-dessous représente une pale d'éolienne.

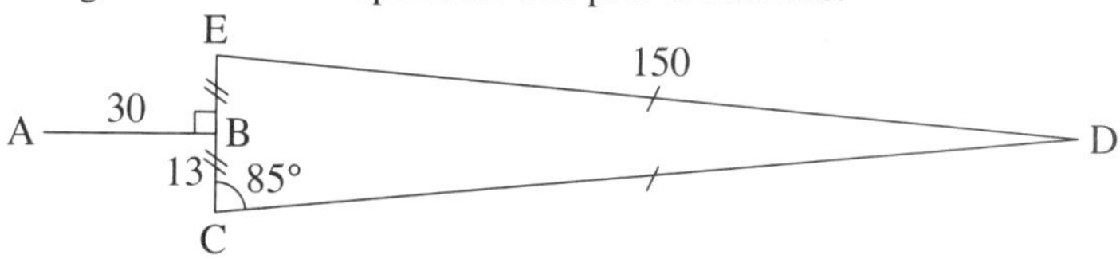

DEC est un triangle isocèle en D ; B est le milieu de [EC] ; [AB] est perpendiculaire à [EC] ; $\widehat{ECD} = 85°$.

a. Montrer que l'angle $\widehat{CDE}$ mesure 10°. **5 pts**

b. Le script « pale » ci-avant permet de tracer une pale de l'éolienne avec le logiciel Scratch. Pourquoi la valeur indiquée dans le bloc de la ligne n° 6 est-elle 95 ? **3 pts**

c. Dans ce même script « pale », par quelle valeur doit-on compléter le bloc situé à la ligne n° 8 ? **3 pts**

2 Le script « éolienne » ci-avant permet de tracer l'éolienne avec le logiciel Scratch.

Par quelle valeur doit-on compléter la boucle « répéter » ? **3 pts**

Sujet 5 Centres étrangers, juin 2019

100 pts 2 heures

Exercice 1

15 min 15 pts

Cet exercice est un questionnaire à choix multiples (QCM). Pour chaque question, une seule des trois réponses proposées est exacte. Indiquer le numéro de la question et recopier, sans justifier, la réponse choisie.
Aucun point ne sera enlevé en cas de mauvaise réponse. **3 pts par question**

Question	Réponse A	Réponse B	Réponse C
1 Quelle est la décomposition en produit de facteurs premiers de 28 ?	4×7	2×14	$2^2 \times 7$
2 Un pantalon coûte 58 €. Quel est son prix en euros après une réduction de 20 % ?	38	46,40	57,80
3 Quelle est la longueur en mètres du côté [AC], arrondie au dixième près ? 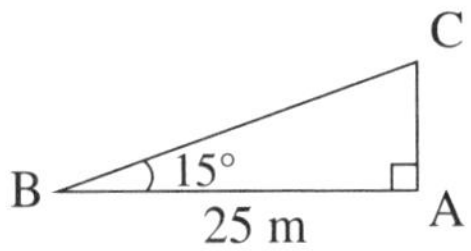	6,5	6,7	24,1
4 Quelle est la médiane de la série statistique suivante ? 2 ; 5 ; 3 ; 12 ; 8 ; 6	5,5	6	10
5 Quel est le rapport de l'homothétie qui transforme le carré A en carré B ? 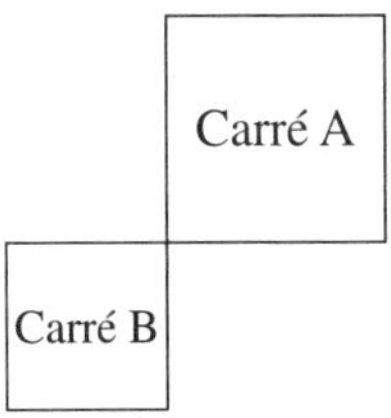	−0,5	0,5	2

Exercice 2

15 min **14 pts**

On considère le programme de calcul :

- Choisir un nombre.
- Prendre le carré de ce nombre.
- Ajouter le triple du nombre de départ.
- Ajouter 2.

1 Montrer que si on choisit 1 comme nombre de départ, le programme donne 6 comme résultat. **1 pt**

2 Quel résultat obtient-on si on choisit – 5 comme nombre de départ ? **2 pts**

3 On appelle x le nombre de départ, exprimer le résultat du programme en fonction de x. **3 pts**

4 Montrer que ce résultat peut aussi s'écrire sous la forme $(x + 2)(x + 1)$ pour toutes les valeurs de x. **4 pts**

5 La feuille de tableur suivante regroupe des résultats du programme de calcul précédent.

	A	B	C	D	E	F	G	H	I	J
1	x	−4	−3	−2	−1	0	1	2	3	4
2	$(x+2)(x+1)$	6	2	0	0	2	6	12	20	30

a. Quelle formule a été écrite dans la cellule B2 avant de l'étendre jusqu'à la cellule J2 ? **2 pts**

b. Trouver les valeurs de x pour lesquelles le programme donne 0 comme résultat. **2 pts**

Exercice 3

20 min **16 pts**

Partie I

Dans cette partie, toutes les longueurs sont exprimées en centimètres.

On considère les deux figures ci-dessous, un triangle équilatéral et un rectangle, où x représente un nombre positif quelconque.

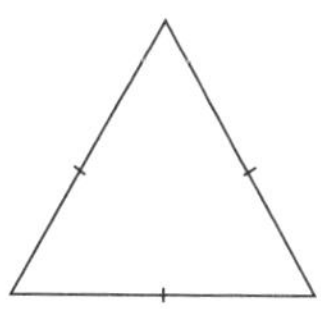

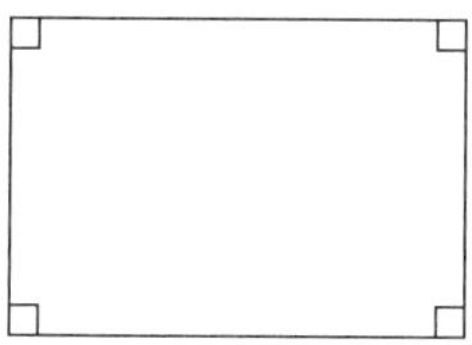

1 Construire le triangle équilatéral pour $x = 2$. **2 pts**

2 a. Démontrer que le périmètre du rectangle en fonction de x peut s'écrire $12x + 3$. **3 pts**

b. Pour quelle valeur de x le périmètre du rectangle est-il égal à 18 cm ? **3 pts**

3 Est-il vrai que les deux figures ont le même périmètre pour toutes les valeurs de x ? Justifier. **4 pts**

Partie II

On a créé les scripts ci-dessous sur Scratch qui, après avoir demandé la valeur de x à l'utilisateur, construisent les deux figures de la **Partie I**.
Dans ces deux scripts, les lettres A, B, C et D remplacent des nombres.
Donner des valeurs à A, B, C et D pour que ces deux scripts permettent de construire les figures de la **Partie I** et préciser alors la figure associée à chacun des scripts. **4 pts**

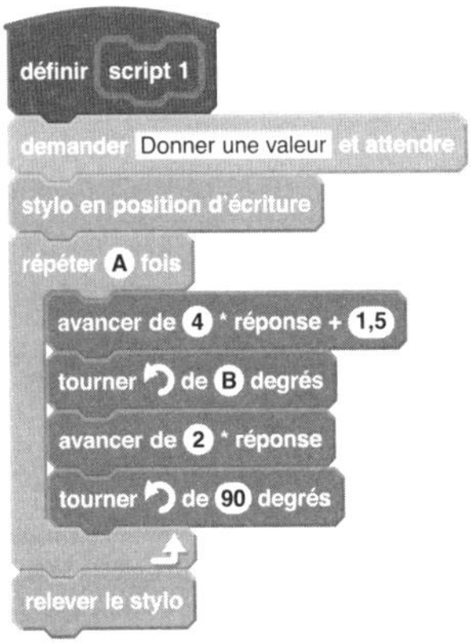

Exercice 4

15 min **13 pts**

Dans la vitrine d'un magasin A sont présentés au total 45 modèles de chaussures. Certaines sont conçues pour la ville, d'autres pour le sport et sont de trois couleurs différentes : noire, blanche ou marron.

1 Compléter le tableau suivant. **3 pts**

	Pour la ville	Pour le sport	Total
Noir		5	20
Blanc	7		
Marron		3	
Total	27		45

2 On choisit un modèle de chaussures au hasard dans cette vitrine.

a. Quelle est la probabilité de choisir un modèle de couleur noire ? **2 pts**

b. Quelle est la probabilité de choisir un modèle pour le sport ? **2 pts**

c. Quelle est la probabilité de choisir un modèle pour la ville de couleur marron ? **2 pts**

3 Dans la vitrine d'un magasin B, on trouve 54 modèles de chaussures dont 30 de couleur noire. On choisit au hasard un modèle de chaussures dans la vitrine du magasin A, puis dans celle du magasin B.
Dans laquelle des deux vitrines a-t-on le plus de chance d'obtenir un modèle de couleur noire ? Justifier. **4 pts**

Exercice 5

20 min **14 pts**

Dans l'exercice suivant, les figures ne sont pas à l'échelle.

Un décorateur a dessiné une vue de côté d'un meuble de rangement composé d'une structure métallique et de plateaux en bois d'épaisseur 2 cm, illustré par la **figure 1**.
Les étages de la structure métallique de ce meuble de rangement sont tous identiques et la **figure 2** représente l'un d'entre eux.

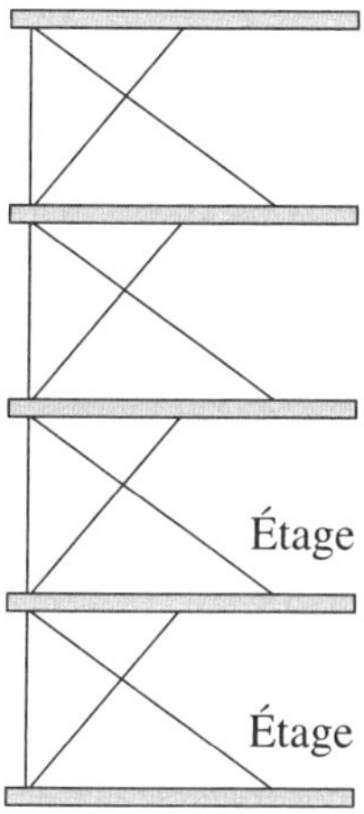

Figure 1

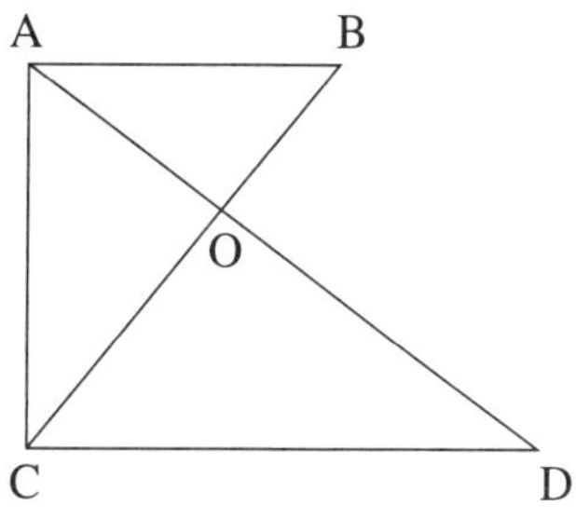

Figure 2

On donne :

- OC = 48 cm ; OD = 64 cm ; OB = 27 cm ; OA = 36 cm et CD = 80 cm ;
- les droites (AC) et (CD) sont perpendiculaires.

1 Démontrer que les droites (AB) et (CD) sont parallèles. **4 pts**

2 Montrer par le calcul que AB = 45 cm. **4 pts**

3 Calculer la hauteur totale du meuble de rangement. **6 pts**

Exercice 6

15 min **14 pts**

Une famille a effectué une randonnée en montagne. Le graphique ci-dessous donne la distance parcourue en kilomètres en fonction du temps en heures.

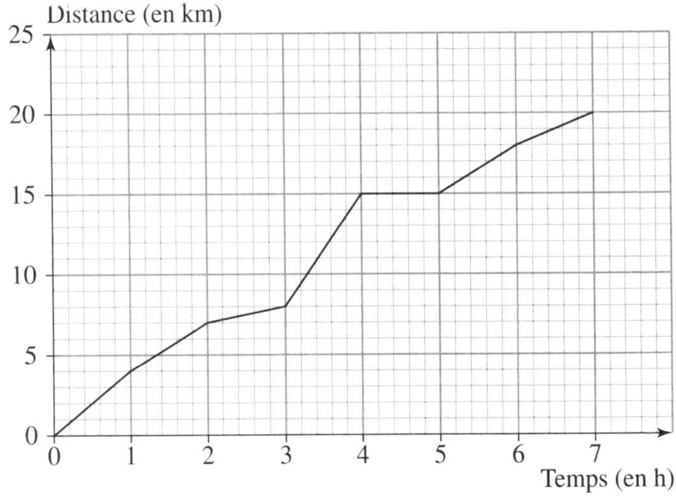

1 Ce graphique traduit-il une situation de proportionnalité ? Justifier la réponse. **3 pts**

2 On utilisera le graphique pour répondre aux questions suivantes.
Aucune justification n'est demandée.
a. Quelle est la durée totale de cette randonnée ? **1 pt**
b. Quelle distance cette famille a-t-elle parcourue au total ? **1 pt**
c. Quelle est la distance parcourue au bout de 6 h de marche ? **1,5 pt**
d. Au bout de combien de temps ont-ils parcouru les 8 premiers kilomètres ? **1,5 pt**
e. Que s'est-il passé entre la 4e et la 5e heure de randonnée ? **2 pts**

3 Un randonneur expérimenté marche à une vitesse moyenne de 4 km/h sur toute la randonnée. Cette famille est-elle expérimentée ? Justifier la réponse. **4 pts**

Exercice 7

20 min **14 pts**

Une famille désire acheter, pour les enfants, une piscine cylindrique hors sol équipée d'une pompe électrique. Elle compte l'utiliser cet été du mois de juin au mois de septembre inclus. Elle dispose d'un budget de 200 €.
À l'aide des documents ci-après, dire si le budget de cette famille est suffisant pour l'achat de cette piscine et les frais de fonctionnement.

<table>
<tr>
<td rowspan="3">

Information 1

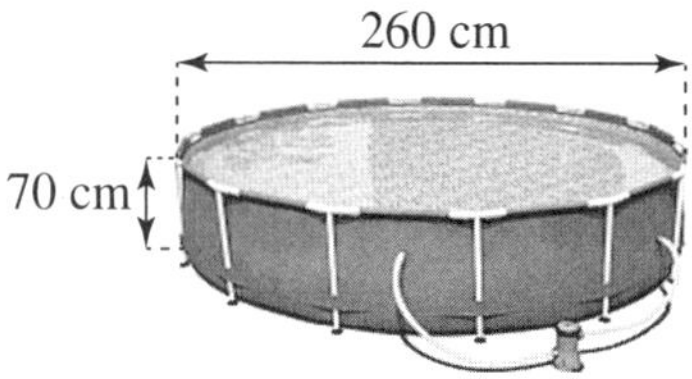

Caractéristiques techniques :

- Hauteur de l'eau : 65 cm.
- Consommation électrique moyenne de la pompe : 3,42 kWh par jour.
- Prix (piscine + pompe) : 80 €.

</td>
<td>

Information 2

Prix d'un kWh : 0,15 €.

Le kWh (kilowatt-heure) est l'unité de mesure de l'énergie électrique.

</td>
</tr>
<tr>
<td>

Information 3

Prix d'un m^3 d'eau : 2,03 €.

</td>
</tr>
<tr>
<td>

Information 4

Le volume d'un cylindre est donné par la formule suivante :

$$\mathcal{V} = \pi \times r^2 \times h$$

où r est le rayon du cylindre et h sa hauteur.

</td>
</tr>
</table>

Sujet 6 France métropolitaine, juillet 2019

100 pts 2 heures

Exercice 1

10 min **10 pts**

Le capitaine d'un navire possède un trésor constitué de 69 diamants, 1 150 perles et 4 140 pièces d'or.

1 Décomposer 69, 1 150 et 4 140 en produits de facteurs premiers. **5 pts**

2 Le capitaine partage équitablement le trésor entre les marins.
Combien y a-t-il de marins sachant que toutes les pièces, perles et diamants ont été distribués ? **5 pts**

Exercice 2

25 min **19 pts**

Dans cet exercice, on donnera, si nécessaire, une valeur approchée des résultats au centième près.

Pour construire le décor d'une pièce de théâtre (**figure 1**), Joanna dispose d'une plaque rectangulaire ABCD de 4 m sur 2 m dans laquelle elle doit découper les trois triangles du décor avant de les superposer. Elle propose un découpage de la plaque (**figure 2**).

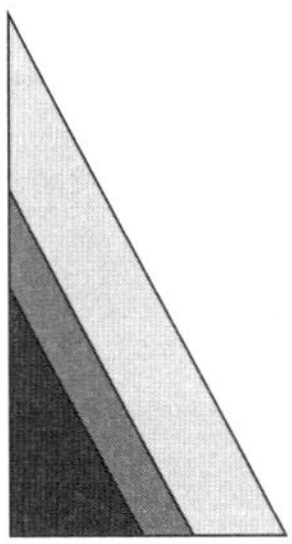

Figure 1

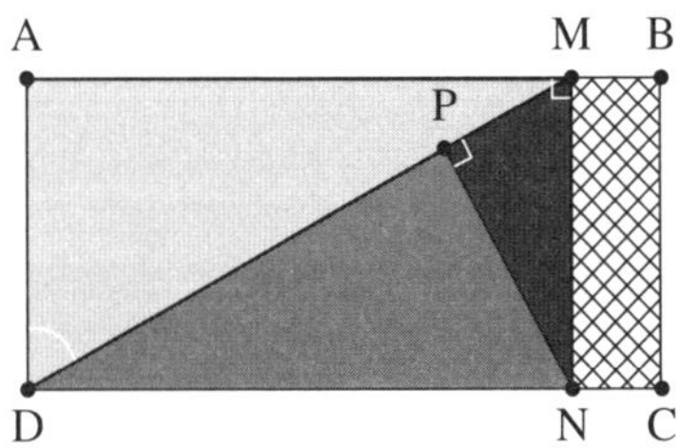

Figure 2

Le triangle ADM respecte les conditions suivantes :

- le triangle ADM est rectangle en A ;
- AD = 2 m ;
- $\widehat{ADM} = 60°$.

1 Montrer que [AM] mesure environ 3,46 m. **4 pts**

2 La partie de la plaque non utilisée est représentée en quadrillé sur la **figure 2**.
Calculer une valeur approchée au centième de la proportion de la plaque qui n'est pas utilisée. **3 pts**

3 Pour que la superposition des triangles soit harmonieuse, Joanna veut que les trois triangles AMD, PNM et PDN soient semblables. Démontrer que c'est bien le cas. **6 pts**

4 Joanna aimerait que le coefficient d'agrandissement pour passer du triangle PDN au triangle AMD soit plus petit que 1,5. Est-ce le cas ? Justifier. **6 pts**

Exercice 3

20 min **17 pts**

Les questions **1** *et* **2** *sont indépendantes.*

Un sablier est composé de :
– deux cylindres C_1 et C_2 de hauteur 4,2 cm et de diamètre 1,5 cm ;
– un cylindre C_3 ;
– deux demi-sphères S_1 et S_2 de diamètre 1,5 cm.
On rappelle le volume $\mathcal{V}$ d'un cylindre d'aire de base B et de hauteur h :

$$\mathcal{V} = B \times h$$

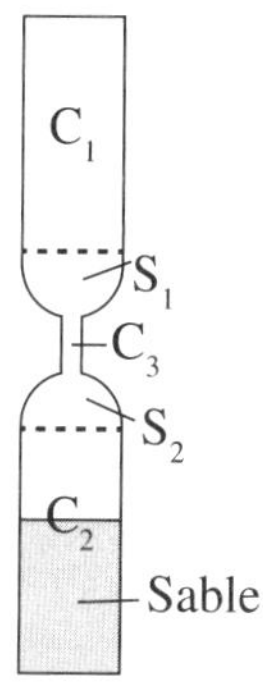

1 a. Au départ, le sable remplit le cylindre C_2 aux deux tiers. Montrer que le volume du sable est environ 4,95 cm^3. **4 pts**

b. On retourne le sablier. En supposant que le débit d'écoulement du sable est constant et égal à 1,98 cm^3/min, calculer le temps en minutes et secondes que va mettre le sable à s'écouler dans le cylindre inférieur. **4 pts**

2 En réalité, le débit d'écoulement d'un même sablier n'est pas constant. Dans une usine où on fabrique des sabliers comme celui-ci, on prend un sablier au hasard et on teste plusieurs fois le temps d'écoulement dans ce sablier.
Voici les différents temps récapitulés dans le tableau suivant :

Temps mesuré	2 min 22 s	2 min 24 s	2 min 26 s	2 min 27 s	2 min 28 s	2 min 29 s	2 min 30 s
Nombre de tests	1	1	2	6	3	7	6

Temps mesuré	2 min 31 s	2 min 32 s	2 min 33 s	2 min 34 s	2 min 35 s	2 min 38 s
Nombre de tests	3	1	2	3	2	3

a. Combien de tests ont été réalisés au total ? **1 pt**

b. Un sablier est mis en vente s'il vérifie les trois conditions ci-dessous, sinon il est éliminé :

- l'étendue des temps est inférieure à 20 s ;
- la médiane des temps est comprise entre 2 min 29 s et 2 min 31 s ;
- la moyenne des temps est comprise entre 2 min 28 s et 2 min 32 s.

Le sablier testé sera-t-il éliminé ? **8 pts**

Exercice 4

25 min **19 pts**

On veut réaliser un dessin constitué de deux types d'éléments (tirets et carrés) mis bout à bout.
Chaque script ci-dessous trace un élément et déplace le stylo.
On rappelle que « s'orienter à 90 degrés » signifie qu'on oriente le stylo vers la droite.

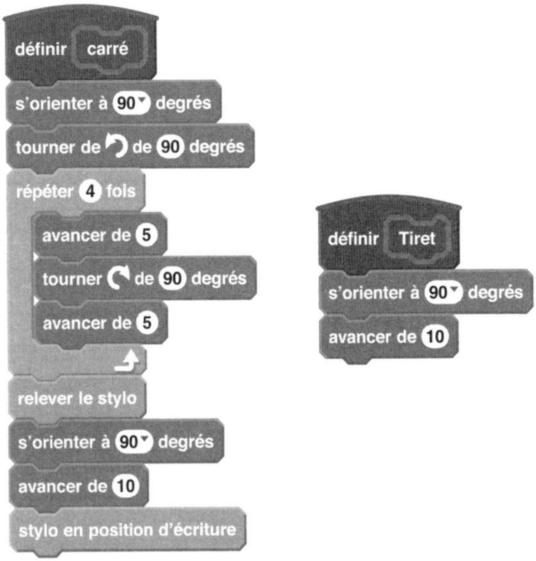

1 En prenant 1 cm pour 2 pixels, représenter la figure obtenue si on exécute le script « carré ». Préciser les positions de départ et d'arrivée du stylo sur la figure. **6 pts**

Pour tracer le dessin complet, on a réalisé deux scripts qui se servent des blocs « carré » et « tiret » ci-avant :

Script 1

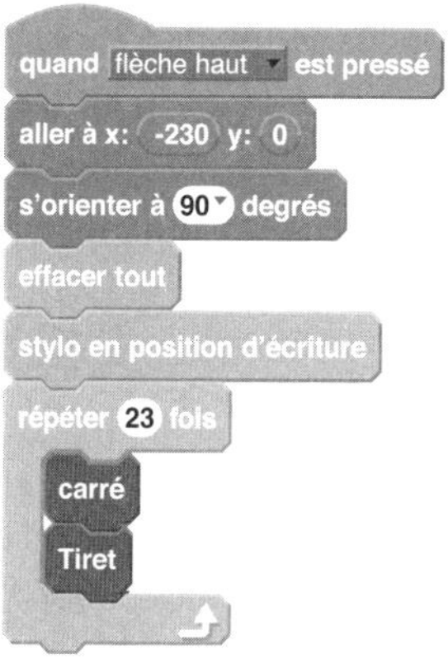

Script 2

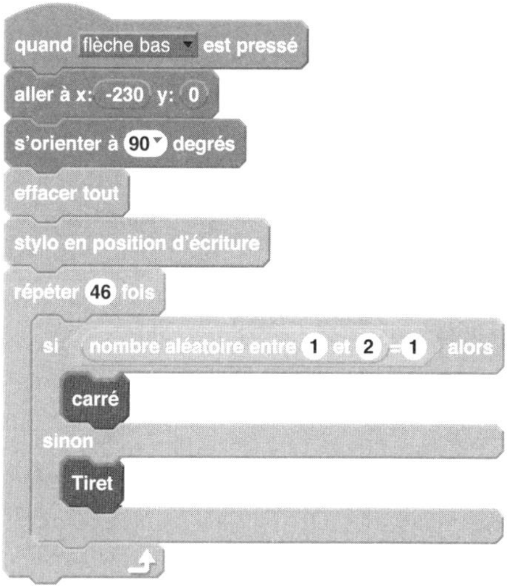

On exécute les deux scripts et on obtient les deux dessins ci-dessous.

Dessin A

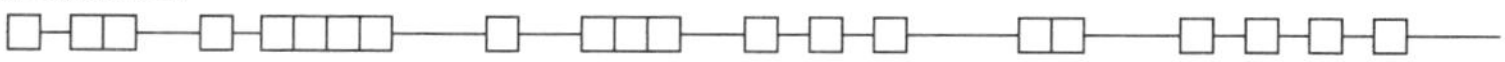

Dessin B

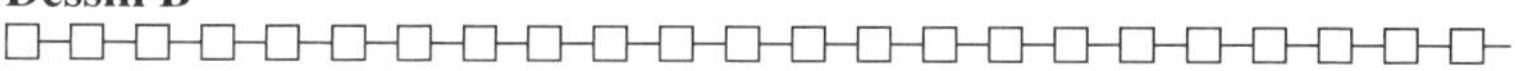

2 Attribuer à chaque script la figure dessinée. Justifier votre choix. **3 pts**

3 On exécute le **script 2**.

a. Quelle est la probabilité que le premier élément tracé soit un carré ? **2 pts**

b. Quelle est la probabilité que les deux premiers éléments soient des carrés ? **3 pts**

4 Dans le **script 2**, on aimerait que la couleur des différents éléments, tirets ou carrés, soit aléatoire, avec à chaque fois 50 % de chance d'avoir un élément noir et 50 % de chance d'avoir un élément rouge.
Écrire la suite d'instructions qu'il faut alors créer et préciser où l'insérer dans le **script 2**. **5 pts**

Indication : on pourra utiliser les instructions « mettre la couleur du stylo à rouge » et « mettre la couleur du stylo à noir » pour choisir la couleur du stylo.

Exercice 5

20 min **18 pts**

Olivia s'est acheté un tableau pour décorer le mur de son salon.
Ce tableau, représenté ci-contre, est constitué de quatre rectangles identiques nommés ①, ②, ③ et ④, dessinés à l'intérieur d'un grand rectangle ABCD d'aire égale à 1,215 m^2.
Le ratio longueur : largeur est égal à 3:2 pour chacun des cinq rectangles.

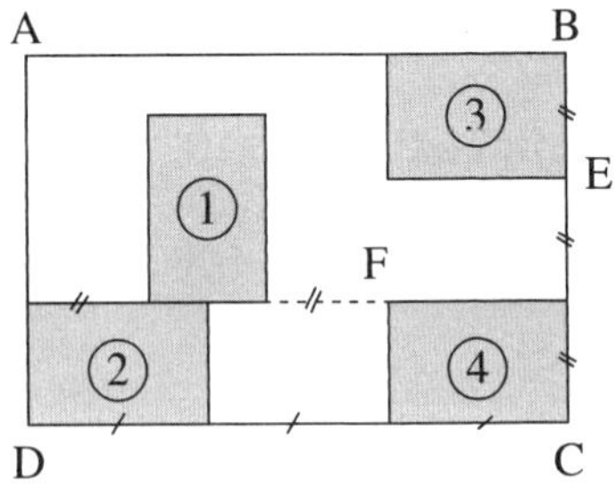

1 Recopier, en les complétant, les phrases suivantes.
Aucune justification n'est demandée.

a. Le rectangle … est l'image du rectangle … par la translation qui transforme C en E. **2 pts**

b. Le rectangle ③ est l'image du rectangle … par la rotation de centre F et d'angle 90° dans le sens des aiguilles d'une montre. **2 pts**

c. Le rectangle ABCD est l'image du rectangle … par l'homothétie de centre … et de rapport 3. **3 pts**
(*Il y a plusieurs réponses possibles, une seule est demandée.*)

2 Quelle est l'aire d'un petit rectangle ? **5 pts**

3 Quelles sont la longueur et la largeur du rectangle ABCD ? **6 pts**

Exercice 6

20 min **17 pts**

Voici deux programmes de calcul.

Programme 1

- Choisir un nombre.
- Le multiplier par 3.
- Ajouter 1.

Programme 2

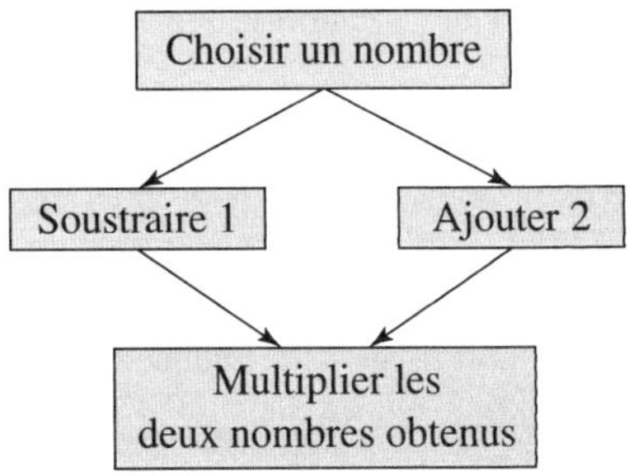

1 Vérifier que si on choisit 5 comme nombre de départ :

- le résultat du programme 1 vaut 16 ;
- le résultat du programme 2 vaut 28. **2 pts**

On appelle $A(x)$ le résultat du programme 1 en fonction du nombre x choisi au départ.
La fonction $B : x \mapsto (x - 1)(x + 2)$ donne le résultat du programme 2 en fonction du nombre x choisi au départ.

2 **a.** Exprimer $A(x)$ en fonction de x. **3 pts**
b. Déterminer le nombre que l'on doit choisir au départ pour obtenir 0 comme résultat du programme 1. **2 pts**

3 Développer et réduire l'expression :

$$B(x) = (x - 1)(x + 2)$$ **3 pts**

4 **a.** Montrer que $B(x) - A(x) = (x + 1)(x - 3)$. **4 pts**
b. Quels nombres doit-on choisir au départ pour que le programme 1 et le programme 2 donnent le même résultat ? Expliquer la démarche. **3 pts**

EXERCICES CLASSÉS PAR THÈMES

Calculs numériques et littéraux

Nouvelle-Calédonie, décembre 2020 **14 pts** 15 min

1 Les étiquettes

1 Justifier que le nombre 102 est divisible par 3. **2 pts**

2 On donne la décomposition en produit de facteurs premiers de 85 : $85 = 5 \times 17$. Décomposer 102 en produit de facteurs premiers. **2 pts**

3 Donner 3 diviseurs non premiers du nombre 102. **3 pts**

Un libraire dispose d'une feuille cartonnée de 85 cm sur 102 cm. Il souhaite découper dans celle-ci, en utilisant toute la feuille, des étiquettes carrées. Les côtés de ces étiquettes ont tous la même mesure.

4 Les étiquettes peuvent-elles avoir 34 cm de côté ? Justifier. **3 pts**

Le libraire découpe des étiquettes de 17 cm de côté.

5 Combien d'étiquettes pourra-t-il découper dans ce cas ? **4 pts**

Antilles-Guyane, septembre 2020 **15 pts** 15 min

2 QCM

Cet exercice est un questionnaire à choix multiple (QCM).
Pour chacune des cinq questions, quatre réponses sont proposées, une seule d'entre elles est exacte.
On rappelle que toute réponse doit être justifiée.
Une réponse fausse ou l'absence de réponse ne retire pas de point.

3 pts par question

Question	Réponse A	Réponse B	Réponse C	Réponse D
1 Si on multiplie la longueur de chaque arête d'un cube par 3, alors le volume du cube sera multiplié par :	3	9	12	27
2 Lorsque x est égal à -4, $x^2 + 3x + 4$ est égal à :	8	0	-24	-13
3 $\frac{1}{3} + \frac{1}{4} =$	$\frac{2}{7}$	0,583	$\frac{7}{12}$	$\frac{1}{7}$

Question	Réponse A	Réponse B	Réponse C	Réponse D
4 La notation scientifique de 1 500 000 000 est :	15×10^{-8}	15×10^{8}	$1{,}5 \times 10^{-9}$	$1{,}5 \times 10^{9}$
5 $(x-2) \times (x+2) =$	$x^2 - 4$	$x^2 + 4$	$2x - 4$	$2x$

France métropolitaine, septembre 2019 **15 pts** 20 min

3 Un joli programme

On donne le programme de calcul suivant :

- Étape 1 : Choisir un nombre de départ.
- Étape 2 : Ajouter 6 au nombre de départ.
- Étape 3 : Retrancher 5 au nombre de départ.
- Étape 4 : Multiplier les résultats des étapes 2 et 3.
- Étape 5 : Ajouter 30 à ce produit.
- Étape 6 : Donner le résultat.

1 **a.** Montrer que si le nombre choisi est 4, le résultat est 20. **2 pts**
b. Quel est le résultat quand on applique ce programme de calcul au nombre -3 ? **2 pts**

2 Zoé pense qu'un nombre de départ étant choisi, le résultat est égal à la somme de ce nombre et de son carré.
a. Vérifier qu'elle a raison quand le nombre choisi au départ vaut 4, et aussi quand on choisit -3. **2 pts**
b. Ismaël décide d'utiliser un tableur pour vérifier l'affirmation de Zoé sur quelques exemples.

B6 | f_x | =B1+B1^2

	A	B	C	D	E	F
1	**Étape 1**	**2**	**5**	**7**	**10**	**20**
2	**Étape 2**	**8**	**11**	**13**	**16**	**26**
3	**Étape 3**	**-3**	**0**	**2**	**5**	**15**
4	**Étape 4**	**-24**	**0**	**26**	**80**	**390**
5	**Étape 5 (résultat)**	**6**	**30**	**56**	**110**	**420**
6	**Somme du nombre et de son carré**	**6**	**30**	**56**	**110**	**420**

Il a écrit des formules en B2 et B3 pour exécuter automatiquement les étapes 2 et 3 du programme de calcul.

Quelle formule à recopier vers la droite a-t-il écrite dans la cellule B4 pour exécuter l'étape 4 ? **3 pts**

c. Zoé observe les résultats, puis confirme que **pour tout** nombre x choisi, le résultat du programme de calcul est bien $x^2 + x$. Démontrer sa réponse. **3 pts**

d. Déterminer tous les nombres pour lesquels le résultat du programme est 0. **3 pts**

Amérique du Nord, juin 2019 **15 pts** 20 min

4 Les boulets de canon

Pour ranger les boulets de canon, les soldats du XVIe siècle utilisaient souvent un type d'empilement pyramidal à base carrée, comme le montrent les dessins suivants :

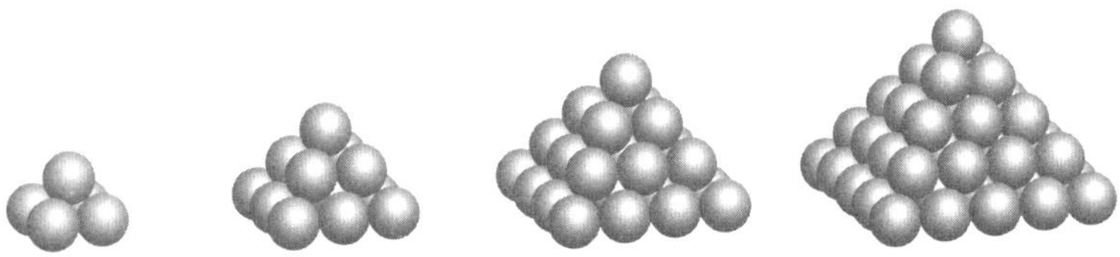

Empilement à 2 niveaux | **Empilement à 3 niveaux** | **Empilement à 4 niveaux** | **Empilement à 5 niveaux**

1 Combien de boulets contient l'empilement à 2 niveaux ? **2 pts**

2 Expliquer pourquoi l'empilement à 3 niveaux contient 14 boulets. **3 pts**

3 On range 55 boulets de canon selon cette méthode. Combien de niveaux comporte alors l'empilement obtenu ? **4 pts**

4 Ces boulets sont en fonte ; la masse volumique de cette fonte est de 7 300 kg/m^3. On modélise un boulet de canon par une boule de rayon 6 cm. Montrer que l'empilement à 3 niveaux de ces boulets pèse 92 kg, au kilogramme près. **6 pts**

Rappels :

- Volume d'une boule = $\frac{4}{3} \times \pi \times$ Rayon × Rayon × Rayon.
- Une masse volumique de 7 300 kg/m^3 signifie que 1 m^3 pèse 7 300 kg.

Amérique du Nord, juin 2019 — 12 pts — 15 min

5 Gaspillage alimentaire

Le diagramme ci-dessous représente, pour six pays, la quantité de nourriture gaspillée (en kg) par habitant en 2010.

Quantité de nourriture gaspillée (en kg) par habitant en 2010

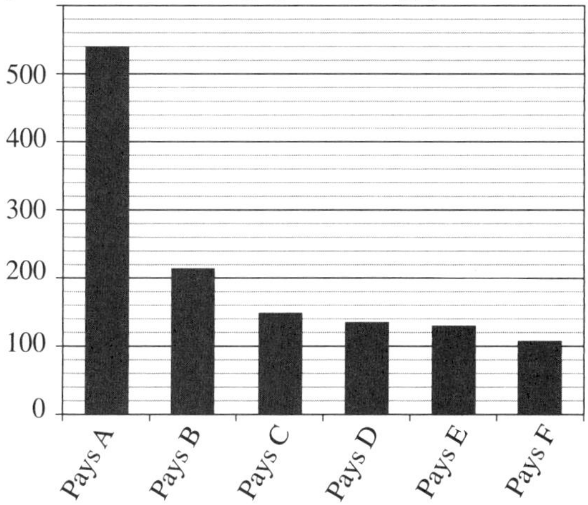

1 Donner approximativement la quantité de nourriture gaspillée par un habitant du pays D en 2010. **2 pts**

2 Peut-on affirmer que le gaspillage de nourriture d'un habitant du pays F représente environ un cinquième du gaspillage de nourriture d'un habitant du pays A ? **4 pts**

3 On veut rendre compte de la quantité de nourriture gaspillée pour d'autres pays. On réalise alors le tableau ci-dessous à l'aide d'un tableur.
Rappel : 1 tonne = 1 000 kg.

	A	B	C	D
1		**Quantité de nourriture gaspillée par habitant en 2010 (en kg)**	**Nombre d'habitants en 2010 (en millions)**	**Quantité totale de nourriture gaspillée (en tonnes)**
2	**Pays X**	345	10,9	3 760 500
3	**Pays Y**	212	9,4	
4	**Pays Z**	135	46,6	

EXERCICES

a. Quelle est la quantité totale de nourriture gaspillée par les habitants du pays X en 2010 ? **2 pts**

b. Voici trois propositions de formule, recopier celle qu'on a saisie dans la cellule D2 avant de l'étirer jusqu'en D4. **4 pts**

Proposition 1	Proposition 2	Proposition 3
= B2*C2*1000000	= B2*C2	= B2*C2*1000

15 min

Asie, juin 2019 **14 pts**

6 Des calculs en programme

Nina et Claire ont chacune un programme de calcul.

Programme de Nina	Programme de Claire
• Choisir un nombre de départ. • Soustraire 1. • Multiplier le résultat par −2. • Ajouter 2.	• Choisir un nombre de départ. • Multiplier ce nombre par $-\frac{1}{2}$. • Ajouter 1 au résultat.

1 Montrer que si les deux filles choisissent 1 comme nombre de départ, Nina obtiendra un résultat final 4 fois plus grand que celui de Claire. **3 pts**

2 Quel nombre de départ Nina doit-elle choisir pour obtenir 0 à la fin ? **4 pts**

3 Nina dit à Claire : « Si on choisit le même nombre de départ, mon résultat sera toujours quatre fois plus grand que le tien ». A-t-elle raison ? **7 pts**

20 min

Asie, juin 2019 **16 pts**

7 Fabrication d'un puits

Pour fabriquer un puits dans son jardin, Mme Martin a besoin d'acheter 5 cylindres en béton comme celui décrit ci-après. Dans sa remorque, elle a la place pour mettre les 5 cylindres, mais elle ne peut transporter que 500 kg au maximum.

À l'aide des caractéristiques du cylindre, déterminer le nombre minimum d'allers-retours nécessaires à Mme Martin pour rapporter ses 5 cylindres avec sa remorque.

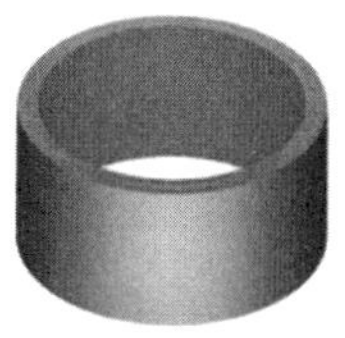	**Caractéristiques d'un cylindre :** • diamètre intérieur : 90 cm • diamètre extérieur : 101 cm • hauteur : 50 cm • masse volumique du béton : 2 400 kg/m^3

Rappel :
Volume $\mathcal{V}$ d'un cylindre : $\mathcal{V} = \pi \times \text{Rayon} \times \text{Rayon} \times \text{Hauteur}$.

Nouvelle-Calédonie, mars 2019 **11 pts** 10 min

8 Calédorail

Calédorail est un projet de bus qui relierait différents points stratégiques de la ville de Nouméa.

1 Longueur de la ligne

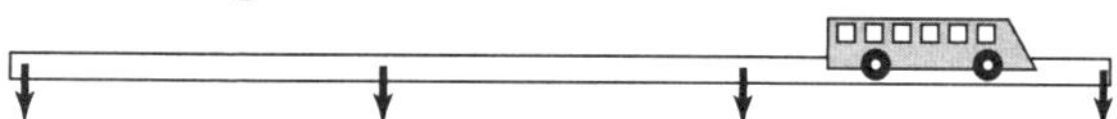

La distance moyenne entre deux stations est d'environ 450 m. Estimer la distance entre la station 1 et la station 4. **3 pts**

2 Vitesse moyenne

Le bus Calédorail mettrait 24 min pour effectuer un trajet de 9,9 km. Quelle serait sa vitesse moyenne en km/h ? **4 pts**

3 Tarif

Actuellement, un ticket de bus coûte 190 F. Le ticket de bus Calédorail coûterait 40 % plus cher. Quel serait le prix du ticket de bus Calédorail ? **4 pts**

Nouvelle-Calédonie, décembre 2018 **18 pts** 20 min

9 À table

1 Décomposer les nombres 162 et 108 en produits de facteurs premiers. **6 pts**

2 Déterminer deux diviseurs communs aux nombres 162 et 108 qui sont plus grands que 10. **3 pts**

EXERCICES

3 Un snack vend des barquettes composées de nems et de samossas.
Le cuisinier a préparé 162 nems et 108 samossas.
Dans chaque barquette :
– le nombre de nems doit être le même ;
– le nombre de samossas doit être le même.
Tous les nems et tous les samossas doivent être utilisés.

a. Le cuisinier peut-il réaliser 36 barquettes ? **3 pts**

b. Quel nombre maximal de barquettes pourra-t-il réaliser ? **4 pts**

c. Dans ce cas, combien y aura-t-il de nems et de samossas dans chaque barquette ? **2 pts**

10 min

Nouvelle-Calédonie, décembre 2018 **8 pts**

10 Deux réponses à justifier

Pour chacune des affirmations suivantes, indiquer si elle est vraie ou fausse et justifier la réponse.

1 Affirmation : l'aire de la partie grise de la figure ci-dessous est $36 - x^2$. **4 pts**

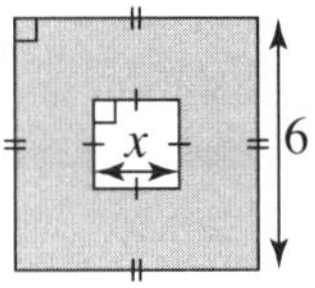

2 Affirmation : le chiffre 8 est écrit 20 fois lorsque j'écris tous les nombres entiers de 1 à 100. **4 pts**

20 min

Amérique du Sud, novembre 2018 **17 pts**

11 Différents programmes

Voici deux programmes de calcul :

Programme de calcul ①	**Programme de calcul ②**
• Soustraire 5. • Multiplier par 4.	• Multiplier par 6. • Soustraire 20. • Soustraire le double du nombre de départ.

1 a. Quel résultat obtient-on quand on applique le programme de calcul ① au nombre 3 ? **2 pts**

b. Quel résultat obtient-on quand on applique le programme de calcul ② au nombre 3 ? **2 pts**

2 Démontrer qu'en choisissant le nombre –2, les deux programmes donnent le même résultat. **4 pts**

3 On décide de réaliser davantage d'essais. Pour cela, on utilise un tableur et on obtient la copie d'écran suivante :

	A	B	C	D
1	**Nombre choisi**	**Résultat avec le programme ①**	**Résultat avec le programme ②**	
2	0	– 20	– 20	
3	1	– 16	– 16	
4	2	– 12	– 12	
5	3	– 8	– 8	
6	4			
7	5			
8	6			

Quelle formule a-t-on pu saisir dans la cellule B2 avant de la recopier vers le bas, jusqu'à la cellule B5 ? **3 pts**

4 Les résultats affichés dans les colonnes B et C sont égaux. Lucie pense alors que, pour n'importe quel nombre choisi au départ, les deux programmes donnent toujours le même résultat.
Démontrer que Lucie a raison. **6 pts**

EXERCICES

Amérique du Sud, novembre 2018 **18 pts** 20 min

12 La télé dans le salon

Valentin souhaite acheter un écran de télévision ultra HD (haute définition). Pour un confort optimal, la taille de l'écran doit être adaptée aux dimensions de son salon.
Voici les caractéristiques du téléviseur que Valentin pense acheter :

Hauteur de l'écran	60 cm
Format de l'écran	16/9
Ultra HD	Oui

Valentin a-t-il fait un choix adapté ? Utiliser les informations ci-après et les caractéristiques du téléviseur pour répondre.

Information 1.
Distance écran-téléspectateur du salon de Valentin : 3,20 m.

Information 2. Format 16/9

Pour un écran au format 16/9, on a : Largeur $= \frac{16}{9} \times$ Hauteur.

Information 3. Graphique pour aider au choix de la taille de l'écran

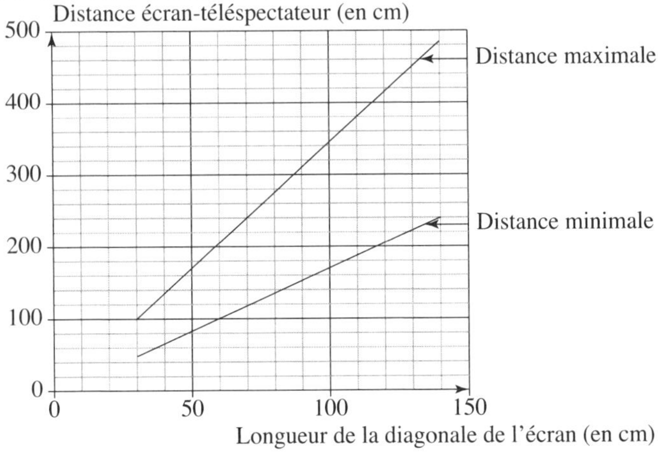

Polynésie, septembre 2018 — **12 pts** — 15 min

13 Un peu de tout

Indiquer si les affirmations suivantes sont vraies ou fausses. Justifier vos réponses. **3 pts par affirmation**

1 On lance un dé équilibré à six faces numérotées de 1 à 6.
Un élève affirme qu'il a deux chances sur trois d'obtenir un diviseur de 6.

2 On considère le nombre $a = 3^4 \times 7$.
Un élève affirme que le nombre $b = 2 \times 3^5 \times 7^2$ est un multiple du nombre a.

3 En 2016, le football féminin comptait en France 98 800 licenciées alors qu'il y en avait 76 000 en 2014.
Un journaliste affirme que le nombre de licenciées a augmenté de 30 % de 2014 à 2016.

4 Une personne A a acheté un pull et un pantalon de jogging dans un magasin. Le pantalon coûtait 54 €. Dans ce magasin, une personne B

a acheté le même pull en trois exemplaires ; elle a dépensé plus d'argent que la personne A.
La personne B affirme qu'un pull coûte 25 €.

France métropolitaine, septembre 2018 **11 pts** 15 min

14 Décomposition

1 Le nombre 588 peut se décomposer sous la forme $588 = 2^2 \times 3 \times 7^2$.
Quels sont ses diviseurs premiers, c'est-à-dire les nombres qui sont à la fois des nombres premiers et des diviseurs de 588 ? **3 pts**

2 **a.** Déterminer la décomposition en facteurs premiers de 27 000 000. **3 pts**

b. Quels sont ses diviseurs premiers ? **2 pts**

3 Déterminer le plus petit nombre entier positif impair qui admet trois diviseurs premiers différents. Expliquer votre raisonnement. **3 pts**

France métropolitaine, septembre 2018 **12 pts** 15 min

15 Deux programmes pour un résultat

La figure ci-dessous donne un schéma d'un programme de calcul.

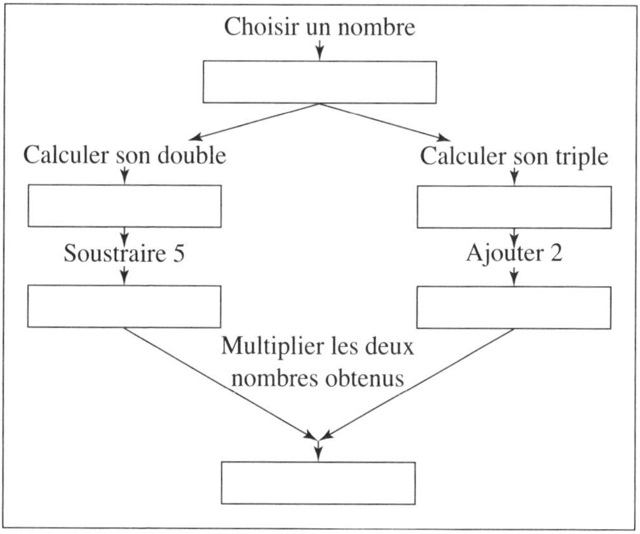

EXERCICES

1 Si le nombre de départ est 1, montrer que le résultat obtenu est -15. **3 pts**

2 Si on choisit un nombre quelconque x comme nombre de départ, parmi les expressions suivantes, quelle est celle qui donne le résultat obtenu par le programme de calcul ? Justifier. **3 pts**

$A = (x^2 - 5) \times (3x + 2)$ $\quad B = (2x - 5) \times (3x + 2)$ $\quad C = 2x - 5 \times 3x + 2$

3 Lily prétend que l'expression $D = (3x + 2)^2 - (x + 7)(3x + 2)$ donne les mêmes résultats que l'expression B pour toutes les valeurs de x.
L'affirmation de Lily est-elle vraie ? Justifier. **6 pts**

France métropolitaine, juin 2018 **16 pts** 20 min

16 Demandez le programme !

Voici un programme de calcul.

- Choisir un nombre.
- Multiplier ce nombre par 4.
- Ajouter 8.
- Multiplier le résultat par 2.

1 Vérifier que si on choisit le nombre -1, ce programme donne 8 comme résultat final. **1 pt**

2 Le programme donne 30 comme résultat final, quel est le nombre choisi au départ ? **3 pts**

Dans la suite de l'exercice, on nomme x le nombre choisi au départ.

3 L'expression $A = 2(4x + 8)$ donne le résultat du programme de calcul précédent pour un nombre x donné. On pose $B = (4 + x)^2 - x^2$.
Prouver que les expressions A et B sont égales pour toutes les valeurs de x. **4 pts**

4 Pour chacune des affirmations suivantes, indiquer si elle est vraie ou fausse. On rappelle que les réponses doivent être justifiées.

Affirmation 1 : Ce programme donne un résultat positif pour toutes les valeurs de x. **4 pts**

Affirmation 2 : Si le nombre x choisi est un nombre entier, le résultat obtenu est un multiple de 8. **4 pts**

Asie, juin 2018 **14 pts** 20 min

17 Les œufs biologiques

Francis veut se lancer dans la production d'œufs biologiques. Son terrain est un rectangle de 110 m de long et 30 m de large.
Il va séparer ce terrain en deux parties rectangulaires (voir schéma ci-dessous qui n'est pas à l'échelle) : une partie couverte et une partie « Plein air ».

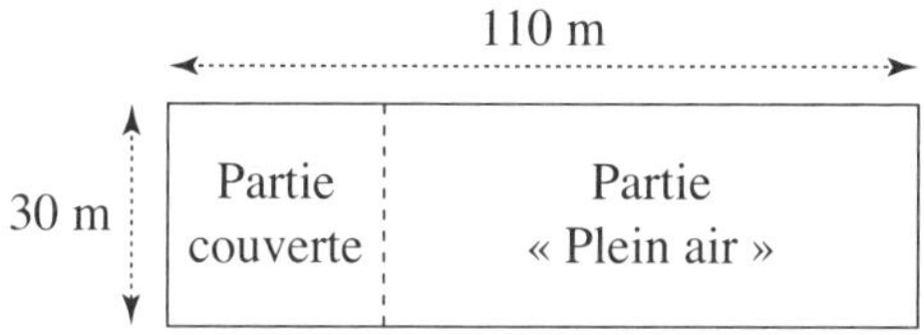

Pour avoir la qualification « biologique », Francis a l'obligation de respecter les deux règles ci-dessous.

Partie couverte : utilisée pour toutes les poules quand il fait nuit	**Partie « Plein air » :** utilisée pour toutes les poules quand il fait jour
6 poules maximum par m^2	4 m^2 minimum par poule

(Source : Institut Technologique de l'Agriculture Biologique.)

Il a prévu que la partie couverte ait une surface de 150 m^2.

1 Montrer que l'aire de la partie « Plein air » est de 3 150 m^2. **4 pts**

2 Francis peut-il élever 800 poules dans son installation ? **4 pts**

3 Combien de poules au maximum pourrait-il élever dans son installation ? **6 pts**

Amérique du Nord, juin 2018 **16 pts** 10 min

18 Vitesse de téléchargement

On considère la fenêtre de téléchargement ci-dessous.

Si la vitesse de téléchargement reste constante, faudra-t-il plus d'une minute et vingt-cinq secondes pour que le téléchargement se termine ?

EXERCICES

Centres étrangers, juin 2018 **14 pts** 15 min

19 Des affirmations à justifier

Pour chacune des affirmations suivantes, dire si elle est vraie ou fausse en justifiant soigneusement la réponse.

1 La récolte de la lavande débute lorsque les trois quarts des fleurs au moins sont fanées. Le producteur a cueilli un échantillon de lavande représenté par le dessin ci-contre.

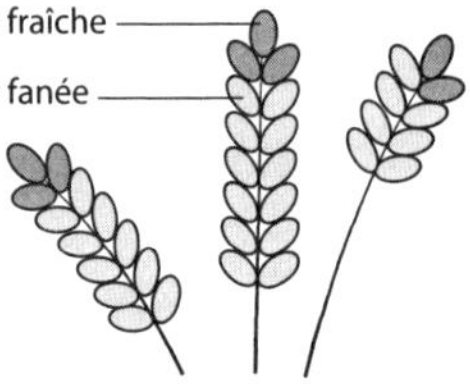

Affirmation 1 :
la récolte peut commencer. **4 pts**

2 En informatique, on utilise comme unités de mesure les multiples de l'octet : 1 ko = 10^3 octets, 1 Mo = 10^6 octets, 1 Go = 10^9 octets.
Contenu du disque dur externe : 1 000 photos de 900 ko chacune ; 65 vidéos de 700 Mo chacune.

Capacité de l'ordinateur : 250 Go

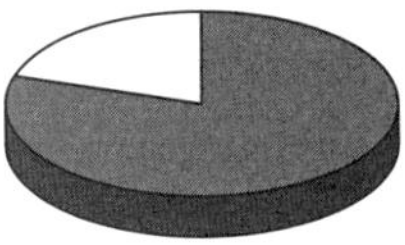

Affirmation 2 : le transfert de la totalité du contenu du disque dur externe vers l'ordinateur n'est pas possible. **5 pts**

3 On considère le programme de calcul ci-dessous :

- Choisir un nombre.
- Ajouter 5.
- Multiplier le résultat obtenu par 2.
- Soustraire 9.

Affirmation 3 : ce programme donne pour résultat la somme de 1 et du double du nombre choisi. **5 pts**

Pondichéry, mai 2018 — **9 pts** — 10 min

20 QCM

Cet exercice est un QCM (questionnaire à choix multiples). Pour chacune des questions, quatre réponses sont proposées et une seule est exacte. Une réponse fausse ou absente n'enlève pas de point.

Pour chacune des trois questions, sélectionner la bonne réponse.

3 pts par question

	1	2	3
	$2{,}53 \times 10^{15} =$	La latitude de l'équateur est :	$\dfrac{\frac{2}{3}+\frac{5}{6}}{7} =$
Réponse A	2,530 000 000 000 000 00	0°	$\dfrac{3}{14}$
Réponse B	2 530 000 000 000 000	90° Est	$\dfrac{1}{9}$
Réponse C	253 000 000 000 000 000	90° Nord	0,214 285 714
Réponse D	37,95	90° Sud	0,111 111 111

Pondichéry, mai 2018 — **18 pts** — 25 min

21 Les deux programmes

Programme A	**Programme B**
• Choisir un nombre. • Soustraire 3. • Calculer le carré du résultat obtenu.	• Choisir un nombre. • Calculer le carré de ce nombre. • Ajouter le triple du nombre de départ. • Ajouter 7.

1 Corinne choisit le nombre 1 et applique le programme A. Expliquer en détaillant les calculs que le résultat du programme de calcul est 4. **2 pts**

2 Tidjane choisit le nombre – 5 et applique le programme B. Quel résultat obtient-il ? **2 pts**

EXERCICES

3 Lina souhaite regrouper le résultat de chaque programme à l'aide d'un tableur. Elle crée la feuille de calcul ci-dessous. Quelle formule, copiée ensuite à droite dans les cellules C3 à H3, a-t-elle saisie dans la cellule B3 ? **3 pts**

B2 f_x =(B1-3)^2

	A	B	C	D	E	F	G	H
1	Nombre de départ	-3	-2	-1	0	1	2	3
2	Résultat du programme A	36	25	16	9	4	1	0
3	Résultat du programme B	7	5	5	7	11	17	25

4 Zoé cherche à trouver un nombre de départ pour lequel les deux programmes de calcul donnent le même résultat. Pour cela, elle appelle x le nombre choisi au départ et exprime le résultat de chaque programme de calcul en fonction de x.

a. Montrer que le résultat du programme A en fonction de x peut s'écrire sous forme développée et réduite : $x^2 - 6x + 9$. **4 pts**

b. Écrire le résultat du programme B en fonction de x. **2 pts**

c. Existe-t-il un nombre de départ pour lequel les deux programmes donnent le même résultat ? Si oui, lequel ? **5 pts**

Wallis et Futuna, décembre 2017 **14 pts** 20 min

22 Tests d'un vaccin

Dans un laboratoire A, pour tester le vaccin contre la grippe de la saison hivernale prochaine, on a injecté la même souche de virus à 5 groupes comportant 29 souris chacun.

Trois de ces groupes avaient été préalablement vaccinés contre ce virus.

Quelques jours plus tard, on remarque que :

- dans les 3 groupes de souris vaccinées, aucune souris n'est malade ;
- dans chacun des groupes de souris non vaccinées, 23 souris ont développé la maladie.

1 **a.** En détaillant les calculs, montrer que la proportion de souris malades lors de ce test est $\frac{46}{145}$. **4 pts**

b. Justifier sans utiliser la calculatrice pourquoi on ne peut pas simplifier cette fraction. **4 pts**

Donnée utile : Le début de la liste ordonnée des nombres premiers est 2, 3, 5, 7, 11, 13, 17, 19, 23, 29.

Dans un laboratoire B, on informe que $\frac{140}{870}$ des souris ont été malades.

2 **a.** Décomposer 140 et 870 en produits de nombres premiers. **4 pts**
b. En déduire la forme irréductible de la proportion de souris malades dans le laboratoire B. **2 pts**

10 min

Nouvelle-Calédonie, décembre 2017 **8 pts**

23 Bonne pêche

« – Salut Antoine, bonne idée d'aller à la pêche aux coquillages ce matin !
– Salut Aurel ! Oui à la pêche aux coquillages et aux poissons !
– AUREL : Où va-t-on ?
– ANTOINE : Ici, la croix sur la carte, c'est à 5 km.
– AUREL : Super ton bateau ! A-t-on assez d'essence ?
– ANTOINE : Oui sans problème ! Le réservoir est plein, j'ai 12 L d'essence.
– AUREL : On navigue à quelle vitesse ?
– ANTOINE : Dans la mangrove, en moyenne, 8 nœuds.
– AUREL : Avec cette pêche, le bateau sera plus lourd.
– ANTOINE : Oui, on devrait consommer 1 L d'essence de plus qu'à l'aller. »

1 En prenant 1 nœud = 1,852 km/h, combien de temps faut-il à Antoine et Aurel pour atteindre leur lieu de pêche ?
Exprimer le résultat en minutes (arrondi à l'unité). **5 pts**

2 Les deux amis ont consommé, à l'aller, un quart du réservoir. Comme le bateau sera plus lourd au retour, quel volume d'essence restera-t-il dans le réservoir à leur arrivée ? **3 pts**

EXERCICES

10 min

Nouvelle-Calédonie, décembre 2017 **8 pts**

24 Coquillages et poissons

– AUREL : Belle pêche ! Combien de poissons et de coquillages vas-tu pouvoir vendre au marché ?
– ANTOINE : En tout, je vais pouvoir vendre au marché 30 poissons et 500 coquillages.

Antoine est un pêcheur professionnel. Il veut vendre des paniers contenant des coquillages et des poissons. Il souhaite concevoir le plus grand nombre possible de paniers identiques. Enfin, il voudrait qu'il ne lui reste aucun coquillage et aucun poisson dans son congélateur.

1 Combien de paniers au maximum Antoine pourra-t-il concevoir ? Justifier. **5 pts**

2 Quelle sera la composition de chaque panier ? Justifier. **3 pts**

20 min

Amérique du Sud, novembre 2017 **12 pts**

25 Programme de calcul

Léo choisit un nombre, le multiplie par 6 puis ajoute 5.
Julie choisit le même nombre, lui ajoute 8, multiplie le résultat par le nombre de départ, puis soustrait le carré du nombre de départ.

1 Léo et Julie choisissent au départ le nombre -3.

a. Quel résultat obtient Léo ? **3 pts**

b. Quel résultat obtient Julie ? **3 pts**

2 Quel nombre positif doivent-ils choisir au départ pour obtenir le même résultat ? **6 pts**

20 min

Amérique du Sud, novembre 2017 **12 pts**

26 Vrai ou faux, mais en justifiant

3 pts par question

Indiquer en justifiant si chaque affirmation ci-dessous est vraie ou fausse.

Affirmation 1 : « Les nombres 11 et 13 n'ont aucun multiple commun. »

Affirmation 2 : « Le nombre 231 est un nombre premier. »

Affirmation 3 : « $\frac{2}{15}$ est le tiers de $\frac{6}{15}$. »

Affirmation 4 : « $15 - 5 \times 7 + 3 = 73$. »

20 min

France métropolitaine, septembre 2017 **18 pts**

27 Monsieur Chapuis

M. Chapuis souhaite changer le carrelage et les plinthes(*) dans le salon de son appartement. Pour cela, il doit acheter des carreaux, de la colle et des plinthes en bois qui seront clouées.

(*) Une plinthe est un élément décoratif de faible hauteur fixé au bas des murs le long du sol.

Il dispose des documents suivants :

Doc. 1 : Plan (la pièce correspond à la partie grisée)

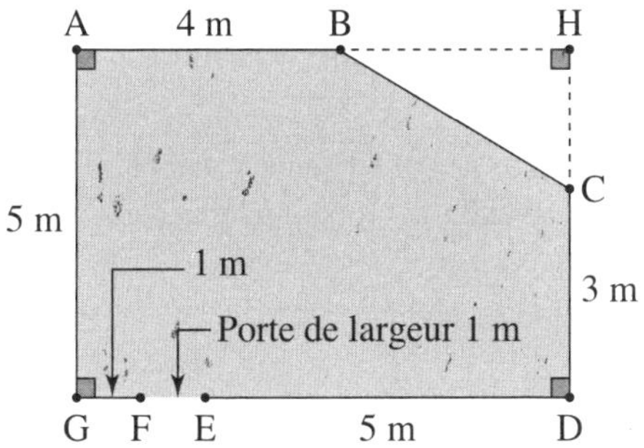

Le schéma ci-contre n'est pas réalisé à l'échelle.

Doc. 2

Carrelage

Taille d'un carreau :
50 cm × 50 cm
Épaisseur d'un carreau :
0,9 cm
Conditionnement :
1,25 m² par boîte
Prix : 19,95 € par boîte

Plinthe

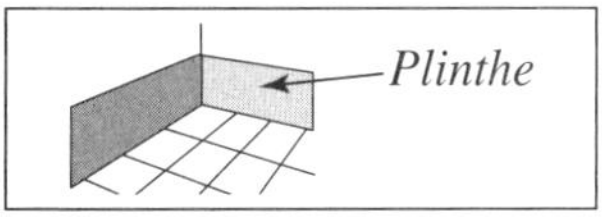

Forme : rectangulaire de longueur 1 m
Prix : 2,95 € la plinthe en bois
Vendue à l'unité

Doc. 3

Colle pour le carrelage

Conditionnement : sac de 25 kg
Rendement (aire que l'on peut coller) : 4 m² par sac
Prix : 22 € le sac

Paquet de clous pour les plinthes

Prix : 5,50 € le paquet

1 **a.** En remarquant que la longueur GD est égale à 7 m, déterminer l'aire du triangle BCH. **2 pts**

b. Montrer que l'aire de la pièce est de 32 m². **2 pts**

2 Pour ne pas manquer de carrelage ni de colle, le vendeur conseille à M. Chapuis de prévoir une aire supérieure de 10 % à l'aire calculée à la question **1**. M. Chapuis doit acheter des boîtes entières et des sacs entiers.

Déterminer le nombre de boîtes de carrelage et le nombre de sacs de colle à acheter. **5 pts**

3 Le vendeur recommande aussi de prendre une marge de 10 % sur la longueur des plinthes. Déterminer le nombre total de plinthes que M. Chapuis doit acheter pour faire le tour de la pièce. On précise qu'il n'y a pas de plinthe sur la porte. **5 pts**

4 Quel est le montant de la dépense de M. Chapuis, sachant qu'il peut se contenter d'un paquet de clous ? Arrondir la réponse à l'euro près. **4 pts**

20 min

France métropolitaine, septembre 2017 **20 pts**

28 Il faut justifier

Pour chaque affirmation, dire en justifiant si elle est vraie ou fausse.

Affirmation 1 :

Programme de calcul A
• Choisir un nombre.
• Ajouter 3.
• Multiplier le résultat par 2.
• Soustraire le double du nombre de départ.

Le résultat du programme de calcul A est toujours égal à 6. **6 pts**

Affirmation 2 : Le résultat du calcul $\frac{7}{5} - \frac{4}{5} \times \frac{1}{3}$ est égal à $\frac{1}{5}$. **3 pts**

Affirmation 3 : La solution de l'équation $4x - 5 = x + 1$ est une solution de l'équation $x^2 - 2x = 0$. **6 pts**

Affirmation 4 : Pour tous les nombres entiers n compris entre 2 et 9, $2^n - 1$ est un nombre premier. **5 pts**

15 min

Polynésie, septembre 2017 **14 pts**

29 L'arrosage automatique

Le jardinier d'un club de football décide de semer à nouveau du gazon sur l'aire de jeu. Pour que celui-ci pousse correctement, il installe un système d'arrosage automatique qui se déclenche le matin et le soir, à chaque fois pendant 15 minutes.

- Le système d'arrosage est constitué de 12 circuits indépendants.
- Chaque circuit est composé de 4 arroseurs.
- Chaque arroseur a un débit de 0,4 m^3 d'eau par heure.

Combien de litres d'eau auront été consommés si on arrose le gazon pendant tout le mois de juillet ?

On rappelle que 1 m³ = 1 000 litres et que le mois de juillet compte 31 jours.

Polynésie, septembre 2017 **16 pts** 20 min

30 Le marathon

L'épreuve du marathon consiste à parcourir le plus rapidement possible la distance de 42,195 km en course à pied. Cette distance se réfère historiquement à l'exploit effectué par le Grec Phillipidès, en 490 av. J.-C., pour annoncer la victoire des Grecs contre les Perses. Il s'agit de la distance entre Marathon et Athènes.

1 En 2014, le Kenyan Dennis Kimetto a battu l'ancien record du monde en parcourant cette distance en 2 h 2 min 57 s. Quel est alors l'ordre de grandeur de sa vitesse moyenne : 5 km/h, 10 km/h ou 20 km/h ? **3 pts**

2 Lors de cette même course, le Britannique Scott Overall a mis 2 h 15 min pour réaliser son marathon. Calculer sa vitesse moyenne en km/h. Arrondir la valeur obtenue au centième de km/h. **5 pts**

3 Dans cette question, on considérera que Scott Overall court à une vitesse constante. Au moment où Dennis Kimetto franchit la ligne d'arrivée, déterminer :

a. le temps qu'il reste à courir à Scott Overall ; **3 pts**

b. la distance qu'il lui reste à parcourir. Arrondir le résultat au mètre près. **5 pts**

EXERCICES

France métropolitaine, juin 2017 **16 pts** 25 min

31 Méli-mélo

1 Lors des Jeux olympiques de Rio en 2016, la Danoise Pernille Blume a remporté le 50 m nage libre en 24,07 s.
A-t-elle nagé plus rapidement qu'une personne qui se déplace en marchant vite, c'est-à-dire à 6 km/h ? **3 pts**

2 On donne l'expression $E = (3x + 8)^2 - 64$.

a. Développer E. **3 pts**

b. Montrer que E peut s'écrire sous forme factorisée : $3x\,(3x + 16)$. **3 pts**

c. Résoudre l'équation $(3x + 8)^2 - 64 = 0$. **4 pts**

3 La distance d de freinage d'un véhicule dépend de sa vitesse et de l'état de la route.
On peut la calculer à l'aide de la formule suivante :

$$d = k \times v^2$$

avec :
- d la distance de freinage en m ;
- v la vitesse du véhicule en m/s ;
- k le coefficient dépendant de l'état de la route ($k = 0{,}14$ sur route mouillée, $k = 0{,}08$ sur route sèche).

Quelle est la vitesse d'un véhicule dont la distance de freinage sur route mouillée est égale à 15 m ? **3 pts**

10 min

Amérique du Nord, juin 2017 **9 pts**

32 Calculs au choix

Sélectionner la bonne réponse (aucune justification n'est attendue).

3 pts par question

Question	Réponse A	Réponse B	Réponse C
1 La somme $\frac{7}{4} + \frac{2}{3}$ est égale à :	$\frac{9}{7}$	$\frac{29}{12}$	$\frac{9}{12}$
2 L'équation $5x + 12 = 3$ a pour solution :	1,8	3	−1,8
3 Une valeur approchée, au dixième près, du nombre $\frac{\sqrt{5}+1}{2}$ est :	2,7	1,6	1,2

15 min

Centres étrangers, juin 2017 **12 pts**

33 Le remplissage de la piscine

Sarah vient de faire construire une piscine dont la forme est un pavé droit de 8 m de longueur, 4 m de largeur et 1,80 m de profondeur. Elle souhaite maintenant remplir sa piscine. Elle y installe donc son tuyau d'arrosage.
Sarah a remarqué qu'avec son tuyau d'arrosage, elle peut remplir un seau de 10 L en 18 s. Pour remplir sa piscine, un espace de 20 cm doit être laissé entre la surface de l'eau et le haut de la piscine.
Faut-il plus ou moins d'une journée pour remplir la piscine ? Justifier.

Centres étrangers, juin 2017 — 14 pts — 20 min

34 Le carrelage de la cuisine

Bob doit refaire le carrelage de sa cuisine dont la forme au sol est un rectangle de 4 m par 5 m.

Il a choisi son carrelage dans un magasin. Le vendeur lui indique qu'il faut commander 5 % de carrelage en plus pour compenser les pertes dues aux découpes.

Le carrelage choisi se vend dans des paquets permettant de recouvrir 1,12 m^2 et chaque paquet coûte 31 €.

1 Montrer que Bob doit commander au moins 21 m^2 de carrelage. **3 pts**

2 Combien doit-il acheter de paquets de carrelage ? **2 pts**

3 Quel sera le coût de l'achat du carrelage de sa cuisine ? **2 pts**

4 Bob se rend ensuite dans un autre magasin pour acheter le reste de ses matériaux.

Compléter la facture ci-dessous. **7 pts**

Matériaux	Quantité	Montant unitaire Hors Taxe	Montant total Hors Taxe
Seau de colle	3	12 €	36 €
Sachet de croisillons	……	7 €	……
Sac de joint pour carrelage	2	……	45 €
		TOTAL HORS TAXE	88 €
		TVA (20 %)	……
		TOTAL TOUTES TAXES COMPRISES	……

Polynésie, juin 2017 — 16 pts — 25 min

35 Vitesse d'un TGV en gare

Dans cet exercice, on va s'intéresser à la vitesse d'un TGV passant en gare sans s'arrêter.

En utilisant les documents ci-après, à quelle vitesse (en km/h) le TGV est-il passé, sans s'arrêter, devant moi ?

Le résultat sera arrondi à l'unité.

Doc. 1 : Arrêt sur image d'une vidéo d'un TGV passant en gare sans s'arrêter

Tout le train est passé devant moi en 13 secondes et 53 centièmes.

Doc. 2 : Schéma des motrices et voitures composant une rame de TGV

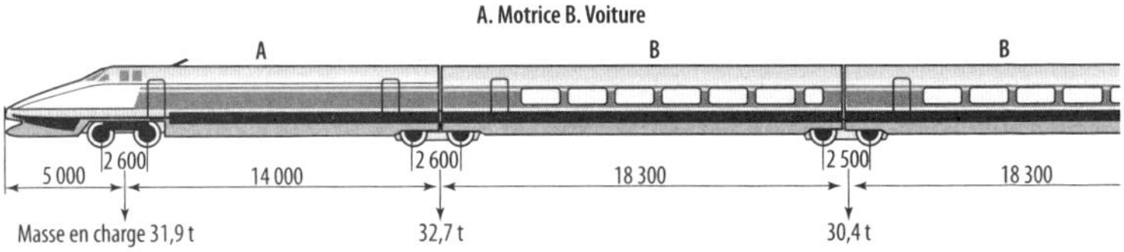

Les mesures de longueur sont exprimées en millimètres.

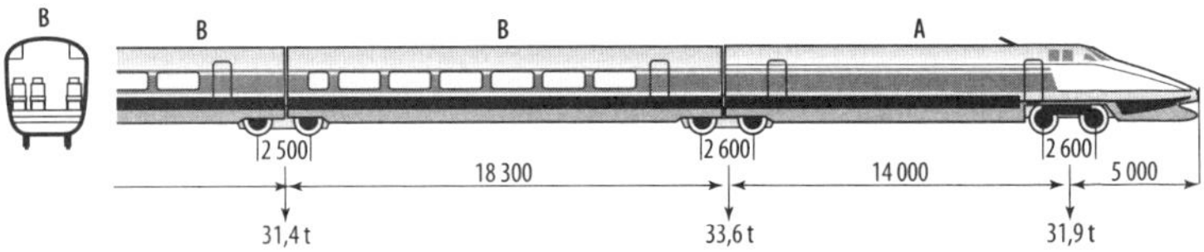

Doc. 3 : Composition du TGV passé en gare

- Le TGV est constitué de deux rames.
- Chaque rame est composée de deux motrices de type A encadrant dix voitures de type B.

Polynésie, juin 2017 — 16 pts — 25 min

36 Lignes de bus

Voici le plan de deux lignes de bus :

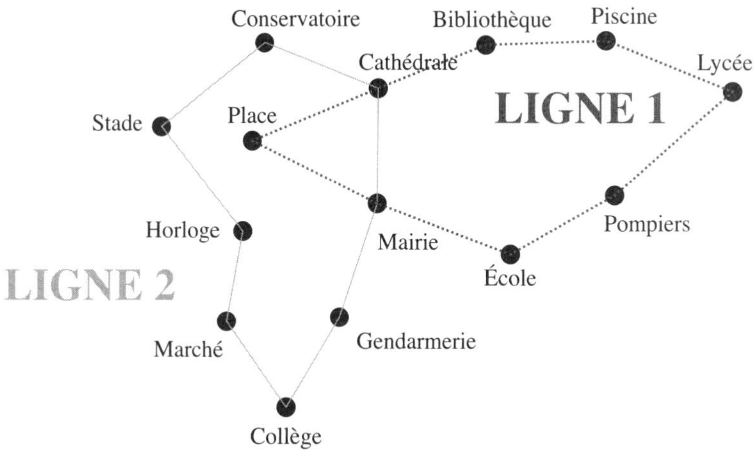

C'est à 6 h 30 que les deux bus des lignes 1 et 2 partent de l'arrêt « Mairie » dans le sens des aiguilles d'une montre. Le bus de la ligne 1 met 3 minutes entre chaque arrêt (temps de stationnement compris), tandis que le bus de la ligne 2 met 4 minutes. Tous les deux vont effectuer le circuit complet un grand nombre de fois. Ils s'arrêteront juste après 20 h.

Est-ce que les deux bus vont se retrouver à un moment de la journée à l'arrêt « Mairie » en même temps ? Si oui, donner tous les horaires précis de ces rencontres.

Asie, juin 2017 — 18 pts — 20 min

37 Les pluviomètres

Pour mesurer les précipitations, Météo France utilise deux sortes de pluviomètres : des pluviomètres à lecture directe et des pluviomètres électroniques. La mesure des précipitations s'exprime en millimètres. On donne ainsi la hauteur d'eau H qui est tombée en utilisant la formule :

$H = \frac{\mathcal{V}}{S}$ où $\mathcal{V}$ est le volume d'eau tombée sur une surface S.

Pour H exprimée en mm, $\mathcal{V}$ est exprimé en mm^3 et S en mm^2.

1 Pluviomètres à lecture directe

Ces pluviomètres sont composés d'un cylindre de réception et d'un réservoir conique gradué.

a. Vérifier à l'aide de la formule que lorsqu'il est tombé 1 mm de pluie, cela correspond à 1 L d'eau tombée sur une surface de 1 m^2. **4 pts**

b. Un pluviomètre indique 10 mm de pluie. La surface qui reçoit la pluie est de 0,01 m^2.

Quel est le volume d'eau dans ce pluviomètre ? **4 pts**

2 Pluviomètres électroniques

Durant un épisode pluvieux, on a obtenu le graphique suivant grâce à un pluviomètre électronique :

Hauteur d'eau mesurée en fonction du temps écoulé

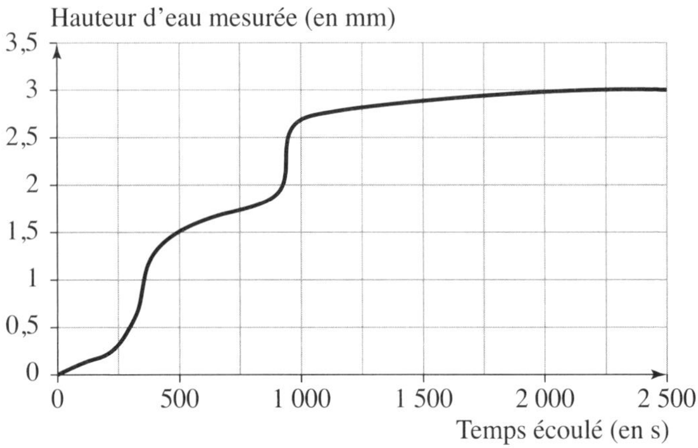

a. L'épisode pluvieux a commencé à 17 h 15.

Vers quelle heure la pluie s'est-elle arrêtée ? **4 pts**

b. On qualifie les différents épisodes pluvieux de la façon suivante :

Type de pluie	Vitesse d'accumulation
Pluie faible	Jusqu'à 2,5 mm/h
Pluie modérée	Entre 2,6 et 7,5 mm/h
Pluie forte	Supérieure à 7,5 mm/h

À l'aide des informations données par le graphique et le tableau ci-dessus, cette pluie serait-elle qualifiée de faible, modérée ou forte ? **6 pts**

Asie, juin 2017 — 16 pts — 20 min

38 Une mosaïque

Gaspard réalise des motifs avec des carreaux de mosaïque blancs et gris de la façon suivante :

Motif 1 **Motif 2** **Motif 3**

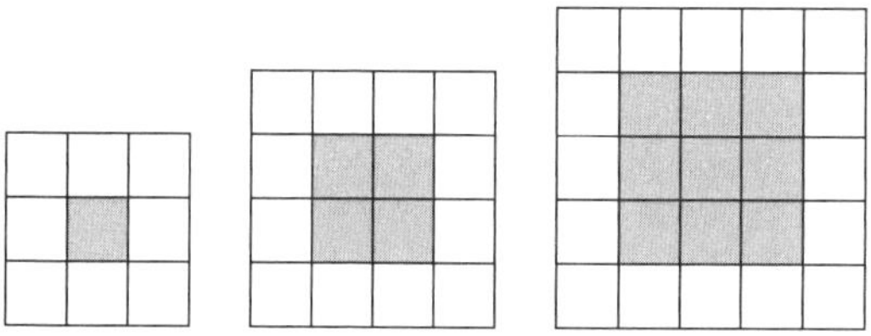

Gaspard forme un carré avec des carreaux gris, puis le borde avec des carreaux blancs.

1 Combien de carreaux blancs Gaspard va-t-il utiliser pour border le carré gris du **motif 4** (un carré ayant 4 carreaux gris de côté) ? **3 pts**

2 **a.** Justifier que Gaspard peut réaliser un motif de ce type en utilisant exactement 144 carreaux gris. **3 pts**

b. Combien de carreaux blancs utilisera-t-il alors pour border le carré gris obtenu ? **4 pts**

3 On appelle « motif n » le motif pour lequel on borde un carré de $\boldsymbol{n}$ carreaux gris de côté.

Trois élèves ont proposé chacun une expression pour calculer le nombre de carreaux blancs nécessaires pour réaliser le « motif n » :

- Expression n° 1 : $2 \times n + 2 \times (n + 2)$
- Expression n° 2 : $4 \times (n + 2)$
- Expression n° 3 : $4 \times (n + 2) - 4$

Une seule de ces trois expressions ne convient pas. Laquelle ? **6 pts**

Asie, juin 2017 — 8 pts — 10 min

39 Degré Celsius vs degré Fahrenheit

Aux États-Unis, la température se mesure en degrés Fahrenheit (en °F). En France, elle se mesure en degrés Celsius (en °C). Pour faire les conversions d'une unité à l'autre, on a utilisé un tableur.

Voici une copie de l'écran obtenu ci-contre.

	A	B
1	Conversions	
2	Températures en °C	Températures en °F
3	-5	23
4	0	32
5	5	41
6	10	50
7	15	59
8	20	68
9	25	77

1 Quelle température en degrés Fahrenheit correspond à une température de 20 °C ? **2 pts**

2 Quelle température en degrés Celsius correspond à une température de 41 °F ? **2 pts**

3 Pour convertir la température de degrés Celsius en degrés Fahrenheit, il faut multiplier la température en degrés Celsius par 1,8 puis ajouter 32.
On a écrit une formule en B3, puis on l'a recopiée vers le bas.
Quelle formule a-t-on pu saisir dans la cellule B3 ? **4 pts**

Pondichéry, mai 2017 **10 pts** 15 min

40 Calcul littéral

On considère l'expression $E = (x - 2)(2\,x + 3) - 3(x - 2)$.

1 Développer E. **3 pts**

2 Factoriser E et vérifier que $E = 2F$, où $F = x(x - 2)$. **3 pts**

3 Déterminer tous les nombres x tels que $(x - 2)(2x + 3) - 3(x - 2) = 0$. **4 pts**

Nouvelle-Calédonie, décembre 2016 **6 pts** 10 min

41 Petite marche

Thomas et Hugo décident d'aller marcher ensemble. Thomas fait des pas de 0,7 mètre à un rythme de 5 pas toutes les 3 secondes. Hugo, lui, fait des pas de 0,6 mètre au rythme de 7 pas en 4 secondes.

Lequel des deux avance le plus vite ? Expliquer la réponse.

Fonctions

Polynésie, septembre 2020 **21 pts** 25 min

42 En randonnée

On considère les fonctions f et g suivantes : $f : t \mapsto 4t + 3$ et $g : t \mapsto 6t$.
Leurs représentations graphiques (d_1) et (d_2) sont tracées ci-dessous.

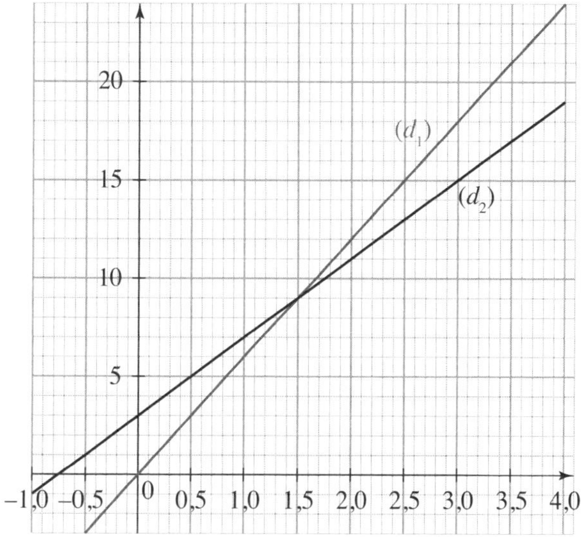

1 Associer chaque droite à la fonction qu'elle représente. **3 pts**

2 Résoudre par la méthode de votre choix l'équation $f(t) = g(t)$. **4 pts**

Camille et Claude décident de faire exactement la même randonnée, mais Camille part 45 min avant Claude. On sait que Camille marche à la vitesse constante de 4 km/h et Claude marche à la vitesse constante de 6 km/h.

3 Au moment du départ de Claude, quelle est la distance déjà parcourue par Camille ? **4 pts**

On note t le temps écoulé, exprimé en heures, depuis le départ de Claude. Ainsi, $t = 0$ correspond au moment du départ de Claude.

4 Expliquer pourquoi la distance en kilomètres parcourue par Camille en fonction de t peut s'écrire $4t + 3$. **5 pts**

5 Déterminer le temps que mettra Claude pour rattraper Camille. **5 pts**

EXERCICES

France métropolitaine, septembre 2019 **17 pts** 15 min

43 Le réchauffement climatique

Les activités humaines produisent du dioxyde de carbone (CO_2) qui contribue au réchauffement climatique. Le graphique suivant représente l'évolution de la concentration atmosphérique moyenne en CO_2 (en ppm) en fonction du temps (en années).

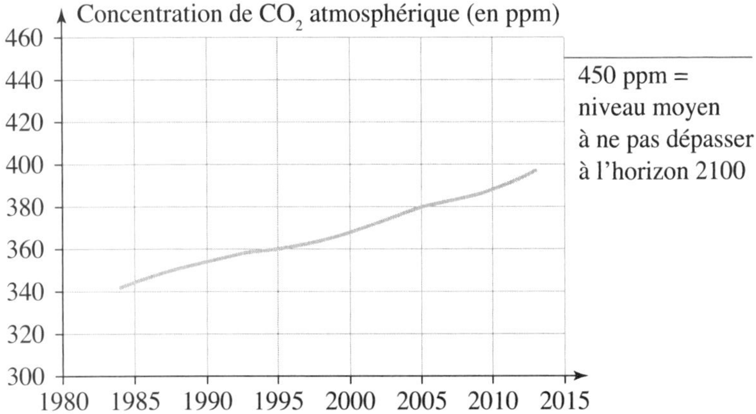

(Source : Centre mondial de données relatives aux gaz à effet de serre sous l'égide de l'OMM)

1 ppm de CO_2 = 1 partie par million de CO_2 = 1 milligramme de CO_2 par kilogramme d'air.

1 Déterminer graphiquement la concentration de CO_2 en ppm en 1995, puis en 2005. **2 pts**

2 On veut modéliser l'évolution de la concentration de CO_2 en fonction du temps à l'aide d'une fonction g où $g(x)$ est la concentration de CO_2 en ppm en fonction de l'année x.

a. Expliquer pourquoi une fonction affine semble appropriée pour modéliser la concentration en CO_2 en fonction du temps entre 1995 et 2005. **3 pts**

b. Arnold et Billy proposent chacun une expression pour la fonction g :

– Arnold propose l'expression $g(x) = 2x - 3\,630$;

– Billy propose l'expression $g(x) = 2x - 2\,000$.

Quelle expression modélise le mieux l'évolution de la concentration de CO_2 ? Justifier. **4 pts**

c. En utilisant la fonction que vous avez choisie à la question précédente, indiquer l'année pour laquelle la valeur de 450 ppm est atteinte. **4 pts**

3 En France, les forêts, grâce à la photosynthèse, captent environ 70 mégatonnes de CO_2 par an, ce qui représente 15% des émissions nationales de carbone (année 2016). Calculer une valeur approchée à une mégatonne près de la masse M du CO_2 émis en France en 2016. **4 pts**

20 min

Asie, juin 2019 **16 pts**

44 À partir de deux fonctions

Les représentations graphiques $\mathscr{C}_1$ et $\mathscr{C}_2$ de deux fonctions sont données dans le repère ci-dessous. L'une est la fonction f définie par $f(x) = -2x + 8$.

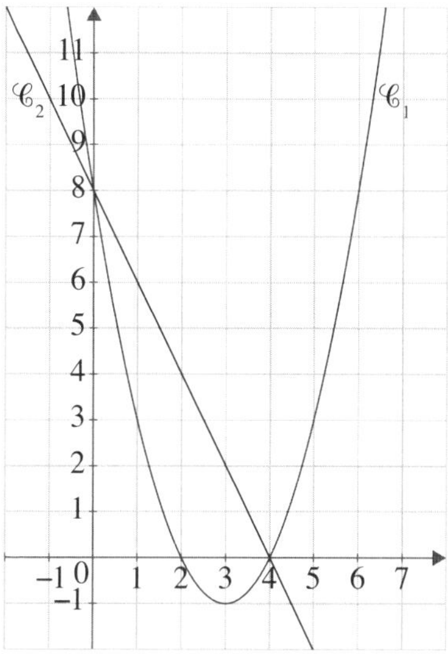

1 Laquelle de ces deux représentations est celle de la fonction f ? **2 pts**

2 Que vaut $f(3)$? **3 pts**

3 Calculer le nombre qui a pour image 6 par la fonction f. **6 pts**

4 La feuille de calcul ci-dessous permet de calculer des images par la fonction f.

	A	B	C	D	E	F	G
1	x	−2	−1	0	1	2	3
2	$f(x)$						

Quelle formule peut-on saisir dans la cellule B2 avant de l'étirer vers la droite jusqu'à la cellule G2 ? **5 pts**

EXERCICES

Nouvelle-Calédonie, mars 2019 **17 pts** 20 min

45 Le complet

1 On considère la fonction g représentée dans le repère ci-dessous.

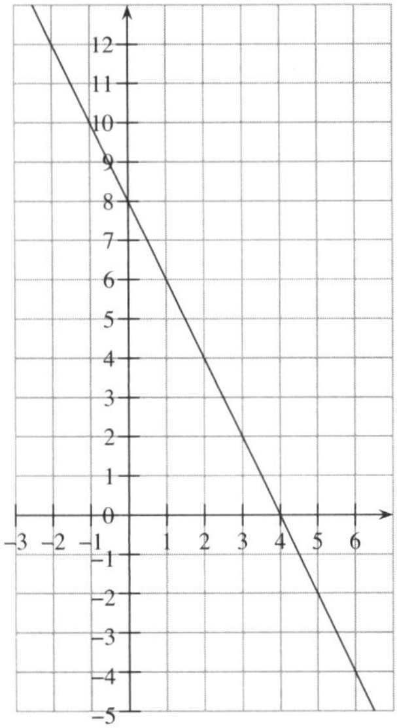

a. Donner l'antécédent de 4 par la fonction g. **2 pts**

b. Compléter le tableau de valeurs de la fonction g ci-dessous. **2 pts**

x	– 2		4	
$g(x)$		8		– 4

2 La fonction f est donnée par $f(x) = 2x$.

a. Quelle est l'image de – 2 par la fonction f ? **2 pts**

b. Calculer $f(3)$. **2 pts**

c. Tracer la représentation graphique de la fonction f sur le graphique ci-avant. **3 pts**

3 Déterminer graphiquement l'abscisse du point d'intersection S des deux représentations graphiques.
Faire apparaître en pointillés la lecture sur le graphique ci-avant. **2 pts**

4 L'expression de la fonction g est $g(x) = -2x + 8$.

a. Résoudre l'équation $2x = -2x + 8$. **3 pts**

b. Que représente graphiquement le résultat précédent ? **1 pt**

Nouvelle-Calédonie, décembre 2018 **16 pts** 20 min

46 Course de natation

On étudie les performances de deux nageurs (nageur 1 et nageur 2).
La distance parcourue par le nageur 1 en fonction du temps est donnée par le graphique ci-dessous.

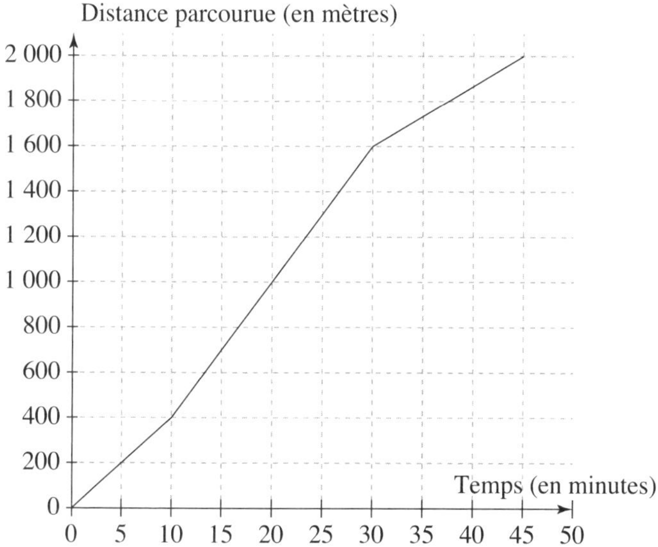

1 Répondre aux questions suivantes par lecture graphique. Aucune justification n'est demandée.

a. Quelle est la distance totale parcourue lors de cette course par le nageur 1 ? **2 pts**

b. En combien de temps le nageur 1 a-t-il parcouru les 200 premiers mètres ? **2 pts**

2 Y a-t-il proportionnalité entre la distance parcourue et le temps sur l'ensemble de la course ? Justifier. **2 pts**

3 Montrer que la vitesse moyenne du nageur 1 sur l'ensemble de la course est d'environ 44 m/min. **2 pts**

4 On suppose maintenant que le nageur 2 progresse à vitesse constante. La fonction f définie par $f(x) = 50x$ représente la distance qu'il parcourt en fonction du temps x.

a. Calculer l'image de 10 par f. **2 pts**

b. Calculer $f(30)$. **2 pts**

5 Les nageurs 1 et 2 sont partis en même temps.

a. Lequel est en tête au bout de 10 min ? Justifier. **2 pts**

b. Lequel est en tête au bout de 30 min ? Justifier. **2 pts**

Polynésie, septembre 2018 **16 pts** 20 min

47 Le magazine sportif

Une personne s'intéresse à un magazine sportif qui paraît une fois par semaine. Elle étudie plusieurs formules d'achat de ces magazines :

- Formule A – Prix du magazine à l'unité : 3,75 €
- Formule B – Abonnement pour l'année : 130 €
- Formule C – Forfait de 30 € pour l'année et 2,25 € par magazine

On donne ci-dessous les représentations graphiques qui correspondent à ces trois formules.

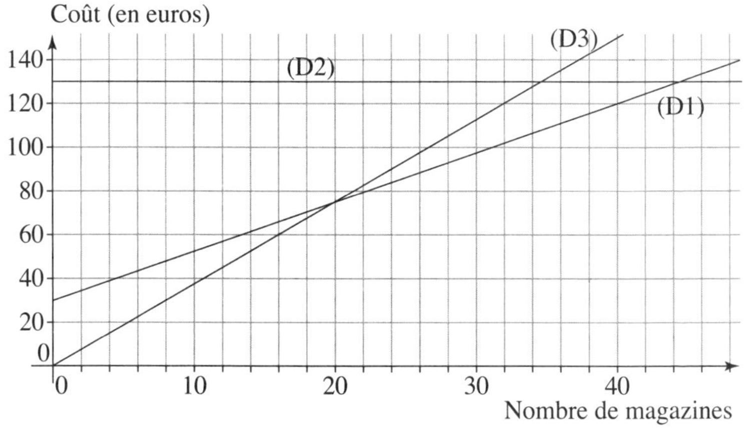

1 Recopier le contenu du cadre ci-dessous et relier par un trait chaque formule d'achat avec sa représentation graphique. **3 pts**

Formule A ×	× (D1)
Formule B ×	× (D2)
Formule C ×	× (D3)

2 En utilisant le graphique, répondre aux questions suivantes.
Les traits de construction doivent apparaître.

a. En choisissant la formule A, quelle somme dépense-t-on pour acheter 16 magazines dans l'année ? **2 pts**

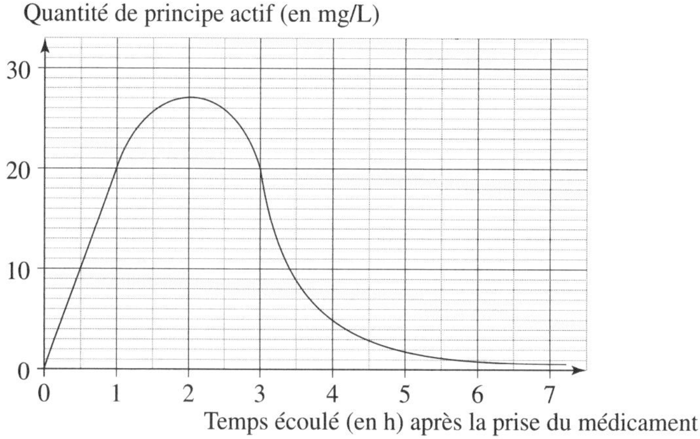

1 Quelle est la quantité de principe actif dans le sang, trente minutes après la prise de ce médicament ? **2 pts**

2 Combien de temps, après la prise de ce médicament, la quantité de principe actif est-elle la plus élevée ? **2 pts**

Partie B • Comparaison de masses d'alcool dans deux boissons

On fournit les données suivantes :

Formule permettant de calculer la masse d'alcool en grammes dans une boisson alcoolisée : $m = \mathcal{V} \times d \times 7{,}9$ $\mathcal{V}$: volume de la boisson alcoolisée en cL d : degré d'alcool de la boisson (exemple : un degré d'alcool de 2 % signifie que d est égal à 0,02)	
Deux exemples de boissons alcoolisées	
Boisson ① Degré d'alcool : 5 % Contenance : 33 cL	**Boisson ②** Degré d'alcool : 12 % Contenance : 125 mL

La boisson ① contient-elle une masse d'alcool supérieure à celle de la boisson ② ? **8 pts**

France métropolitaine, juin 2018 **17 pts** 25 min

50 Le hand-spinner

Le hand-spinner est une sorte de toupie plate qui tourne sur elle-même.

On donne au hand-spinner une vitesse de rotation initiale au temps $t = 0$, puis, au cours du temps, sa vitesse de rotation diminue jusqu'à l'arrêt complet du hand-spinner. Sa vitesse de rotation est alors égale à 0.

Grâce à un appareil de mesure, on a relevé la vitesse de rotation exprimée en nombre de tours par seconde.

Sur le graphique ci-dessous, on a représenté cette vitesse en fonction du temps exprimé en secondes :

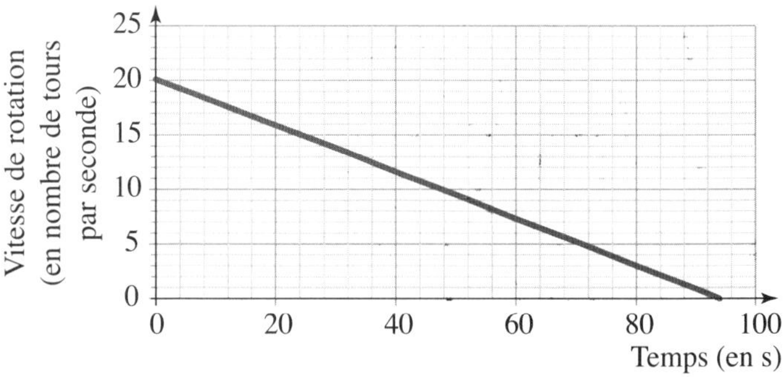

Inspiré de https://www.sciencesetavenir.fr/fondamental/combien-de-temps-peut-tourner-votre-hand-spinner_112808

1 Le temps et la vitesse de rotation du hand-spinner sont-ils proportionnels ? Justifier. **2 pts**

2 Par **lecture graphique,** répondre aux questions suivantes :

a. Quelle est la vitesse de rotation initiale du hand-spinner (en nombre de tours par seconde) ? **1 pt**

b. Quelle est la vitesse de rotation du hand-spinner (en nombre de tours par seconde) au bout d'1 minute et 20 secondes ? **2 pts**

c. Au bout de combien de temps le hand-spinner va-t-il s'arrêter ? **2 pts**

3 Pour calculer la vitesse de rotation du hand-spinner en fonction du temps t, notée $V(t)$, on utilise la fonction suivante :

$$V(t) = -0{,}214 \times t + V_{\text{initiale}}$$

t est le temps (exprimé en s) qui s'est écoulé depuis le début de rotation du hand-spinner.

V_{initiale} est la vitesse de rotation à laquelle on a lancé le hand-spinner au départ.

a. On lance le hand-spinner à une vitesse initiale de 20 tours par seconde. Sa vitesse de rotation est donc donnée par la formule : $V(t) = -0{,}214 \times t + 20$. Calculer sa vitesse de rotation au bout de 30 s. **2 pts**

b. Au bout de combien de temps le hand-spinner va-t-il s'arrêter ? Justifier par un calcul. **4 pts**

c. Est-il vrai que, d'une manière générale, si l'on fait tourner le hand-spinner deux fois plus vite au départ, il tournera deux fois plus longtemps ? Justifier. **4 pts**

Centres étrangers, juin 2018 **18 pts** 25 min

51 La facture de gaz

Sur une facture de gaz, le montant à payer tient compte de l'abonnement annuel et du prix correspondant au nombre de kilowattheures (kWh) consommés.
Deux fournisseurs de gaz proposent les tarifs suivants :

	Prix du kWh	Abonnement annuel
Tarif A (en €)	0,0609	202,43
Tarif B (en €)	0,0574	258,39

En 2016, la famille de Romane a consommé 17 500 kWh. Le montant annuel de la facture de gaz correspondant était de 1 268,18 €.

1 Quel est le tarif souscrit par cette famille ? **4 pts**

Depuis 2017, cette famille diminue sa consommation de gaz par des gestes simples (baisser le chauffage de quelques degrés, mettre un couvercle sur la casserole d'eau pour la porter à ébullition, réduire le temps sous l'eau dans la douche, etc.).

2 En 2017, cette famille a gardé le même fournisseur de gaz, mais sa consommation en kWh a diminué de 20 % par rapport à celle de 2016.

a. Déterminer le nombre de kWh consommés en 2017. **2 pts**

b. Quel est le montant des économies réalisées par la famille de Romane entre 2016 et 2017 ? **3 pts**

3 On souhaite déterminer la consommation maximale assurant que le tarif A est le plus avantageux. Pour cela :

- on note x le nombre de kWh consommés sur l'année ;
- on modélise les tarifs A et B respectivement par les fonctions f et g :

$$f(x) = 0{,}0609x + 202{,}43 \text{ et } g(x) = 0{,}0574x + 258{,}39$$

EXERCICES

a. Quelles sont la nature et la représentation graphique de ces fonctions ? **2 pts**

b. Résoudre l'inéquation : $f(x) < g(x)$. **5 pts**

c. En déduire une valeur approchée au kWh près de la consommation maximale pour laquelle le tarif A est le plus avantageux. **2 pts**

Asie, juin 2018 **10 pts** 10 min

52 Le volume d'eau

Lorsqu'on fait geler de l'eau, le volume de glace obtenu est proportionnel au volume d'eau utilisé.
En faisant geler 1,5 L d'eau, on obtient 1,62 L de glace.

1 Montrer qu'en faisant geler 1 L d'eau, on obtient 1,08 L de glace. **3 pts**

2 On souhaite compléter le tableau ci-dessous à l'aide d'un tableur.
Quelle formule peut-on saisir dans la cellule B2 avant de la recopier vers la droite jusqu'à la cellule G2 ? **3 pts**

B2 | × ✓ f_x

	A	B	C	D	E	F	G
1	Volume d'eau initial (en L)	0,5	1	1,5	2	2,5	3
2	Volume de glace obtenu (en L)						

3 Quel graphique représente le volume de glace obtenu (en L) en fonction du volume d'eau contenu dans la bouteille au départ (en L) ?
On rappelle que toute réponse doit être justifiée. **4 pts**

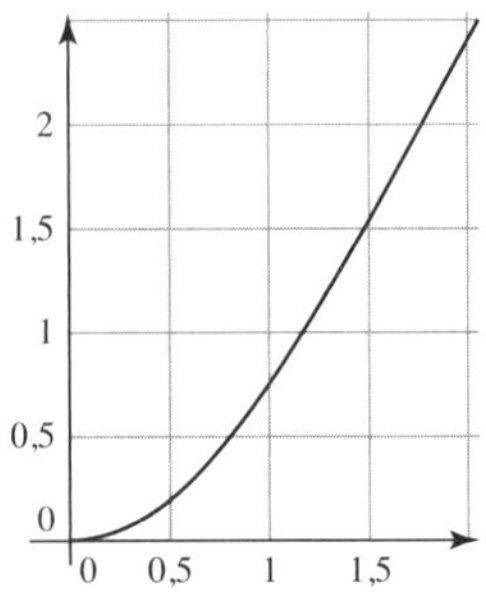

Graphique n° 1

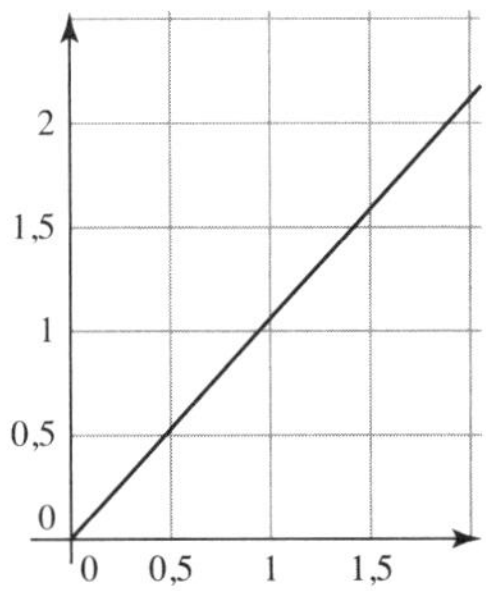

Graphique n° 2

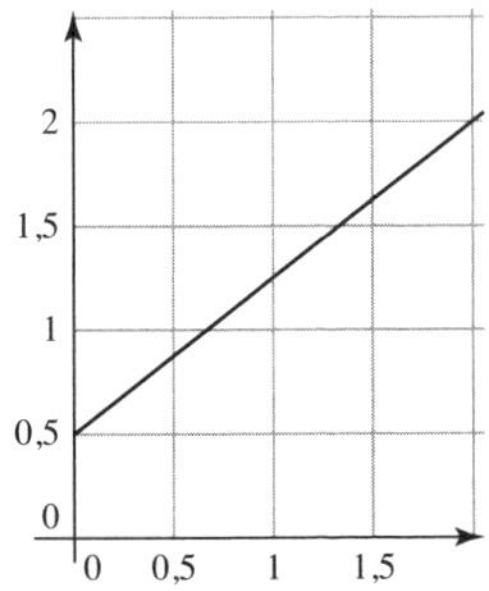

Graphique n° 3

15 min

Pondichéry, mai 2018 **15 pts**

53 La fréquence cardiaque

Chris fait une course à vélo tout terrain (VTT). Le graphique ci-dessous représente sa fréquence cardiaque (en battements par minute) en fonction du temps lors de la course.

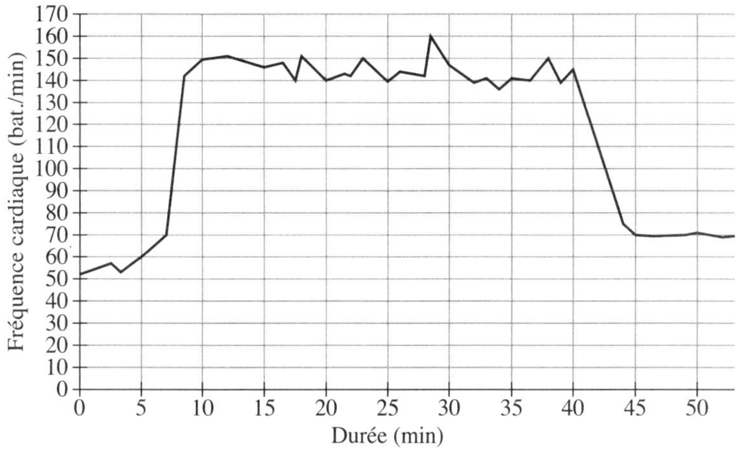

1 Quelle est la fréquence cardiaque de Chris au départ de sa course ? **1 pt**

2 Quel est le maximum de la fréquence cardiaque atteinte par Chris au cours de sa course ? **2 pts**

3 Chris est parti à 9 h 33 de chez lui et termine sa course à 10 h 26. Quelle a été la durée, en minutes, de sa course ? **2 pts**

4 Chris a parcouru 11 km lors de cette course. Montrer que sa vitesse moyenne est d'environ 12,5 km/h. **4 pts**

5 On appelle FCM (fréquence cardiaque maximale) la fréquence maximale que peut supporter l'organisme. Celle de Chris est FCM = 190 battements par minute. Chris a trouvé sur Internet le tableau ci-après.

Effort	Léger	Soutenu	Tempo	Seuil anaérobie
Fréquence cardiaque mesurée	Inférieur à 70 % de la FCM	70 à 85 % de la FCM	85 à 92 % de la FCM	92 à 97 % de la FCM

Estimer la durée de la période pendant laquelle Chris a fourni un effort soutenu au cours de sa course. **6 pts**

EXERCICES

Nouvelle-Calédonie, décembre 2017 **14 pts** 25 min

54 Programme de calcul et fonction

Voici un programme de calcul :

- Choisir un nombre.
- Ajouter 1 à ce nombre.
- Calculer le carré du résultat.
- Soustraire le carré du nombre de départ au résultat précédent.
- Écrire le résultat.

1 On choisit 4 comme nombre de départ. Prouver par le calcul que le résultat obtenu avec le programme est 9. **1 pt**

2 On note x le nombre choisi.

a. Exprimer le résultat du programme en fonction de x. **2 pts**

b. Prouver que ce résultat est égal à $2x + 1$. **2 pts**

3 Soit f la fonction définie par $f(x) = 2x + 1$.

a. Calculer l'image de 0 par f. **1 pt**

b. Déterminer par le calcul l'antécédent de 5 par f. **3 pts**

c. Tracer la droite représentative de la fonction f sur le graphique ci-dessous. **3 pts**

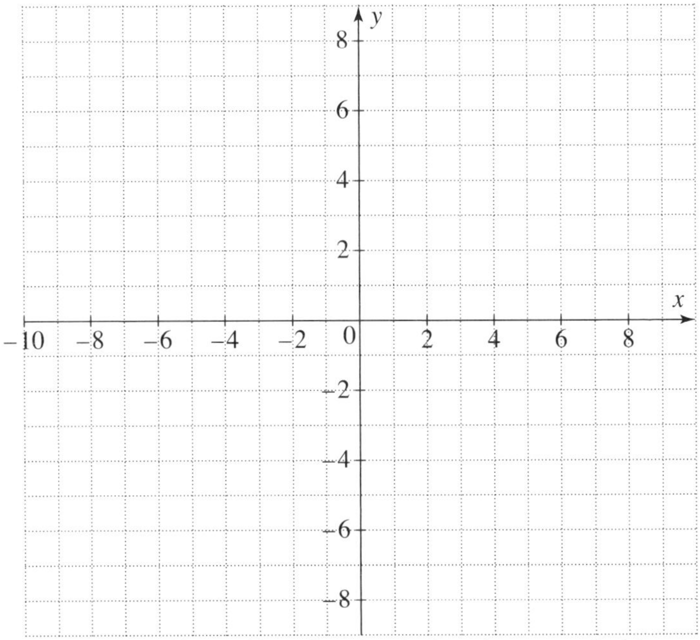

d. Par lecture graphique, déterminer le résultat obtenu en choisissant –3 comme nombre de départ dans le programme de calcul. Laisser les traits de construction apparents. **2 pts**

20 min

France métropolitaine, septembre 2017 **14 pts**

55 Prolifération de légionnelles

Les légionelles sont des bactéries présentes dans l'eau potable. Lorsque la température de l'eau est comprise entre 30 °C et 45 °C, ces bactéries prolifèrent et peuvent atteindre, en 2 ou 3 jours, des concentrations dangereuses pour l'homme.

Rappel : « μm » est l'abréviation de micromètre. Un micromètre est égal à un millionième de mètre.

1 La taille d'une bactérie légionelle est 0,8 μm.
Exprimer cette taille en mètres et donner le résultat sous la forme d'une écriture scientifique. **2 pts**

2 Lorsque la température de l'eau est 37 °C, cette population de bactéries légionelles double tous les quarts d'heure.
Une population de 100 bactéries légionelles est placée dans ces conditions.
On a créé la feuille de calcul ci-après qui permet de donner le nombre de bactéries légionelles en fonction du nombre de quarts d'heure écoulés.

	A	B
1	**Nombre de quarts d'heure**	**Nombre de bactéries**
2	0	100
3	1	
4	2	
5	3	
6	4	
7	5	
8	6	
9	7	
10	8	

a. Dans la cellule B3, on veut saisir une formule que l'on pourra étirer vers le bas dans la colonne B pour calculer le nombre de bactéries légionelles correspondant au nombre de quarts d'heure écoulés. Quelle est cette formule ? **1 pt**
b. Quel est le nombre de bactéries légionelles au bout d'une heure ? **2 pts**
c. Le nombre de bactéries légionelles est-il proportionnel au temps écoulé ? **1 pt**
d. Après combien de quarts d'heure cette population dépasse-t-elle dix mille bactéries légionelles ? **2 pts**

EXERCICES

3 On souhaite tester l'efficacité d'un antibiotique pour lutter contre la bactérie légionelle. On introduit l'antibiotique dans un récipient qui contient 10^4 bactéries légionelles au temps $t = 0$. La représentation graphique ci-contre donne le nombre de bactéries dans le récipient en fonction du temps.

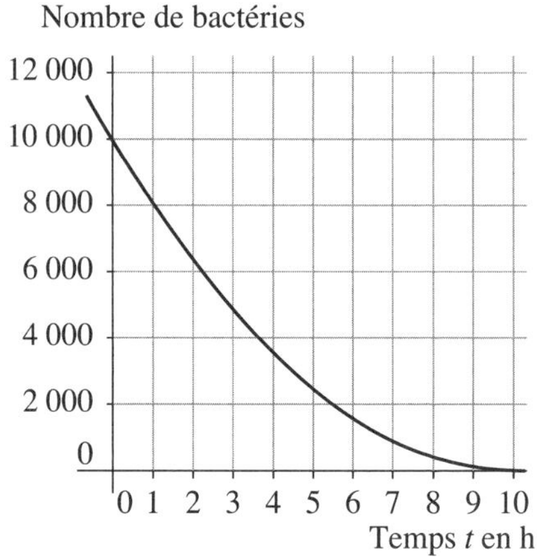

a. Au bout de 3 heures, combien reste-t-il environ de bactéries légionelles dans le récipient ? **1 pt**

b. Au bout de combien de temps environ reste-t-il 6 000 bactéries légionelles dans le récipient ? **2 pts**

c. On estime qu'un antibiotique sera efficace sur l'être humain s'il parvient à réduire de 80 % le nombre initial de bactéries dans le récipient en moins de 5 heures.
En s'aidant du graphique, étudier l'efficacité de l'antibiotique testé sur l'être humain. **3 pts**

Polynésie, septembre 2017 **20 pts**

56 Le Tour de France

Le 17 juillet 2016, une spectatrice regarde l'étape « Bourg-en-Bresse/Culoz » du Tour de France.
Elle note, toutes les demi-heures, la distance parcourue par le cycliste français Thomas Voeckler qui a mis 4 h 30 min pour parcourir cette étape de 160 km ; elle oublie seulement de noter la distance parcourue par celui-ci au bout de 1 h de course.
Elle obtient le tableau suivant :

Temps en heures	0	0,5	1	1,5	2	2,5	3	3,5	4	4,5
Distance en km	0	15	…	55	70	80	100	110	135	160

1 Quelle distance a-t-il parcourue au bout de 2 h 30 min de course ? **2 pts**

2 Montrer qu'il a parcouru 30 km lors de la troisième heure de course. **3 pts**

3 A-t-il été plus rapide lors de la troisième ou bien lors de la quatrième heure de course ? **3 pts**

4 **a.** Construire un repère ayant :
– pour abscisses le temps (en h) en prenant 2 cm pour 1 h (graduations allant de 0 à 5) ;
– pour ordonnées la distance (en km) en prenant 2 cm pour 20 km (graduations allant de 0 à 180).
Placer les 9 points du tableau dans ce repère. *On ne peut pas placer le point d'abscisse 1 puisque l'on ne connaît pas son ordonnée.* **3 pts**

b. En utilisant votre règle, relier les points consécutifs entre eux. **1 pt**

5 En considérant que la vitesse du cycliste est constante entre deux relevés, déterminer, par lecture graphique, le temps qu'il a mis pour parcourir 75 km. **3 pts**

6 On considère que la vitesse du cycliste est constante entre le premier relevé effectué au bout de 0,5 h de course et le relevé effectué au bout de 1,5 h de course. Déterminer par lecture graphique la distance parcourue au bout de 1 h de course. **3 pts**

7 Soit *f* la fonction, qui au temps de parcours du cycliste Thomas Voeckler, associie la distance parcourue. La fonction *f* est-elle linéaire ? **2 pts**

France métropolitaine, septembre 2017 **8 pts** 10 min

57 La tension monte

Un condensateur est un composant électronique qui permet de stocker de l'énergie électrique pour la restituer plus tard.
Le graphique ci-après montre l'évolution de la tension mesurée aux bornes d'un condensateur en fonction du temps lorsqu'il est en charge.

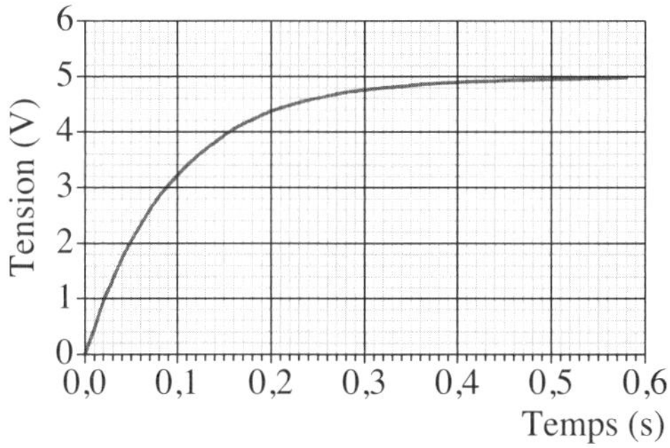

EXERCICES

1 S'agit-il d'une situation de proportionnalité ? Justifier. **2 pts**

2 Quelle est la tension mesurée au bout de 0,2 s ? **2 pts**

3 Au bout de combien de temps la tension aux bornes du condensateur aura-t-elle atteint 60 % de la tension maximale qui est estimée à 5 V ? **4 pts**

Amérique du Nord, juin 2017 **20 pts** 25 min

58 L'enclos

Le schéma ci-dessous représente le jardin de Leïla. Il n'est pas à l'échelle. [OB] et [OF] sont des murs, OB = 6 m et OF = 4 m.

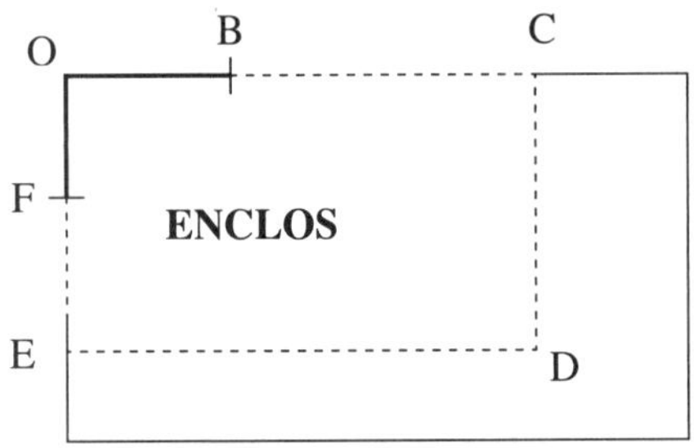

La ligne pointillée BCDEF représente le grillage que Leïla veut installer pour délimiter **un enclos rectangulaire OCDE.**
Elle dispose d'un rouleau de 50 m de grillage qu'elle veut utiliser entièrement.
Leïla envisage plusieurs possibilités pour placer le point C.

1 En plaçant C pour que BC = 5 m, elle obtient que FE = 15 m.
a. Vérifier qu'elle utilise les 50 m de grillage. **3 pts**
b. Justifier que l'aire $\mathcal{A}$ de l'enclos OCDE est 209 m^2. **3 pts**

2 Pour avoir une aire maximale, Leïla fait appel à sa voisine professeure de mathématiques qui, un peu pressée, lui écrit sur un bout de papier :

« En notant BC = x, on a $\mathcal{A}(x) = -x^2 + 18x + 144$ »

Vérifier que la formule de la voisine est bien cohérente avec le résultat de la question **1**. **4 pts**

3 *Dans cette partie, les questions* **a.** *et* **b.** *ne nécessitent pas de justification.*
a. Leïla a saisi une formule en B2 puis l'a étirée jusqu'à la cellule I2.

B2 | f_x | =-B1*B1+18*B1+144

	A	B	C	D	E	F	G	H	I	J
1	x	5	6	7	8	9	10	11	12	
2	$A(x) = -x^2 + 18x + 144$	209	216	221	224	225	224	221	216	
3										

Quelle formule est alors inscrite dans la cellule F2 ? **3 pts**

b. Parmi les valeurs figurant dans le tableau, quelle est celle que Leïla va choisir pour BC afin d'obtenir un enclos d'aire maximale ? **2 pts**

c. Donner les dimensions de l'enclos ainsi obtenu. **5 pts**

15 min

Pondichéry, mai 2017 **14 pts**

59 Fréquence cardiaque

Pour ses 32 ans, Denis a acheté un vélo d'appartement afin de pouvoir s'entraîner pendant l'hiver. La fréquence cardiaque (FC) est le nombre de pulsations (ou battements) du cœur par minute.

1 Denis veut estimer sa fréquence cardiaque : en quinze secondes, il a compté 18 pulsations. À quelle fréquence cardiaque, exprimée en pulsations par minute, cela correspond-il ? **1 pt**

2 Son vélo est équipé d'un cardiofréquencemètre qui lui permet d'optimiser son effort en enregistrant, dans ce cardiofréquencemètre, toutes les pulsations de son cœur. À un moment donné, le cardiofréquencemètre a mesuré un intervalle de 0,8 seconde entre deux pulsations. Calculer la fréquence cardiaque qui sera affichée par le cardiofréquencemètre. **2 pts**

3 Après une séance d'entraînement, le cardiofréquencemètre lui a fourni les renseignements suivants :

Nombre de pulsations enregistrées	Fréquence minimale enregistrée	Fréquence moyenne	Fréquence maximale enregistrée
3 640	65 pulsations/minute	130 pulsations/minute	182 pulsations/minute

a. Quelle est l'étendue des fréquences cardiaques enregistrées ? **2 pts**

b. Denis n'a pas chronométré la durée de son entraînement. Quelle a été cette durée ? **3 pts**

4 Denis souhaite connaître sa fréquence cardiaque maximale **conseillée** (FCMC) afin de ne pas la dépasser et ainsi de ménager son cœur. La FCMC d'un individu dépend de son âge a, exprimé en années, elle peut s'obtenir grâce à la formule suivante établie par Astrand et Ryhming :

Fréquence cardiaque maximale conseillée = 220 – Âge

On note $f(a)$ la FCMC en fonction de l'âge a, on a donc $f(a) = 220 - a$.

a. Vérifier que la FCMC de Denis est égale à 188 pulsations/minute. **1 pt**

b. Comparer la FCMC de Denis avec la FCMC d'une personne de 15 ans. **2 pts**

5 Après quelques recherches, Denis trouve une autre formule permettant d'obtenir sa FCMC de façon plus précise. Si a désigne l'âge d'un individu, sa FCMC peut être calculée à l'aide de la formule de Gellish :

Fréquence cardiaque maximale conseillée = 191,5 – 0,007 × Âge²

On note $g(a)$ la FCMC en fonction de l'âge a, on a donc :

$$g(a) = 191{,}5 - 0{,}007 \times a^2$$

Denis utilise un tableur pour comparer les résultats obtenus à l'aide des deux formules :

B2 | fx | =220-A2

	A	B	C
1	**Age** a	**FCMC** $f(a)$ *(Astrand et Ryhming)*	**FCMC** $g(a)$ *(Gellish)*
2	30	190	185,2
3	31	189	184,773
4	32	188	184,332
5	33	187	183,877

Quelle formule faut-il insérer dans la cellule C2, puis recopier vers le bas, pour pouvoir compléter la colonne « FCMC $g(a)$ *(Gellish)* » ? **3 pts**

Nouvelle-Calédonie, décembre 2016 **16 pts** 25 min

60 Livraison de pizzas

Trois jeunes amis décident de travailler le soir après les cours pour gagner un peu d'argent. Comme ils ont le permis de conduire, ils s'orientent vers la livraison de pizzas. Ils ont réussi à trouver un emploi dans trois pizzerias différentes.

- David va recevoir un salaire fixe de 70 000 F par mois.
- Guillaume aura un salaire mensuel composé d'une partie fixe de 50 000 F à laquelle s'ajoutent 100 F par livraison effectuée.
- Angelo sera payé chaque mois 200 F par livraison.

1 Si durant un mois les pizzerias ne reçoivent que très peu de commandes, qui devrait gagner le plus d'argent ? **3 pts**

2 **a.** Compléter le tableau suivant. **4 pts**

Nombre de livraisons par mois	50	200	300	600
Salaire de David en francs	70 000	....	....	....
Salaire de Guillaume en francs	55 000	....	....	....
Salaire d'Angelo en francs	10 000	....	....	....

b. Durant un mois, combien de livraisons Guillaume doit-il effectuer pour avoir le même salaire que David ? **2 pts**

3 Dans cette question, x désigne le nombre de livraisons effectuées durant un mois. f, g et h sont trois fonctions définies par :

- $f(x) = 70\,000$
- $g(x) = 200x$
- $h(x) = 100x + 50\,000$

a. Associer chacune de ces fonctions à l'un des trois salaires. **2 pts**

b. Dans le repère ci-après, écrire le nom de la fonction correspondant à chaque droite. **3 pts**

c. À l'aide du graphique, déterminer le nombre de livraisons à partir duquel Angelo sera celui qui recevra le plus gros salaire mensuel. **2 pts**

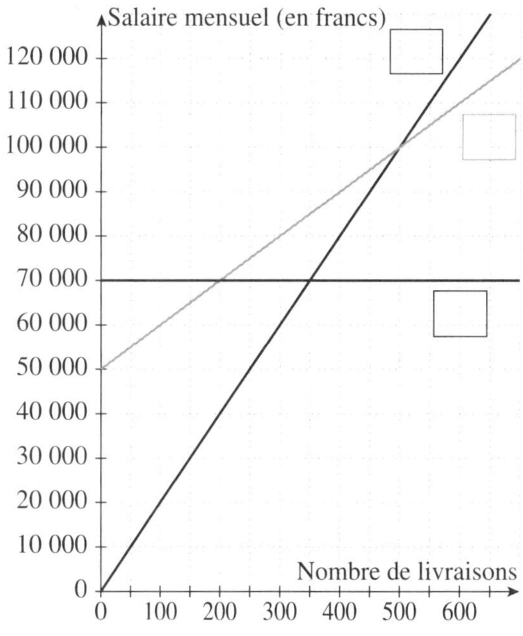

Amérique du Sud, décembre 2016 **12 pts** 20 min

61 Freinage à l'atterrissage

Un avion de ligne transportant des passagers atterrit à l'aéroport international Galeao à Rio de Janeiro. On étudie la distance de freinage de l'appareil en fonction de sa vitesse au moment de l'atterrissage.

Le pilote peut décider d'un freinage « rapide » s'il souhaite raccourcir la distance de freinage, ou d'un freinage « confort » plus modéré et donc plus confortable pour les passagers.

Les courbes suivantes donnent la distance de freinage d'un avion en fonction de sa vitesse au moment de l'atterrissage selon le mode de freinage choisi (confort ou rapide).

Distance de freinage de l'avion en fonction de la vitesse d'atterrissage

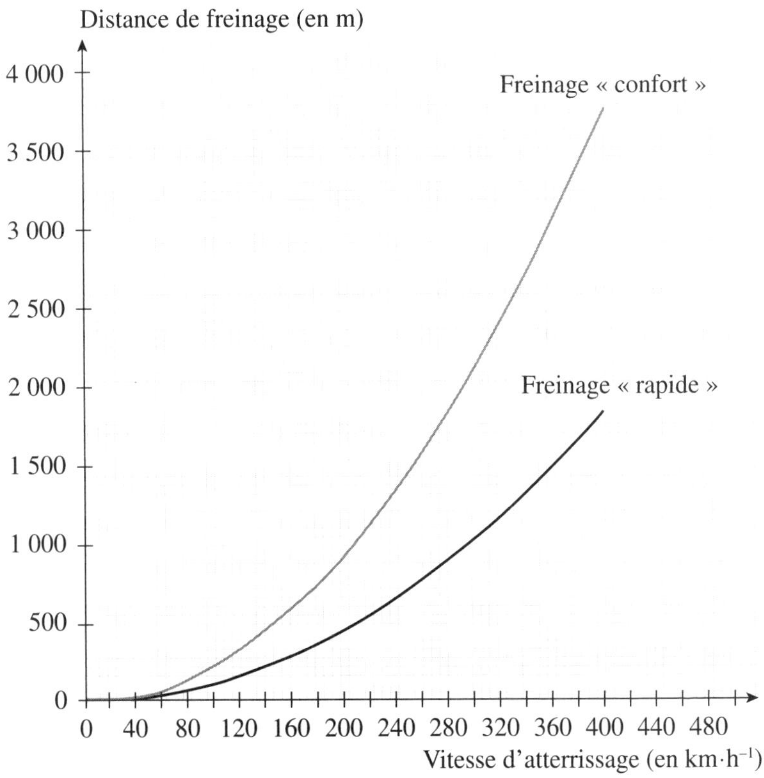

1 Donner par lecture graphique, sans justification :

a. une valeur approchée de la distance de freinage « confort » de l'appareil si l'avion arrive à une vitesse de 320 km·h^{-1}. **2 pts**

b. une valeur approchée de la vitesse d'atterrissage d'un avion dont la distance de freinage « rapide » est de 1 500 m. **2 pts**

2 Pour regagner la zone de débarquement des passagers, l'avion doit emprunter une des quatre sorties précisées dans les documents ci-dessous :

Distances des sorties au point d'atterrissage

Numéro de sortie	1	2	3	4
Distance (en mètres)	900	1 450	2 050	2 950

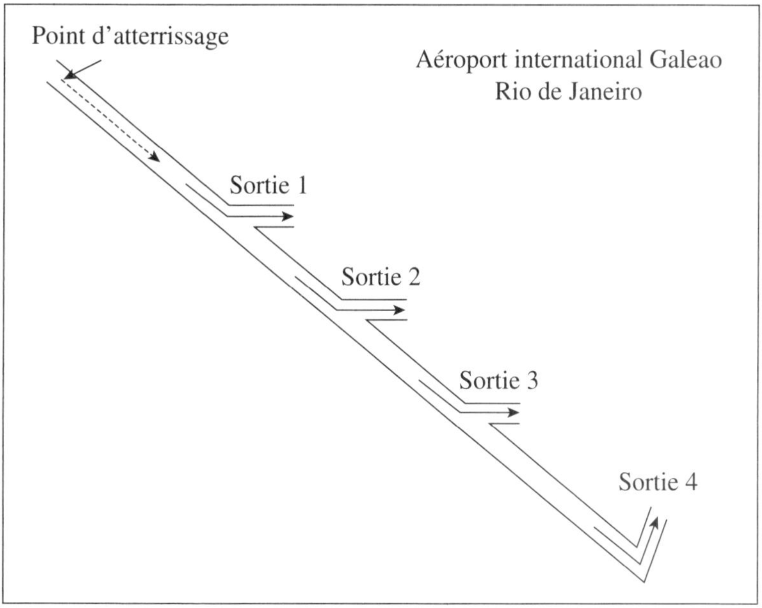

a. L'avion atterrit à 260 km·h^{-1}. Le pilote décide d'utiliser le freinage « confort ». Avec la distance de freinage correspondante, quelle est ou quelles sont les sorties qu'il va dépasser ? **4 pts**

b. Seule la sortie 1 étant disponible, le pilote envisage un freinage « rapide ». Déterminer, avec la précision du graphique, la vitesse maximale avec laquelle il peut atterrir pour pouvoir emprunter cette sortie. **4 pts**

EXERCICES

Pourcentages, statistiques et probabilités

Nouvelle-Calédonie, décembre 2020 **8 pts** 15 min

62 La facture

Un prix TTC (toutes taxes comprises) s'obtient en ajoutant la taxe appelée TGC (taxe générale sur la consommation) au prix HT (hors taxes).
En Nouvelle-Calédonie, il existe quatre taux de TGC selon les cas : 22 %, 11 %, 6 % et 3 %.
Alexis vient de faire réparer sa voiture chez un carrossier.
Voici un extrait de sa facture qui a été tachée par de la peinture. Les colonnes B, D et E désignent des prix en francs.

	A	B	C	D	E
1	**Référence**	**Prix HT**	**TGC (en %)**	**Montant TGC**	**Prix TTC**
2	Phare avant	64 000	22 %	14 080	78 080
3	Pare-chocs	18 000	22 %	[redacted]	21 960
4	Peinture	11 700	11 %	1 287	12 987
5	Main-d'œuvre	24 000	[redacted]	1 440	25 440
6				**TOTAL À RÉGLER (en francs)**	**138 467**

1 Quel est le montant TGC pour le pare-chocs ? **2 pts**

2 Quel est le pourcentage de la TGC qui s'applique à la main-d'œuvre ? **3 pts**

3 La facture a été faite à l'aide d'un tableur.
Quelle formule a été saisie dans la cellule E6 pour obtenir le total à payer ? **3 pts**

Antilles-Guyane, septembre 2020 **24 pts** 30 min

63 Championnats d'Europe de natation

Voici la série des temps, exprimés en secondes, réalisés par des nageuses lors de la finale du 100 mètres féminin nage libre lors des championnats d'Europe de natation de 2018 :

53,23	54,04	53,61	54,52	53,35	52,93	54,56	54,07

1 La nageuse française Charlotte Bonnet est arrivée troisième à cette finale. Quel est le temps, exprimé en secondes, de cette nageuse ? **2 pts**

2 Quelle est la vitesse moyenne, exprimée en m/s, de la nageuse ayant parcouru les 100 mètres en 52,93 secondes ? Arrondir au dixième près. **4 pts**

3 Comparer moyenne et médiane des temps de cette série. **8 pts**

Sur une feuille de calcul, on a reporté le classement des dix premiers pays selon le nombre de médailles d'or lors de ces championnats d'Europe de natation, toutes disciplines confondues :

	A	B	C	D	E	F
1	**Rang**	**Nation**	**Or**	**Argent**	**Bronze**	**Total**
2	1	Russie	23	15	9	47
3	2	Grande-Bretagne	13	12	9	34
4	3	Italie	8	12	19	39
5	4	Hongrie	6	4	2	12
6	5	Ukraine	5	6	2	13
7	6	Pays-Bas	5	5	2	12
8	7	France	4	2	6	12
9	8	Suède	4	0	0	4
10	9	Allemagne	3	6	10	19
11	10	Suisse	1	0	1	2

4 Est-il vrai qu'à elles deux, la Grande-Bretagne et l'Italie ont obtenu autant de médailles d'or que la Russie ? **3 pts**

5 Est-il vrai que plus de 35 % des médailles remportées par la France sont des médailles d'or ? **4 pts**

6 Quelle formule a-t-on pu saisir dans la cellule F2 de cette feuille de calcul, avant qu'elle soit étirée vers le bas jusqu'à la cellule F11 ? **3 pts**

Antilles-Guyane, septembre 2020 **23 pts** 30 min

64 Probabilités et simulation

On dispose de deux urnes :

- une urne bleue contenant trois boules bleues numérotées : ②, ③ et ④ ;
- une urne rouge contenant quatre boules rouges numérotées : ②, ③, ④ et ⑤.

Dans chaque urne, les boules sont indiscernables au toucher et ont la même probabilité d'être tirées.

Urne bleue	**Urne rouge**
② ③ ④	② ③ ④ ⑤

On s'intéresse à l'expérience aléatoire suivante :
« On tire au hasard une boule bleue et on note son numéro, puis on tire au hasard une boule rouge et on note son numéro. »
Exemple : si on tire la boule bleue numérotée ③, puis la boule rouge numérotée ④, le tirage obtenu sera noté (③ ; ④).
On précise que le tirage (③ ; ④) est différent du tirage (④ ; ③).

1 On définit les deux évènements suivants :
« On obtient deux nombres premiers » et « La somme des deux nombres est égale à 12 »
a. Pour chacun des deux évènements précédents, dire s'il est possible ou impossible lorsqu'on effectue l'expérience aléatoire. **3 pts**
b. Déterminer la probabilité de l'évènement « On obtient deux nombres premiers ». **4 pts**

2 On obtient un « double » lorsque les deux boules tirées portent le même numéro.
Justifier que la probabilité d'obtenir un « double » lors de cette expérience est $\frac{1}{4}$. **4 pts**

3 Dans cette question, aucune justification n'est attendue.
On souhaite simuler cette expérience 1 000 fois.
Pour cela, on a commencé à écrire un programme, à ce stade, encore incomplet. Voici des copies d'écran :

Script principal	**Bloc « Tirer deux boules »**
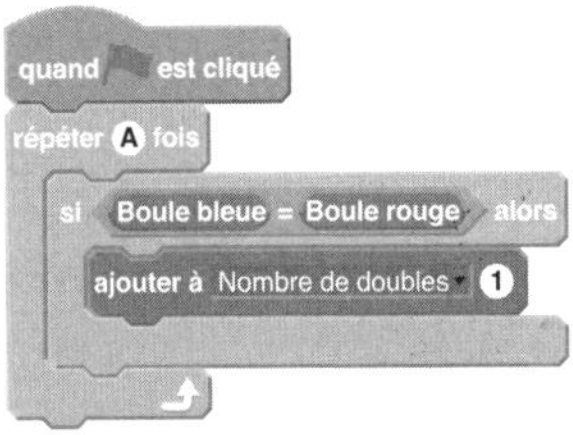	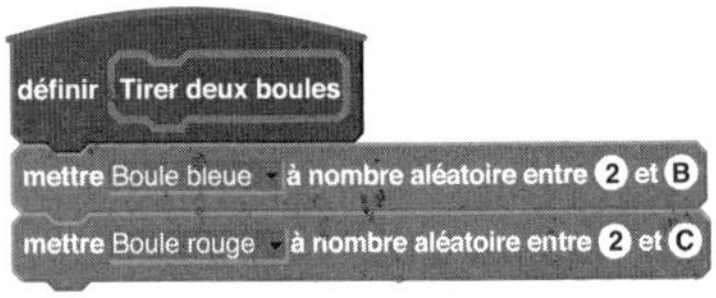

Boule bleue, Boule rouge et Nombre de doubles sont des variables.

Le bloc  est à insérer dans le script principal.

a. Par quels nombres faut-il remplacer les lettres A, B et C ? **3 pts**

b. Dans le script principal, indiquer où placer le bloc :

`Tirer deux boules` **3 pts**

c. Dans le script principal, indiquer où placer le bloc :

`mettre Nombre de doubles à 0` **3 pts**

d. On souhaite obtenir la fréquence d'apparition du nombre de « doubles » obtenus. Parmi les instructions ci-dessous, laquelle faut-il placer à la fin du script principal après la boucle « répéter » ? **3 pts**

Proposition ①	Proposition ②	Proposition ③
dire Nombre de doubles	dire Nombre de doubles / 1000	dire Nombre de doubles / 2

Polynésie, septembre 2020 **16 pts** 15 min

65 Du tri dans les BD

Jean possède 365 albums de bandes dessinées. Afin de trier les albums de sa collection, il les range par série et classe les séries en trois catégories : franco-belges, comics et mangas comme ci-dessous.

Séries franco-belges	Séries de comics	Séries de mangas
23 albums « Astérix » 22 albums « Tintin » 45 albums « Lucky Luke »	35 albums « Batman » 90 albums « Spider-Man »	85 albums « One Piece » 65 albums « Naruto »

Il choisit au hasard un album parmi tous ceux de sa collection.

1 **a.** Quelle est la probabilité que l'album choisi soit un album « Lucky Luke » ? **2 pts**

b. Quelle est la probabilité que l'album choisi soit un comics ? **3 pts**

c. Quelle est la probabilité que l'album choisi ne soit pas un manga ? **4 pts**

2 Tous les albums de chaque série sont numérotés dans l'ordre de sortie en librairie et chacune des séries est complète du numéro 1 au dernier numéro.

a. Quelle est la probabilité que l'album choisi porte le numéro 1 ? **3 pts**

b. Quelle est la probabilité que l'album choisi porte le numéro 40 ? **4 pts**

Nouvelle-Calédonie, décembre 2019 — 8 pts — 15 min

66 Un assemblage de carreaux

Hugo réalise un assemblage de carreaux représentant son héros préféré. Pour cela, il doit coller 22 carreaux violets, 2 blancs, 162 noirs et 110 verts. Tous les carreaux sont mélangés dans une boîte.
Hugo choisit un carreau au hasard.
On estime que tous les carreaux ont la même chance d'être choisis.

1 Quelle est la probabilité que Hugo choisisse un carreau vert ? **2 pts**

2 Quelle est la probabilité que Hugo ne choisisse pas un carreau violet ? **2 pts**

3 Quelle est la probabilité que le carreau choisi soit noir ou blanc ? **2 pts**

4 En une journée, Hugo a collé 75 % des carreaux. Combien de carreaux cela représente-t-il ? **2 pts**

Amérique du Nord, juin 2019 — 10 pts — 15 min

67 Le concours

Dans une classe de Terminale, huit élèves passent un concours d'entrée dans une école d'enseignement supérieur.
Pour être admis, il faut obtenir une note supérieure ou égale à 10.
Une note est attribuée avec une précision d'un demi-point (par exemple : 10 ; 10,5 ; 11…).
On dispose des informations suivantes :

Information 1	Information 2	
Notes attribuées aux 8 élèves de la classe qui ont passé le concours : 10; 13; 15; 14,5; 6; 7,5; ◆; ●	La série constituée des huit notes : – a pour étendue 9 ; – a pour moyenne 11,5 ; – a pour médiane 12.	75 % des élèves de la classe qui ont passé le concours ont été reçus.

1 Expliquer pourquoi il est impossible que l'une des deux notes désignées par ◆ ou ● soit 16. **3 pts**

2 Est-il possible que les deux notes désignées par ◆ et ● soient 12,5 et 13,5 ? **7 pts**

10 min

Asie, juin 2019 **11 pts**

68 Les gaz à effet de serre en Europe

Le tableau ci-dessous présente les émissions de gaz à effet de serre pour la France et l'Union européenne, en millions de tonnes équivalent CO_2, en 1990 et 2013.

	1990 (en millions de tonnes équivalent CO_2)	**2013 (en millions de tonnes équivalent CO_2)**
France	549,4	490,2
Union Européenne	5 680,9	

Source : Agence européenne pour l'environnement, 2015

1 Entre 1990 et 2013, les émissions de gaz à effet de serre dans l'Union européenne ont diminué de 21 %.
Quelle est la quantité de gaz à effet de serre émise en 2013 par l'Union européenne ?
Donner une réponse à 0,1 million de tonnes équivalent CO_2 près. **5 pts**

2 La France s'est engagée d'ici 2030 à diminuer de $\frac{2}{5}$ ses émissions de gaz à effet de serre par rapport à 1990.
Justifier que cela correspond pour la France à diminuer d'environ $\frac{1}{3}$ ses émissions de gaz à effet de serre par rapport à 2013. **6 pts**

20 min

Nouvelle-Calédonie, mars 2019 **17 pts**

69 Médaille d'or aux JO

Voici le classement des 21 pays ayant obtenu des médailles d'or lors des Jeux olympiques d'hiver de Pyeongchang 2018 en Corée.

Pays	Norvège	Allemagne	Canada	États-Unis	Pays-Bas	Suède	Rép. de Corée	Suisse	France	Autriche	Japon	Italie	Russie	Rép. tchèque	Bélarus	Chine	Slovaquie	Finlande	Grande-Bretagne	Pologne	Hongrie
Or	14	14	11	9	8	7	5	5	5	5	4	3	2	2	2	1	1	1	1	1	1

EXERCICES

On considère la série constituée des nombres de médailles d'or obtenues par chaque pays. Le classement est résumé dans la feuille de calcul ci-dessous :

	A	B	C	D	E	F	G	H	I	J	K	L
1	**Nombre de médailles**	1	2	3	4	5	7	8	9	11	14	
2	**Effectif**	6	3	1	1	4	1	1	1	1	2	21

1 **a.** Calculer le nombre moyen de médailles d'or par pays (arrondir le résultat au dixième). **4 pts**

b. Déterminer la médiane des nombres de médailles d'or par pays. **4 pts**

c. Interpréter le résultat de la question **1 b.** **2 pts**

2 Quelle formule a-t-on saisie dans la cellule L2 pour obtenir le nombre total de pays ayant eu au moins une médaille d'or ? **2 pts**

3 On prend un pays au hasard parmi les pays qui ont au moins une médaille d'or.

a. Quelle est la probabilité qu'il ait une seule médaille d'or ?
Donner la réponse sous forme fractionnaire. **2 pts**

b. Quelle est la probabilité qu'il ait au moins 5 médailles d'or ?
Donner la réponse sous forme fractionnaire. **3 pts**

Nouvelle-Calédonie, décembre 2018 **12 pts** 10 min

70 La roue tourne

À un stand d'une kermesse, on fait tourner une roue pour gagner un lot (un jouet, une casquette ou des bonbons). Une flèche permet de désigner le secteur gagnant sur la roue.

On admet que chaque secteur a autant de chances d'être désigné.

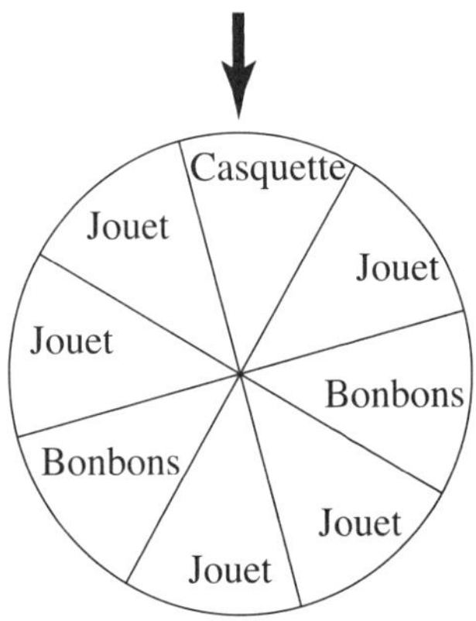

1 **a.** Quelle est la probabilité de l'évènement « on gagne des bonbons » ? **2 pts**

b. Définir par une phrase l'évènement contraire de l'évènement « on gagne des bonbons ». **3 pts**

c. Quelle est la probabilité de l'évènement défini au **1 b.** ? **3 pts**

2 Soit l'évènement « on gagne une casquette ou des bonbons ».
Quelle est la probabilité de cet évènement ? **4 pts**

Nouvelle-Calédonie, décembre 2018 — **17 pts** — 20 min

71 Avec un diagramme semi-circulaire

Le tableau suivant concerne les États et territoires de la Mélanésie.

	A	B	C
1	**États ou territoires de la Mélanésie**	**Superficie terrestre (en km²)**	**Fréquence (en %)**
2	Îles Salomon	28 530	5,2
3	Îles Fidji	18 333	3,3
4	Nouvelle-Calédonie	18 576	…
5	Papouasie-Nouvelle-Guinée	472 840	85,9
6	Vanuatu	12 281	2,2
7	TOTAL	…	100

1 Compléter les colonnes B et C du tableau ci-avant. Arrondir les fréquences au dixième. **4 pts**

2 Le tableau a été construit avec un tableur. Quelle formule peut-on saisir pour compléter la cellule B7 du tableau ? **3 pts**

Le tableau suivant donne la répartition des superficies des différents territoires et états de la Mélanésie.

États ou territoires de la Mélanésie	**Superficie terrestre (en km²)**	**Angle (arrondi au degré près)**
Îles Salomon	28 530	9
Îles Fidji	18 333	…
Nouvelle-Calédonie	18 576	6
Papouasie-Nouvelle-Guinée	472 840	155
Vanuatu	12 281	…
TOTAL	…	180

3 Compléter la colonne des angles dans le tableau ci-dessus. **6 pts**

4 Compléter le diagramme semi-circulaire ci-dessous en utilisant les données du tableau. **4 pts**

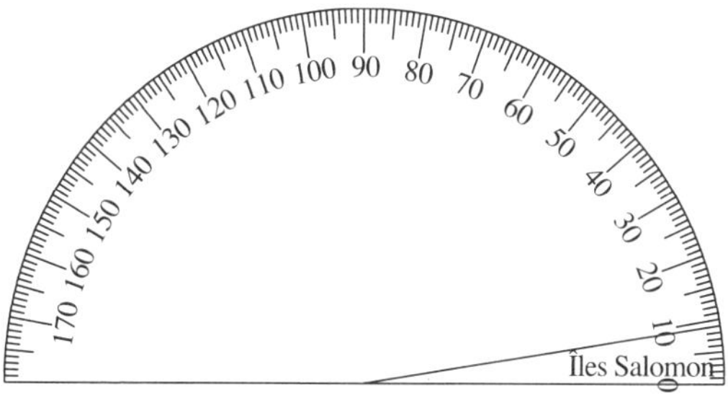

EXERCICES

Amérique du Sud, novembre 2018 **12 pts** 10 min

72 La collection de BD

Avant son déménagement, Hugo décide de se séparer de sa collection de 300 BD (bandes dessinées). 15 % de ces BD sont trop abîmées pour être vendues. Il les dépose à la déchetterie.

À la braderie du village, il vend ensuite trois cinquièmes de ce qu'il lui reste. Combien rapporte-t-il de BD chez lui à la fin de la braderie ?

Amérique du Sud, novembre 2018 **17 pts** 20 min

73 Finales du 100 m

Dans tout l'exercice, on étudie les performances réalisées par les athlètes qui ont participé aux finales du 100 m masculin des Jeux olympiques de 2016 et de 2012.
On donne ci-dessous des informations sur les temps mis par les athlètes pour parcourir 100 m.

Finale du 100 m aux Jeux olympiques de 2016

Temps réalisés par tous les finalistes :

10,04 s	9,96 s	9,81 s	9,91 s	10,06 s	9,89 s	9,93 s	9,94 s

Finale du 100 m aux Jeux olympiques de 2012

• Nombre de finalistes	8
• Temps le plus long	11,99 s
• Étendue des temps	2,36 s
• Moyenne des temps	10,01 s
• Médiane des temps	9,84 s

1 Quel est le temps du vainqueur de la finale en 2016 ? **1 pt**

2 Lors de quelle finale la moyenne des temps pour effectuer 100 m est-elle la plus petite ? **4 pts**

3 Lors de quelle finale le meilleur temps a-t-il été réalisé ? **4 pts**

4 L'affirmation suivante est-elle vraie ou fausse ?
Affirmation : « Seulement trois athlètes ont mis moins de 10 s à parcourir les 100 m de la finale de 2012. » **4 pts**

5 C'est lors de la finale de 2012 qu'il y a eu le plus d'athlètes ayant réussi à parcourir le 100 m en moins de 10 s.
Combien d'athlètes ont réalisé un temps inférieur à 10 s lors de cette finale de 2012 ? **4 pts**

France métropolitaine, septembre 2018 **20 pts** 20 min

74 En course

Partie 1

On s'intéresse à une course réalisée au début de l'année 2018. Il y a 80 participants, dont 32 femmes et 48 hommes.
Les femmes portent des dossards rouges numérotés de 1 à 32. Les hommes portent des dossards verts numérotés de 1 à 48. Il existe donc un dossard n° 1 rouge pour une femme, et un dossard n° 1 vert pour un homme, etc.

1 Quel est le pourcentage de femmes participant à la course ? **3 pts**

2 Un animateur tire au hasard le dossard d'un participant pour remettre un prix de consolation.
a. Soit l'évènement V : « Le dossard est vert. » Quelle est la probabilité de l'évènement V ? **2 pts**
b. Soit l'évènement M : « Le numéro du dossard est un multiple de 10. » Quelle est la probabilité de l'évènement M ? **3 pts**
c. L'animateur annonce que le numéro du dossard est un multiple de 10. Quelle est alors la probabilité qu'il appartienne à une femme ? **4 pts**

Partie 2

À l'issue de la course, le classement est affiché ci-après. **On s'intéresse aux années de naissance des 20 premiers coureurs.**

1 On a rangé les années de naissance des coureurs dans l'ordre croissant :

1959	1959	1960	1966	1969
1970	1972	1972	1974	1979
1981	1983	1986	1988	1989
1993	1997	1998	2002	2003

Donner la médiane de la série. **4 pts**

EXERCICES

2 La moyenne de la série a été calculée dans la cellule B23.
Quelle formule a été saisie dans la cellule B23 ? **2 pts**

3 Astrid remarque que la moyenne et la médiane de cette série sont égales.
Est-ce le cas pour n'importe quelle autre série statistique ? Expliquer. **2 pts**

	A	B
1	**Classement**	**Année de naissance**
2	1	1983
3	2	1972
4	3	1966
5	4	2003
6	5	1986
7	6	1972
8	7	1979
9	8	1997
10	9	1959
11	10	1981
12	11	1970
13	12	1989
14	13	1988
15	14	1959
16	15	1993
17	16	1974
18	17	1960
19	18	1998
20	19	1969
21	20	2002
22		
23	Moyenne	1980

France métropolitaine, juin 2018 **14 pts** 15 min

75 Alerte pollution

Parmi les nombreux polluants de l'air, les particules fines sont régulièrement surveillées.

Les PM10 sont des particules fines dont le diamètre est inférieur à 0,01 mm. En janvier 2017, les villes de Lyon et Grenoble ont connu un épisode de pollution aux particules fines. Voici des données concernant la période du 16 au 25 janvier 2017 :

Données statistiques sur les concentrations journalières en PM10 du 16 au 25 janvier 2017 à Lyon

Moyenne : 72,5 µg/m^3
Médiane : 83,5 µg/m^3
Concentration minimale : 22 µg/m^3
Concentration maximale : 107 µg/m^3

Source : http://www.air-rhonealpes.fr

Relevés des concentrations journalières en PM10 du 16 au 25 janvier 2017 à Grenoble

Date	Concentration PM10 en µg/m^3
16 janvier	32
17 janvier	39
18 janvier	52
19 janvier	57
20 janvier	78
21 janvier	63
22 janvier	60
23 janvier	82
24 janvier	82
25 janvier	89

1 Laquelle de ces deux villes a eu la plus forte concentration moyenne en PM10 entre le 16 et le 25 janvier ? **4 pts**

2 Calculer l'étendue des séries des relevés en PM10 à Lyon et à Grenoble. Laquelle de ces deux villes a eu l'étendue la plus importante ? Interpréter ce dernier résultat. **5 pts**

3 L'affirmation suivante est-elle exacte ? Justifier votre réponse.
« Du 16 au 25 janvier, le seuil d'alerte de 80 µg/m^3 par jour a été dépassé au moins 5 fois à Lyon. » **5 pts**

France métropolitaine, juin 2018 — **12 pts** — 15 min

76 Lecture aléatoire

Dans son lecteur audio, Théo a téléchargé 375 morceaux de musique. Parmi eux, il y a 125 morceaux de rap. Il appuie sur la touche « lecture aléatoire » qui lui permet d'écouter un morceau choisi au hasard parmi tous les morceaux disponibles.

EXERCICES

1 Quelle est la probabilité qu'il écoute du rap ? **4 pts**

2 La probabilité qu'il écoute du rock est égale à $\frac{7}{15}$.

Combien Théo a-t-il de morceaux de rock dans son lecteur audio ? **4 pts**

3 Alice possède 40 % de morceaux de rock dans son lecteur audio.
Si Théo et Alice appuient tous les deux sur la touche « lecture aléatoire » de leur lecteur audio, lequel a le plus de chances d'écouter un morceau de rock ? **4 pts**

Amérique du Nord, juin 2018 **14 pts** 15 min

77 Internet

Le tableau ci-dessous a été réalisé à l'aide d'un tableur.
Il indique le nombre d'abonnements Internet à haut débit et à très haut débit entre 2014 et 2016, sur réseau fixe, en France.

	A	B	C	D
1		**2014**	**2015**	**2016**
2	**Nombre d'abonnements Internet à haut débit (en millions)**	22,855	22,63	22,238
3	**Nombre d'abonnements Internet à très haut débit (en millions)**	3,113	4,237	5,446
4	**Total (en millions)**	25,968	26,867	27,684

(*Sources : Arcep et Statistica.*)

1 Combien d'abonnements Internet à très haut débit, en millions, ont été comptabilisés pour l'année 2016 ? **2 pts**

2 Vérifier qu'en 2016, il y avait 817 000 abonnements Internet à haut débit et à très haut débit de plus qu'en 2015. **4 pts**

3 Quelle formule a-t-on pu saisir dans la cellule B4 avant de la recopier vers la droite, jusqu'à la cellule D4 ? **4 pts**

4 En 2015, seulement 5,3 % des abonnements Internet très haut débit utilisaient la fibre optique.
Quel nombre d'abonnements Internet à très haut débit cela représentait-il ? **4 pts**

Amérique du Nord, juin 2018 **15 pts**

78 Des boules numérotées

Deux urnes contiennent des boules numérotées indiscernables au toucher. Le schéma ci-contre représente le contenu de chacune des urnes.

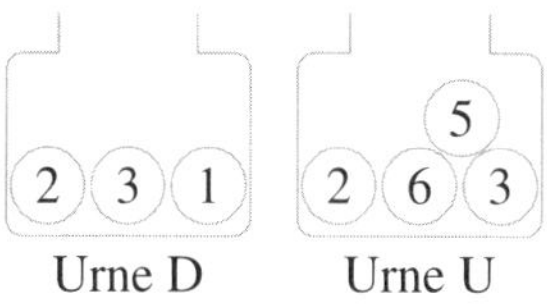

On forme un nombre entier à deux chiffres en tirant au hasard une boule dans chaque urne :
- le chiffre des dizaines est le numéro de la boule issue de l'urne D ;
- le chiffre des unités est le numéro de la boule issue de l'urne U.

Exemple : en tirant la boule ① de l'urne D et ensuite la boule ⑤ de l'urne U, on forme le nombre 15.

1 A-t-on plus de chance de former un nombre pair que de former un nombre impair ? **4 pts**

2 **a.** Sans justifier, indiquer les nombres premiers qu'on peut former lors de cette expérience. **3 pts**

b. Montrer que la probabilité de former un nombre premier est égale à $\frac{1}{6}$. **3 pts**

3 Définir un évènement dont la probabilité de réalisation est égale à $\frac{1}{3}$. **5 pts**

Centres étangers, juin 2018 **16 pts**

79 Les bracelets

Thomas possède une montre qu'il compose en assemblant des cadrans et des bracelets de plusieurs couleurs. Pour cela, il dispose de :
- deux cadrans : un rouge et un jaune ;
- quatre bracelets : un rouge, un jaune, un vert et un noir.

1 Combien y a-t-il d'assemblages possibles ? **5 pts**

Il choisit au hasard un cadran et un bracelet pour composer sa montre.

2 Déterminer la probabilité d'obtenir une montre toute rouge. **3 pts**

3 Déterminer la probabilité d'obtenir une montre d'une seule couleur. **4 pts**

4 Déterminer la probabilité d'avoir une montre de deux couleurs. **4 pts**

Asie, juin 2018 **10 pts** 10 min

80 Livraison en retard

Une entreprise a enregistré, pour chaque mois de l'année 2016, le pourcentage de commandes livrées en retard. Le diagramme suivant présente ces données.

Diagramme représentant le pourcentage de commandes livrées en retard sur l'année 2016

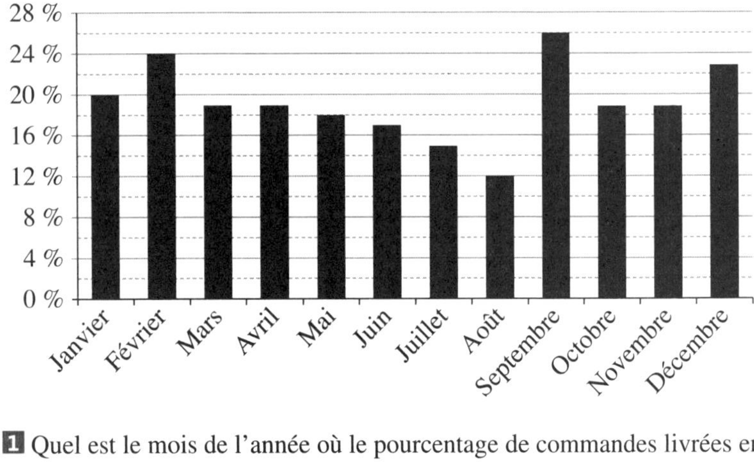

1 Quel est le mois de l'année où le pourcentage de commandes livrées en retard a été le plus important ? **2 pts**
Aucune justification n'est attendue.

2 Pour quels mois de l'année ce pourcentage a-t-il été inférieur ou égal à 18 % ? **3 pts**
Aucune justification n'est attendue.

3 Quelle est l'étendue de cette série de données ? **5 pts**

15 min

Pondichéry, mai 2018 **13 pts**

81 Le jeu du plateau

On considère un jeu composé d'un plateau tournant et d'une boule. Représenté ci-contre, ce plateau comporte 13 cases numérotées de 0 à 12.

On lance la boule sur le plateau. La boule finit par s'arrêter au hasard sur une case numérotée.

La boule a la même probabilité de s'arrêter sur chaque case.

1 Quelle est la probabilité que la boule s'arrête sur la case numérotée 8 ? **2 pts**

2 Quelle est la probabilité que le numéro de la case sur laquelle la boule s'arrête soit un nombre impair ? **3 pts**

3 Quelle est la probabilité que le numéro de la case sur laquelle la boule s'arrête soit un nombre premier ? **4 pts**

4 Lors des deux derniers lancers, la boule s'est arrêtée à chaque fois sur la case numérotée 9. A-t-on maintenant plus de chances que la boule s'arrête sur la case numérotée 9 plutôt que sur la case numérotée 7 ? Argumenter à l'aide d'un calcul de probabilités. **4 pts**

25 min

Pondichéry, mai 2018 **20 pts**

82 La cible

Dans tout l'exercice, l'unité de longueur est le millimètre.

On lance une fléchette sur une plaque carrée sur laquelle figure une cible circulaire (en gris sur la figure ci-contre). Si la pointe de la fléchette est sur le bord de la cible, on considère que la cible n'est pas atteinte.

On considère que cette expérience est aléatoire et l'on s'intéresse à la probabilité que la fléchette atteigne la cible.

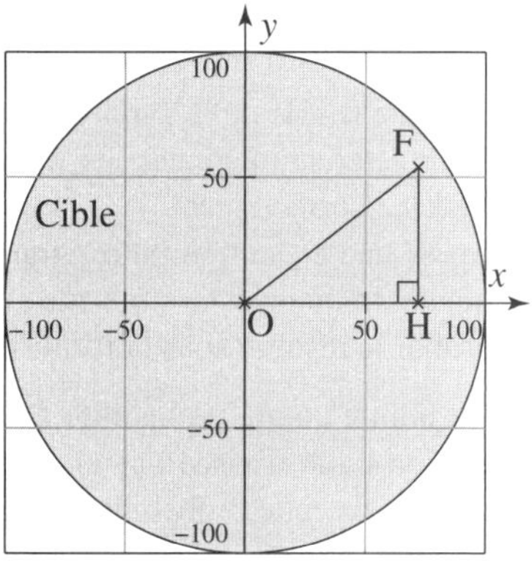

EXERCICES

- La longueur du côté de la plaque carrée est 200.
- Le rayon de la cible est 100.
- La fléchette est représentée par le point F de coordonnées (x ; y) où x et y sont des nombres aléatoires compris entre – 100 et 100.

1 Dans l'exemple ci-avant, la fléchette F est située au point de coordonnées (72 ; 54). Montrer que la distance OF entre la fléchette et l'origine du repère est 90. **4 pts**

2 D'une façon générale, quel nombre ne doit pas dépasser la distance OF pour que la fléchette atteigne la cible ? **2 pts**

3 On réalise un programme qui simule plusieurs fois le lancer de cette fléchette sur la plaque carrée et qui compte le nombre de lancers atteignant la cible. Le programmeur a créé trois variables nommées **carré de OF**, **distance** et **score.**

```
1 Quand [drapeau] est cliqué
2 mettre score à 0
3 répéter 120 fois
4     aller à x: nombre aléatoire entre -100 et 100 y: nombre aléatoire entre -100 et 100
5     mettre Carré de OF à abscisse x * abscisse x + [        ]
6     mettre distance à racine de [        ]
7     si distance < ... alors
8         ajouter à score 1
```

a. Lorsqu'on exécute ce programme, combien de lancers sont simulés ? **1 pt**

b. Quel est le rôle de la variable **score** ? **1 pt**

c. Compléter uniquement les lignes 5, 6 et 7 du programme afin qu'il fonctionne correctement. **6 pts**

d. Après une exécution du programme, la variable **score** est égale à 102. À quelle fréquence la cible a-t-elle été atteinte dans cette simulation ? Exprimer le résultat sous la forme d'une fraction irréductible. **2 pts**

4 On admet que la probabilité d'atteindre la cible est égale au quotient : aire de la cible divisée par aire de la plaque carrée. Donner une valeur approchée de cette probabilité au centième près. **4 pts**

20 min

Wallis et Futuna, décembre 2017 **12 pts**

83 La loterie

Pour gagner le gros lot à une kermesse, il faut d'abord tirer une boule rouge dans une urne, puis obtenir un multiple de 3 en tournant une roue de loterie numérotée de 1 à 6.
L'urne contient 3 boules vertes, 2 boules bleues et 3 boules rouges.

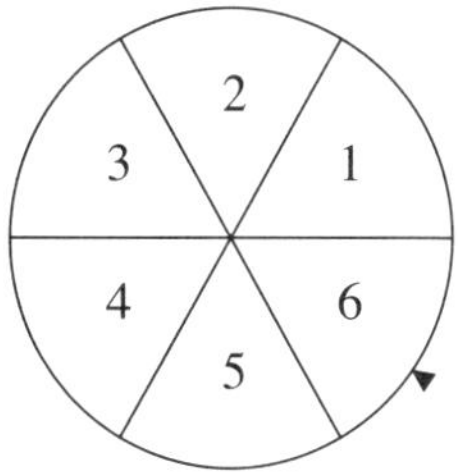

1 Sur la roue de loterie, quelle est la probabilité d'obtenir un multiple de 3 ? **2 pts**

2 Quelle est la probabilité qu'un participant gagne le gros lot ? **4 pts**

3 On voudrait modifier le contenu de l'urne en ne changeant que le nombre de boules rouges. Combien faudra-t-il mettre en tout de boules rouges dans l'urne pour que la probabilité de tirer une boule rouge soit de 0,5 ?
Expliquer votre démarche. **6 pts**

10 min

France métropolitaine, juin 2017 **8 pts**

84 Le tirage avec remise

Dans une urne contenant des boules vertes et des boules bleues, on tire au hasard une boule et on regarde sa couleur. On replace ensuite la boule dans l'urne et on mélange les boules.

La probabilité d'obtenir une boule verte est $\frac{2}{5}$.

1 Expliquer pourquoi la probabilité d'obtenir une boule bleue est égale à $\frac{3}{5}$. **2 pts**

2 Paul a effectué 6 tirages et a obtenu une boule verte à chaque fois.
Au 7e tirage, aura-t-il plus de chances d'obtenir une boule bleue qu'une boule verte ? **2 pts**

3 Déterminer le nombre de boules bleues dans cette urne sachant qu'il y a 8 boules vertes. **4 pts**

EXERCICES

France métropolitaine, juin 2017 **19 pts** 20 min

85 L'IMC

Doc. 1 : Le surpoids

Le surpoids est devenu un problème majeur de santé, celui-ci prédispose à beaucoup de maladies et diminue l'espérance de vie.
L'indice le plus couramment utilisé est celui de masse corporelle (IMC).

Doc. 2 : Calcul de l'IMC

L'IMC est une grandeur internationale permettant de déterminer la corpulence d'une personne adulte entre 18 ans et 65 ans.
Il se calcule avec la formule suivante :

$$\text{IMC} = \frac{\text{Masse}}{\text{Taille}^2}$$

avec « Masse » en kilogrammes et « Taille » en mètres.

Normes :
– $18{,}5 \leq \text{IMC} < 25$ corpulence normale ;
– $25 \leq \text{IMC} < 30$ surpoids ;
– $\text{IMC} \geq 30$ obésité.

1 Dans une entreprise, lors d'une visite médicale, un médecin calcule l'IMC de six des employés.
Il utilise pour cela une feuille de tableur dont voici un extrait ci-après.

	A	B	C	D	E	F	G
1	Taille (en m)	1,69	1,72	1,75	1,78	1,86	1,88
2	Masse (en kg)	72	85	74	70	115	85
3	IMC (*)	25,2	28,7	24,2	22,1	33,2	24,0
4	*(*) valeur approchée au dixième*						

a. Combien d'employés sont en situation de surpoids ou d'obésité dans cette entreprise ? **2 pts**

b. Laquelle de ces formules a-t-on écrite dans la cellule B3, puis recopiée à droite, pour calculer l'IMC ? **3 pts**

= 72/1.69^2	= B1/(B2*B2)	= B2/(B1*B1)	= $B2/($B1*$B1)

2 Le médecin a fait le bilan de l'IMC de chacun des 41 employés de cette entreprise. Il a reporté les informations recueillies dans le tableau suivant dans lequel les IMC ont été arrondis à l'unité près.

IMC	20	22	23	24	25	29	30	33	Total
Effectif	9	12	6	8	2	1	1	2	41

a. Calculer une valeur approchée, arrondie à l'entier près, de l'IMC moyen des employés de cette entreprise. **4 pts**

b. Quel est l'IMC médian ? Interpréter ce résultat. **5 pts**

c. On lit sur certains magazines : « On estime qu'au moins 5 % de la population mondiale est en surpoids ou est obèse. » Est-ce le cas pour les employés de cette entreprise ? **5 pts**

Amérique du Nord, juin 2017 **12 pts** 15 min

86 Tirage de boules numérotées

Il y a dans une urne 12 boules indiscernables au toucher, numérotées de 1 à 12. On veut tirer une boule au hasard.

1 Est-il plus probable d'obtenir un numéro pair ou bien un multiple de 3 ? **4 pts**

2 Quelle est la probabilité d'obtenir un numéro inférieur à 20 ? **2 pts**

3 On enlève de l'urne toutes les boules dont le numéro est un diviseur de 6. On veut à nouveau tirer une boule au hasard.
Expliquer pourquoi la probabilité d'obtenir un numéro qui soit un nombre premier est alors 0,375. **6 pts**

EXERCICES

Centres étrangers, juin 2017 **8 pts** 10 min

87 Test de volets roulants électriques

Un fabricant de volets roulants électriques réalise une étude statistique pour connaître leur fiabilité.
Il fait donc fonctionner un échantillon de 500 volets sans s'arrêter, jusqu'à une panne éventuelle. Il inscrit les résultats dans le tableur ci-dessous :

	A	B	C	D	E	F	G	H
1	Nombre de montées-descentes	Entre 0 et 999	Entre 1000 et 1999	Entre 2000 et 2999	Entre 3000 et 3999	Entre 4000 et 4999	Plus de 5000	TOTAL
2	Nombre de volets roulants tombés en panne	20	54	137	186	84	19	

1 Quelle formule faut-il saisir dans la cellule H2 du tableur pour obtenir le nombre total de volets testés ? **2 pts**

2 Un employé prend au hasard un volet dans cet échantillon. Quelle est la probabilité que ce volet fonctionne plus de 3 000 montées/descentes ? **3 pts**

3 Le fabricant juge ses volets fiables si plus de 95 % des volets fonctionnent plus de 1 000 montées/descentes.
Ce lot de volets roulants est-il fiable ? Expliquer votre raisonnement. **3 pts**

Asie, juin 2017 **10 pts** 10 min

88 Répartition dans la classe

Dans une classe de 24 élèves, il y a 16 filles.

1 L'un des deux diagrammes ci-dessous peut-il représenter correctement la répartition des élèves de cette classe ? **5 pts**

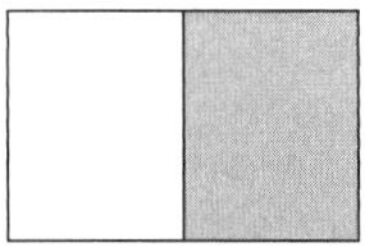

☐ Garçons

Diagramme 1

☐ Filles

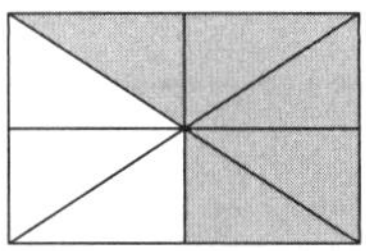

Diagramme 2

2 On a représenté la répartition des élèves de cette classe par un diagramme circulaire. Écrire le calcul permettant de déterminer la mesure de l'angle du secteur qui représente les garçons. **5 pts**

☐ Garçons

☐ Filles

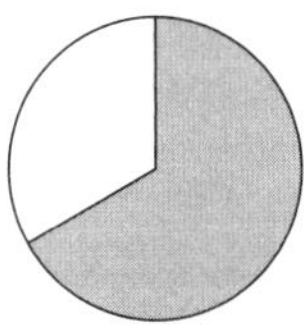

Asie, juin 2017 — 12 pts — 15 min

89 Lanceuses de poids

L'entraîneur d'un club d'athlétisme a relevé les performances de ses lanceuses de poids sur cinq lancers. Voici une partie des relevés qu'il a effectués (il manque trois performances pour une des lanceuses) :

		Lancers				
		n° 1	n° 2	n° 3	n° 4	n° 5
Performances (en mètres)	Solenne	17,8	17,9	18	19,9	17,4
	Rachida	17,9	17,6	18,5	18	19
	Sarah	18	?	19,5	?	?

Caractéristiques des cinq lancers d'une des lanceuses
Étendue : 2,5 m
Moyenne : 18,2 m
Médiane : 18 m

1 Expliquer pourquoi ces caractéristiques ne concernent ni les résultats de Solenne, ni ceux de Rachida. **6 pts**

2 Les caractéristiques données sont donc celles de Sarah. Son meilleur lancer est de 19,5 m.
Indiquer quels peuvent être les trois lancers manquants de Sarah. **6 pts**

Pondichéry, mai 2017 — 12 pts — 15 min

90 Boules et probabilités

Un sac contient 20 boules ayant chacune la même probabilité d'être tirée. Ces 20 boules sont numérotées de 1 à 20. On tire une boule au hasard.
Tous les résultats seront donnés sous forme de fractions irréductibles.

1 Quelle est la probabilité de tirer la boule numérotée 13 ? **2 pts**

2 Quelle est la probabilité de tirer une boule portant un numéro pair ? **3 pts**

3 A-t-on plus de chances d'obtenir une boule portant un numéro multiple de 4 que d'obtenir une boule portant un numéro diviseur de 4 ? **4 pts**

4 Quelle est la probabilité de tirer une boule portant un numéro qui soit un nombre premier ? **3 pts**

Géométrie dans le plan

Nouvelle-Calédonie, décembre 2020 **16 pts** 20 min

91 La régate

AB = 400, AC = 300, BC = 500 et CD = 700.

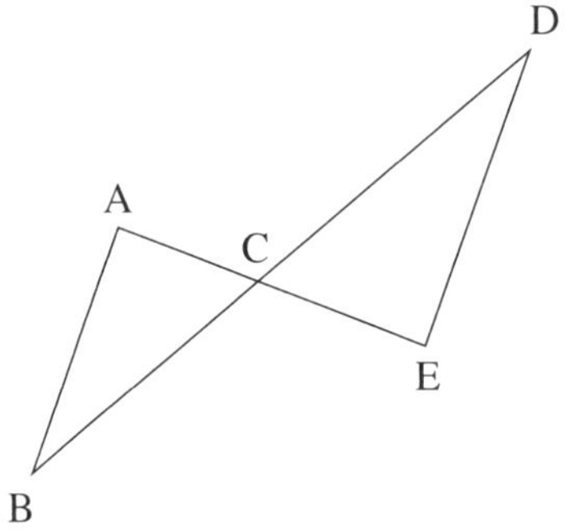

Les droites (AE) et (BD) se coupent en C.
Les droites (AB) et (DE) sont parallèles.

1 Calculer la longueur DE. **4 pts**

2 Montrer que le triangle ABC est rectangle, **3 pts**

3 Calculer la mesure de l'angle $\widehat{ABC}$. Arrondir au degré. **4 pts**

Lors d'une course, les concurrents doivent effectuer plusieurs tours du parcours représenté ci-dessus. Ils partent du point A, puis passent par les points B, C, D et E dans cet ordre, puis de nouveau par le point C pour ensuite revenir au point A.
Maltéo, le vainqueur, a mis 1 h 48 min pour effectuer les 5 tours du parcours. La distance parcourue pour faire un tour est 2 880 m.

4 Calculer la distance totale parcourue pour effectuer les 5 tours du parcours. **1 pt**

5 Calculer la vitesse moyenne de Maltéo. Arrondir à l'unité. **4 pts**

Antilles-Guyane, septembre 2020 — 20 pts — 25 min

92 À partir d'un triangle à main levée

La figure ci-dessous est dessinée à main levée. On donne les informations suivantes :

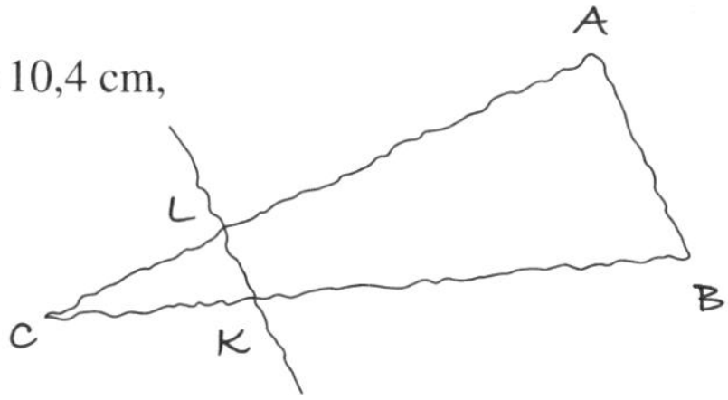

- ABC est un triangle tel que AC = 10,4 cm, AB = 4 cm et BC = 9,6 cm ;
- les points A, L et C sont alignés ;
- les points B, K et C sont alignés ;
- la droite (KL) est parallèle à la droite (AB) ;
- CK = 3 cm.

1 À l'aide d'instruments de géométrie, construire la figure en vraie grandeur en laissant apparents les traits de construction. **4 pts**

2 Prouver que le triangle ABC est rectangle en B. **4 pts**

3 Calculer la longueur CL en centimètres. **6 pts**

4 À l'aide de la calculatrice, calculer une valeur approchée de la mesure de l'angle $\widehat{CAB}$, au degré près. **6 pts**

Polynésie, septembre 2020 — 26 pts — 30 min

93 Le pavage

On considère le motif initial ci-contre.
Il est composé d'un carré ABCE de côté 5 cm et d'un triangle EDC, rectangle et isocèle en D.

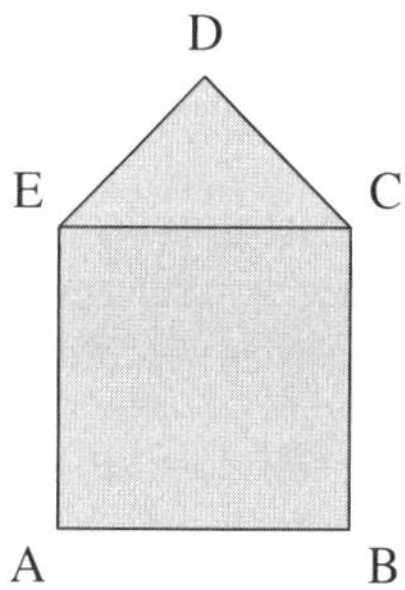

Partie 1

1 Donner, sans justification, les mesures des angles $\widehat{DEC}$ et $\widehat{DCE}$. **3 pts**

2 Montrer que le côté [DE] mesure environ 3,5 cm au dixième de centimètre près. **4 pts**

3 Calculer l'aire du motif initial. Donner une valeur approchée au centimètre carré près. **5 pts**

Partie 2

On réalise un pavage du plan en partant du motif initial et en utilisant différentes transformations du plan.

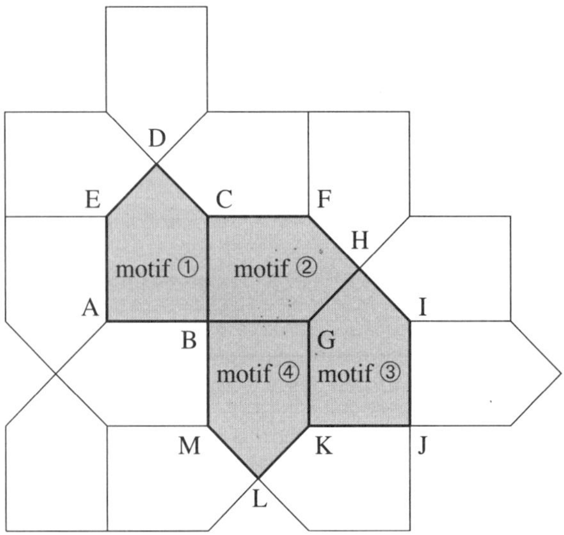

Dans chacun des quatre cas suivants, donner sans justifier une transformation du plan qui permet de passer :

1 Du motif ① au motif ② **2 pts**

2 Du motif ① au motif ③ **2 pts**

3 Du motif ① au motif ④ **2 pts**

4 Du motif ② au motif ③ **2 pts**

Partie 3

Suite à un agrandissement de rapport $\frac{3}{2}$ de la taille du motif initial, on obtient un motif agrandi.

1 Construire en vraie grandeur le motif agrandi. **3 pts**

2 Par quel coefficient doit-on multiplier l'aire du motif initial pour obtenir l'aire du motif agrandi ? **3 pts**

15 min

Nouvelle-Calédonie, décembre 2019 **14 pts**

94 Cerf-volant

Thomas attache son cerf-volant au sol au point T. Il fait 20 pas pour parcourir la distance TH.
Un pas mesure 0,6 mètre.
Le schéma ci-dessous illustre la situation. Il n'est pas à l'échelle.

Les points T, C et E sont alignés.
Les points T, H et F sont alignés.
TC = 15 m

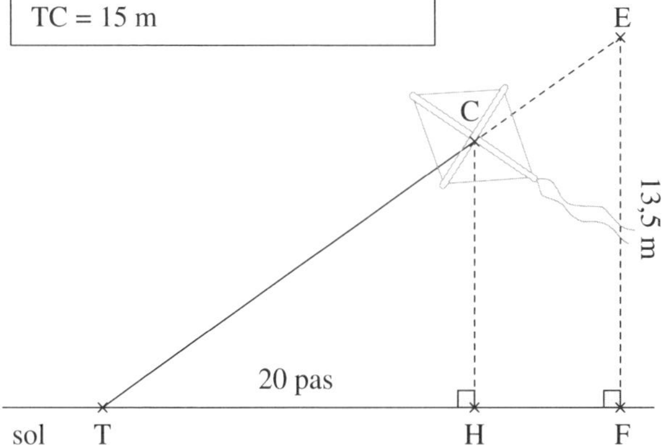

1 Montrer que la hauteur CH du cerf-volant est égale à 9 m. **7 pts**

2 Thomas souhaite que son cerf-volant atteigne une hauteur EF de 13,5 m. Calculer la longueur TE de la corde nécessaire. **7 pts**

15 min

Asie, juin 2019 **12 pts**

95 Quadrilatère à main levée

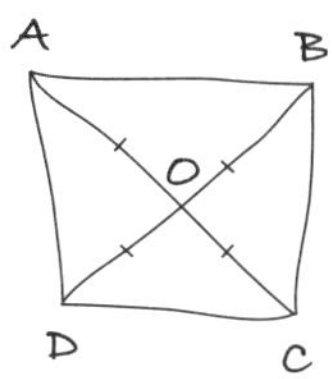

La figure ci-contre est codée et réalisée à main levée.
Elle représente un quadrilatère ABCD dont les diagonales se croisent en un point O.
On donne : OA = 3,5 cm et AB = 5 cm.

On s'intéresse à la nature du quadrilatère ABCD qui a été représenté.

1 Peut-on affirmer que ABCD est un rectangle ? **5 pts**

2 Peut-on affirmer que ABCD est un carré ? **7 pts**

Amérique du Nord, juin 2019 **10 pts** 10 min

96 Avec un hexagone

Dans cet exercice, aucune justification n'est attendue.
On considère l'hexagone ABCDEF de centre O représenté ci-dessous.

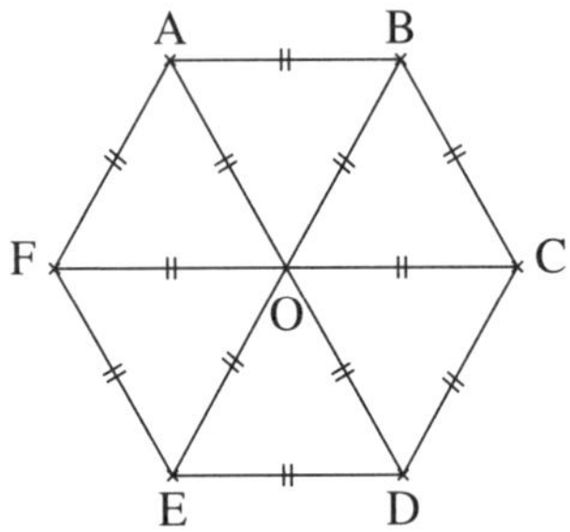

1 Parmi les propositions suivantes, recopier celle qui correspond à l'image du quadrilatère CDEO par la symétrie de centre O. **2 pts**

Proposition 1	Proposition 2	Proposition 3
FABO	ABCO	FODE

2 Quelle est l'image du segment [AO] par la symétrie d'axe (CF) ? **2 pts**

3 On considère la rotation de centre O qui transforme le triangle OAB en le triangle OCD. Quelle est l'image du triangle BOC par cette rotation ? **3 pts**

La figure ci-contre représente un pavage dont le motif de base a la même forme que l'hexagone ci-avant. On a numéroté certains de ces hexagones.

4 Quelle est l'image de l'hexagone 14 par la translation qui transforme l'hexagone 2 en l'hexagone 12 ? **3 pts**

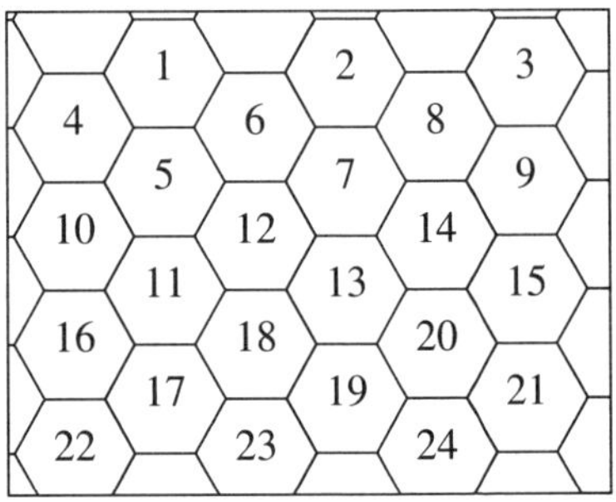

Nouvelle-Calédonie, mars 2019 **12 pts** 15 min

97 Hissez la voile !

Pour son confort, Lisa souhaite installer une voile d'ombrage triangulaire dans son jardin.
L'aire de celle-ci doit être de 8 m^2 au minimum.
Pour chacun des trois modèles suivants, indiquer s'il convient en justifiant chaque réponse.

> ***Rappel***
>
> Aire d'un triangle rectangle : $A = \dfrac{h \times b}{2}$
>
> 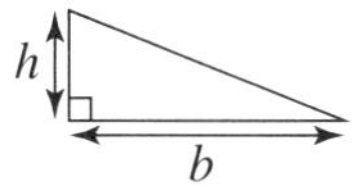
>

Modèle 1

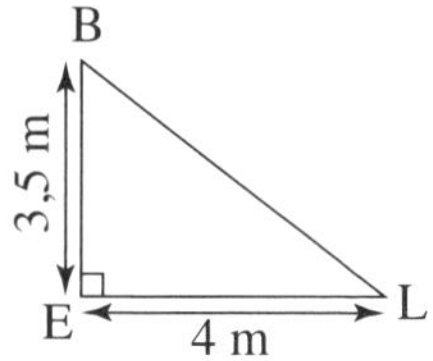

2 pts

Modèle 2

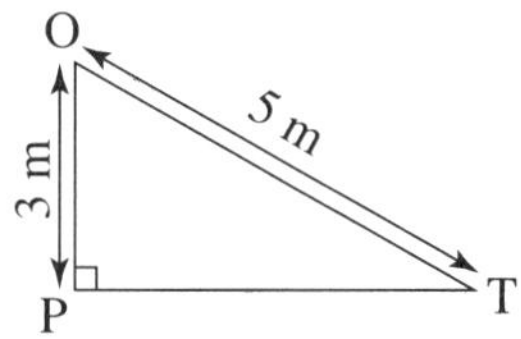

4 pts

Modèle 3

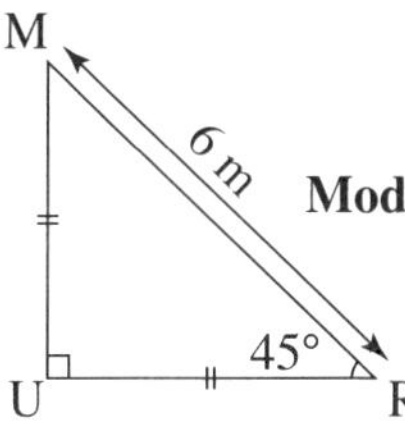

6 pts

Nouvelle-Calédonie, décembre 2018 **8 pts** 10 min

98 Ça passe ou ça casse

Lors de son déménagement, Allan doit transporter son réfrigérateur dans un camion. Pour l'introduire dans le camion, Allan le pose sur le bord comme indiqué sur la figure ci-après.
Allan pourra-t-il redresser le réfrigérateur en position verticale pour le rentrer dans le camion sans bouger le point d'appui A ? Justifier.

Le schéma n'est pas à l'échelle.

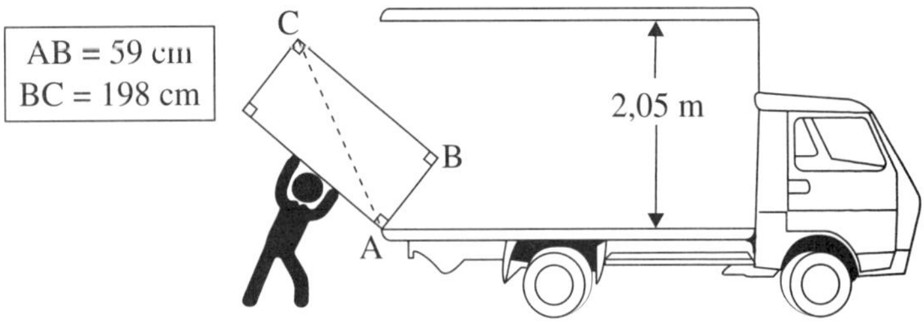

Amérique du Sud, novembre 2018 **12 pts** 10 min

99 Un petit QCM

Cet exercice est un questionnaire à choix multiples. Pour chaque question, une seule réponse est correcte. **4 pts par question**

Aucune justification n'est attendue.

Question	Réponse A	Réponse B	Réponse C
1 ABC est un triangle rectangle en A. AC = 3,5 cm et BC = 7 cm. La mesure de l'angle $\widehat{ABC}$ est :	30°	45°	60°
2 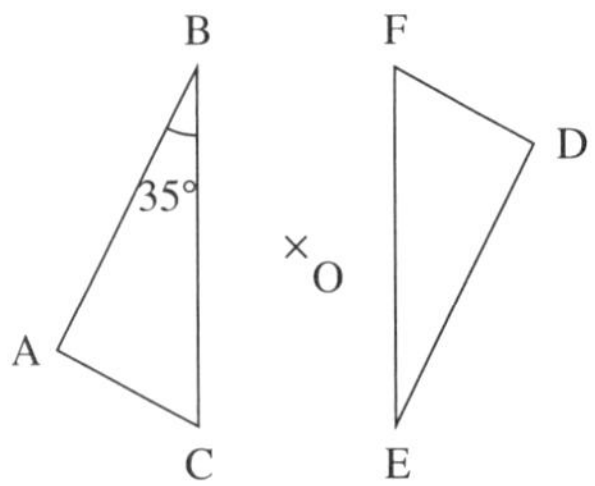 Le triangle DEF est le symétrique du triangle ABC par rapport au point O. La mesure de l'angle $\widehat{DEF}$ est :	35°	55°	65°

Question	Réponse A	Réponse B	Réponse C
3 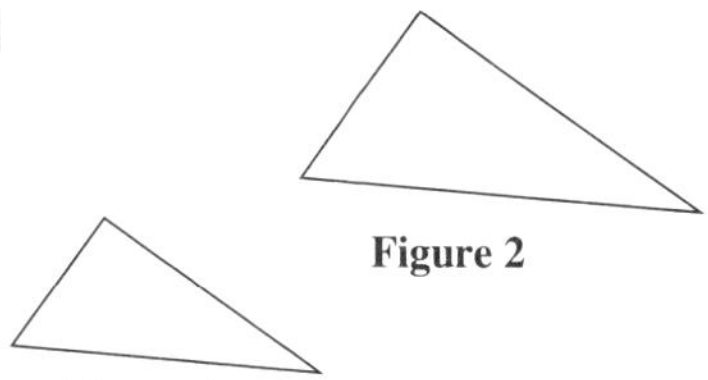 La transformation utilisée pour obtenir la figure 2 à partir de la figure 1 est une :	translation	homothétie	rotation

Polynésie, septembre 2018 **14 pts** 15 min

100 Course en roller

Un garçon et une fille pratiquent le roller. Ils décident de faire une course en empruntant deux parcours différents. La fille, qui part du point F et arrive au point A, met 28,5 secondes. Le garçon, qui part du point G et arrive aussi au point A, met 28 secondes.
Le dessin ci-après, *qui n'est pas à l'échelle*, représente les deux parcours ; celui de la fille comporte deux demi-cercles de 5 m de rayon.

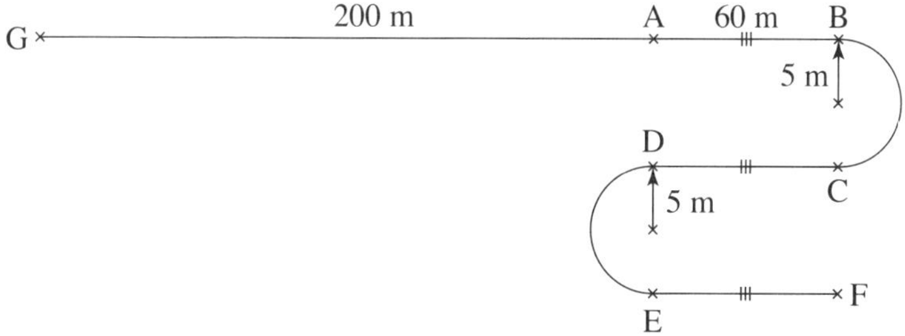

1 Quel est le parcours le plus long ? **6 pts**

2 Qui se déplace le plus vite, le garçon ou la fille ? **8 pts**

On rappelle que si p est le périmètre d'un cercle de rayon r, alors :
$p = 2 \times \pi \times r$.

EXERCICES

Polynésie, septembre 2018 — 18 pts — 20 min

101 La piscine

Partie 1

Une personne possède une piscine. Elle veut coller une frise en carrelage au niveau de la ligne d'eau.

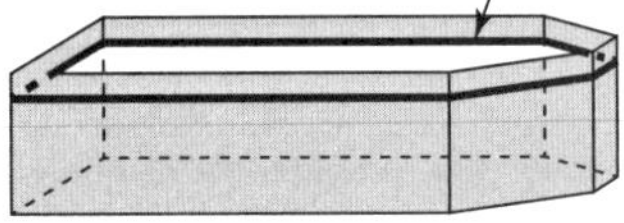

La piscine vue de haut, est représentée à l'échelle par la partie grisée du schéma ci-après.

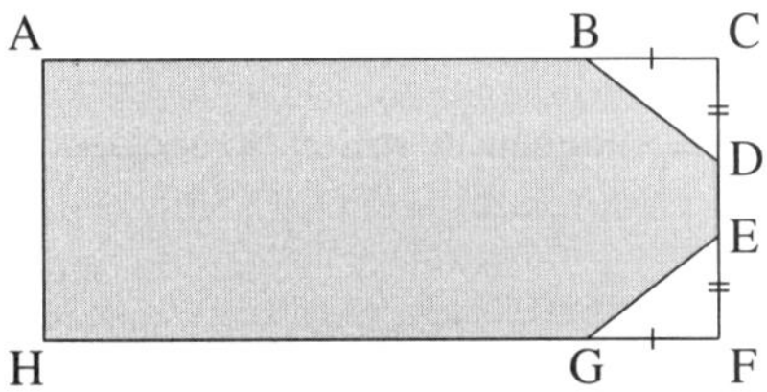

Données :

- le quadrilatère ACFH est un rectangle ;
- le point B est sur le côté [AC] et le point G est sur le côté [FH] ;
- les points D et E sont sur le côté [CF] ;
- AC = 10 m ; AH = 4 m ; BC = FG = 2 m ; CD = EF = 1,5 m.

Calculer la longueur de la frise. **9 pts**

Partie 2

La personne décide d'installer, au-dessus de la piscine, une grande voile d'ombrage qui se compose de deux parties détachables reliées par une fermeture éclair comme le montre le schéma ci-après qui n'est pas à l'échelle.

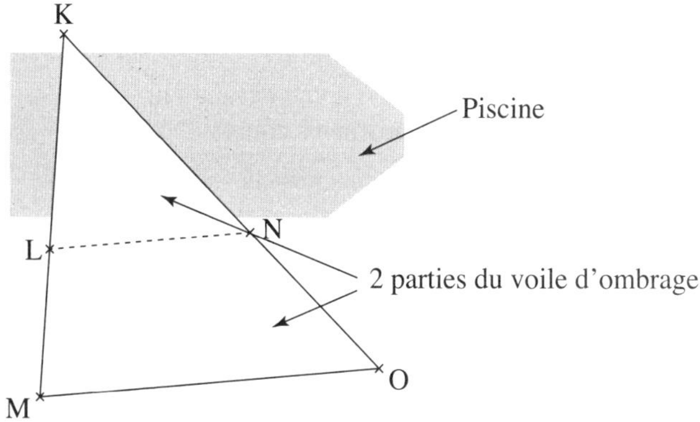

Données :

- la première partie couvrant une partie de la piscine est représentée par le triangle KLN ;
- la deuxième partie est représentée par le trapèze LMON de bases [LN] et [MO] ;
- la fermeture éclair est représentée par le segment [LN] ;
- les poteaux, soutenant la voile d'ombrage positionnés sur les points K, L et M sont alignés ;
- les poteaux, soutenant la voile d'ombrage positionnés sur les points K, N et O sont alignés ;
- KL = 5 m ; LM = 3,5 m ; NO = 5,25 m ; MO = 10,2 m.

Calculer la longueur de la fermeture éclair. **9 pts**

EXERCICES

France métropolitaine, septembre 2018 **12 pts** 15 min

102 Vitesse ascensionnelle

Pour la course à pied en montagne, certains sportifs mesurent leur performance par la **vitesse ascensionnelle**, notée V_a.

V_a est le quotient du dénivelé de la course, exprimé en mètres, par la durée, exprimée en heures.

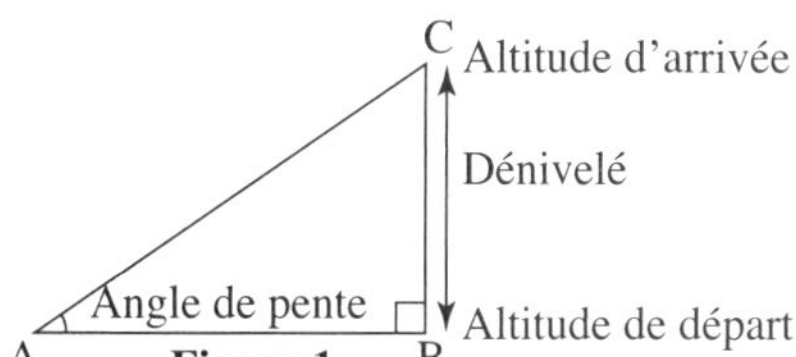

Figure 1

Par exemple, pour un dénivelé de 4 500 m et une durée de parcours de 3 h, V_a = 1 500 m/h.

Rappel : le dénivelé de la course est la différence entre l'altitude à l'arrivée et l'altitude au départ.

Un coureur de haut niveau souhaite atteindre une vitesse ascensionnelle d'au moins 1 400 m/h lors de sa prochaine course.

La figure ci-dessous n'est pas représentée en vraie grandeur.

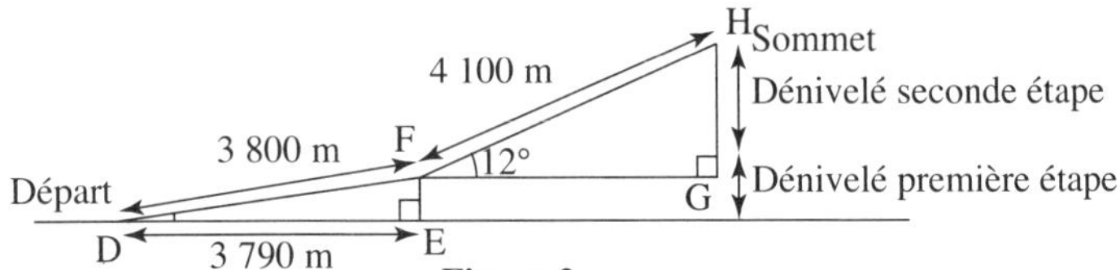

Figure 2

Le parcours se décompose en deux étapes (voir figure 2) :
- première étape de 3 800 m pour un déplacement horizontal de 3 790 m ;
- seconde étape de 4,1 km avec un angle de pente d'environ 12°.

1 Vérifier que le dénivelé de la première étape est environ 275,5 m. **3 pts**

2 Quel est le dénivelé de la seconde étape ? **4 pts**

3 Depuis le départ, le coureur met 48 minutes pour arriver au sommet. Le coureur atteint-il son objectif ? **5 pts**

France métropolitaine, juin 2018 **14 pts** 15 min

103 Trois triangles

La figure ci-contre n'est pas représentée en vraie grandeur.
Les points C, B et E sont alignés.
Le triangle ABC est rectangle en A.
Le triangle BDC est rectangle en B.

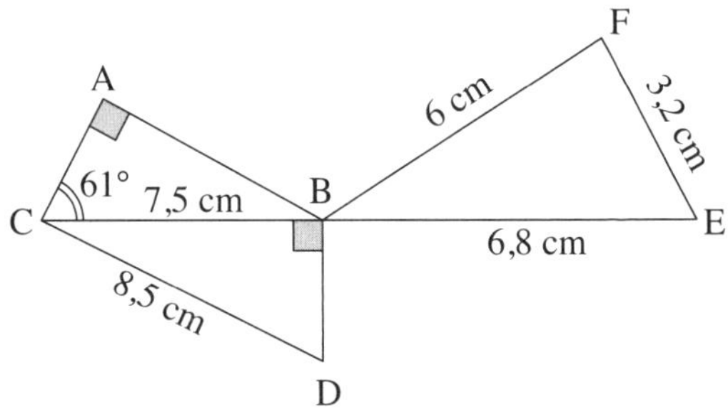

1 Montrer que la longueur BD est égale à 4 cm. **3 pts**

2 Montrer que les triangles CBD et BFE sont semblables. **3 pts**

3 Sophie affirme que l'angle $\widehat{BFE}$ est un angle droit. A-t-elle raison ? **3 pts**

4 Max affirme que l'angle $\widehat{ACD}$ est un angle droit. A-t-il raison ? **5 pts**

15 min

Amérique du Nord, juin 2018 **14 pts**

104 Thalès, sûrement

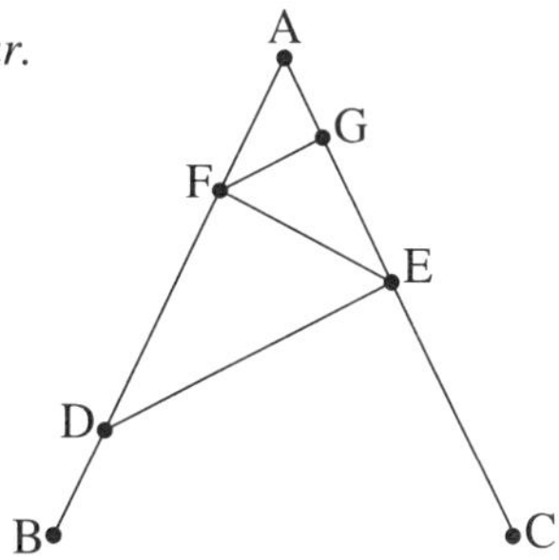

La figure ci-contre n'est pas en vraie grandeur.
On donne les informations suivantes :

- Le triangle ADE a pour dimensions : AD = 7 cm, AE = 4,2 cm et DE = 5,6 cm.
- F est le point de [AD] tel que AF = 2,5 cm.
- B est le point de [AD) et C est le point de [AE) tels que : AB = AC = 9 cm.
- La droite (FG) est parallèle à la droite (DE).

1 Réaliser une figure en vraie grandeur. **2 pts**

2 Prouver que ADE est un triangle rectangle en E. **6 pts**

3 Calculer la longueur FG. **6 pts**

10 min

Amérique du Nord, juin 2018 **6 pts**

105 Les transformations

Gaspard travaille avec un logiciel de géométrie dynamique pour construire une frise. Il a construit un triangle ABC isocèle en C (motif ①), puis il a obtenu le losange ACBD (motif ②). Voici des captures d'écran de son travail.

Motif ①	**Motif ②**
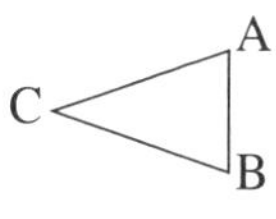	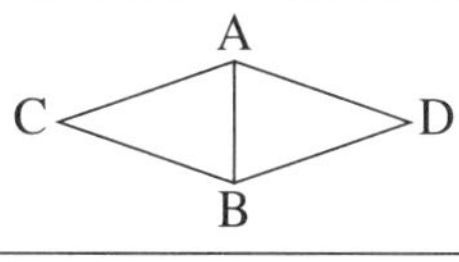

1 Préciser une transformation permettant de compléter le motif ① pour obtenir le motif ②. **3 pts**

2 Une fois le motif ② construit, Gaspard a appliqué à plusieurs reprises une translation. Il obtient ainsi la frise ci-contre. Préciser de quelle translation il s'agit. **3 pts**

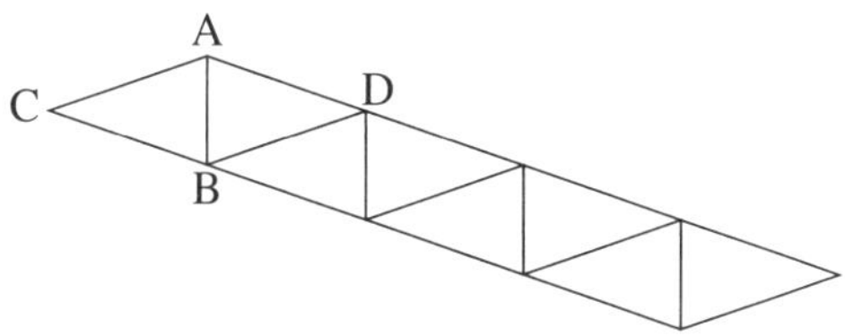

EXERCICES

Asie, juin 2018 **12 pts** 15 min

106 La bonne longueur

Paul veut construire un garage dans le fond de son jardin.
Sur le schéma ci-après, la partie hachurée représente le garage positionné en limite de propriété.
Les longueurs indiquées (1,6 m et 3 m) sont imposées ; la longueur marquée par un point d'interrogation est variable.

Sachant que la surface du garage ne doit pas dépasser 20 m², quelle valeur maximale Paul peut-il choisir pour cette longueur variable ?

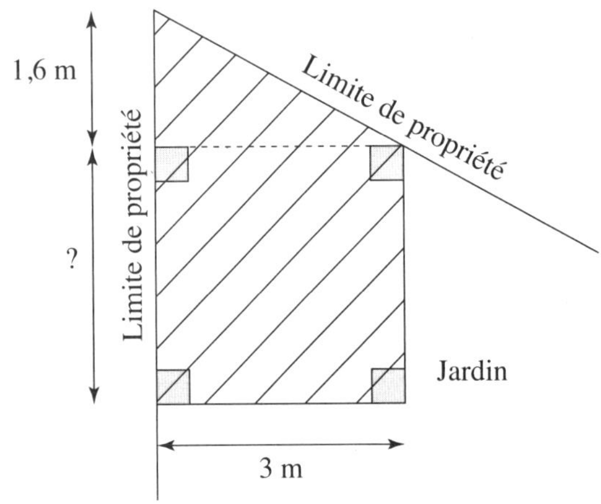

Asie, juin 2018 **13 pts** 15 min

107 L'homothétie

Avec un logiciel de géométrie dynamique, on a construit la figure A ci-après. En appliquant à la figure A des homothéties de centre O et de rapports différents, on a ensuite obtenu les autres figures.

1 Quel est le rapport de l'homothétie de centre O qui permet d'obtenir la figure C à partir de la figure A ? *Aucune justification n'est attendue.* **3 pts**

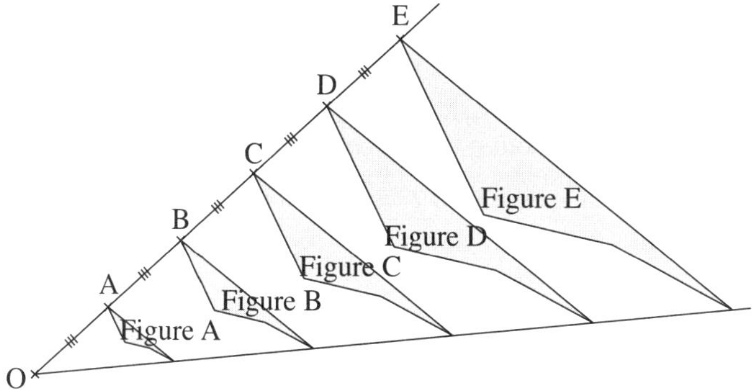

2 On applique l'homothétie de centre O et de rapport $\frac{3}{5}$ à la figure E.

Quelle figure obtient-on ? **4 pts**

Aucune justification n'est attendue.

3 Quelle figure a une aire quatre fois plus grande que celle de la figure A ? **6 pts**

Pondichéry, mai 2018 **9 pts** 15 min

108 Le motif pied-de-coq

Le pavage représenté sur la figure 1 ci-après est réalisé à partir d'un motif appelé pied-de-coq qui est présent sur de nombreux tissus utilisés pour la fabrication de vêtements.
Le motif pied-de-coq est représenté par le polygone ci-après (figure 2) qui peut être réalisé à l'aide d'un quadrillage régulier.

Figure 1

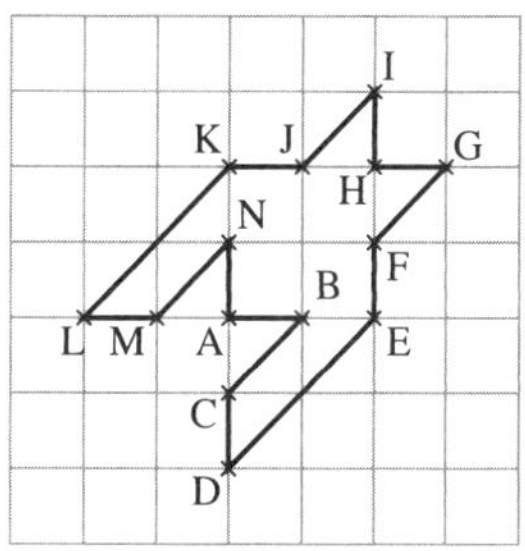

Figure 2

1 Sur la figure 1, quel type de transformation géométrique permet d'obtenir le motif 2 à partir du motif 1 ? **2 pts**

2 Dans cette question, on considère que : AB = 1 cm (figure 2).
Déterminer l'aire d'un motif pied-de-coq. **4 pts**

3 Marie affirme « si je divise par 2 les longueurs d'un motif, son aire sera aussi divisée par 2 ».
A-t-elle raison ? Expliquer pourquoi. **3 pts**

Pondichéry, mai 2018 **16 pts** 20 min

109 Triangles semblables

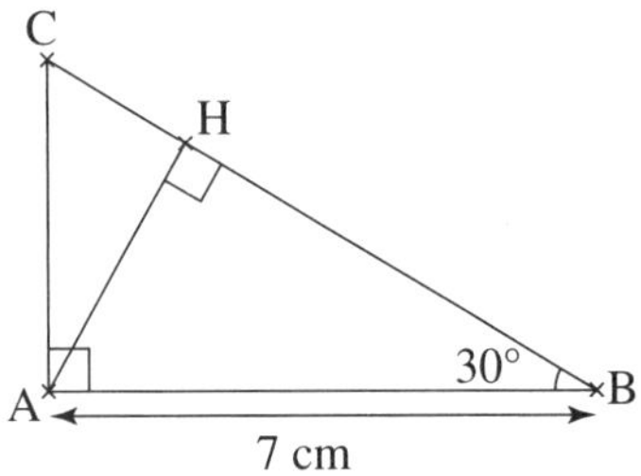

On considère ci-dessus un triangle ABC rectangle en A tel que $\widehat{ABC} = 30°$ et AB = 7 cm. H est le pied de la hauteur issue de A.

1 Tracer la figure en vraie grandeur. Laisser les traits de construction apparents. **3 pts**

2 Démontrer que AH = 3,5 cm. **5 pts**

3 Démontrer que les triangles ABC et HAC sont semblables. **4 pts**

4 Déterminer le coefficient de réduction permettant de passer du triangle ABC au triangle HAC. **4 pts**

Wallis et Futuna, décembre 2017 **14 pts** 20 min

110 En course

Pour soutenir la lutte contre l'obésité, un collège décide d'organiser une course. Un plan est remis aux élèves participant à l'épreuve.
Les élèves doivent partir du point A et se rendre au point E en passant par les points B, C et D. C est le point d'intersection des droites (AE) et (BD).

La figure ci-dessous résume le plan, elle n'est pas à l'échelle.
On donne AC = 400 m, EC = 1 000 m et AB = 300 m.

1 Calculer BC. **3 pts**

2 Montrer que ED = 750 m. **6 pts**

3 Déterminer la longueur réelle du parcours ABCDE. **5 pts**

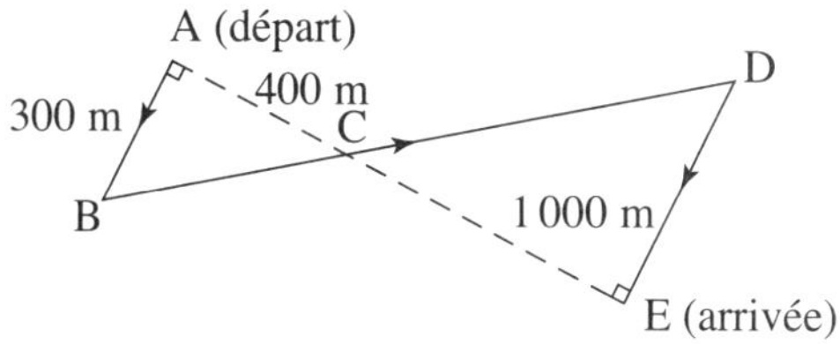

Nouvelle-Calédonie, décembre 2017 **6 pts** 10 min

111 Tir de précision

Pour toucher le chapeau d'Averell, Luke va devoir incliner son pistolet avec précision.

On suppose que les deux cow-boys se tiennent perpendiculairement au sol.

Taille d'Averell : 7 pieds soit 2,13 m
Distance du sol au pistolet : PS = 1 m
Distance du pistolet à Averell : PA = 6 m
Le triangle PAC est rectangle en A.

Calculer l'angle d'inclinaison $\widehat{APC}$ formé par la trajectoire de la balle et l'horizontale.
Arrondir le résultat au degré près.

Nouvelle-Calédonie, décembre 2017 **8 pts** 10 min

112 Fusil sous-marin

On dispose des informations suivantes :

Dimensions de la remorque **Longueur du fusil sous-marin**

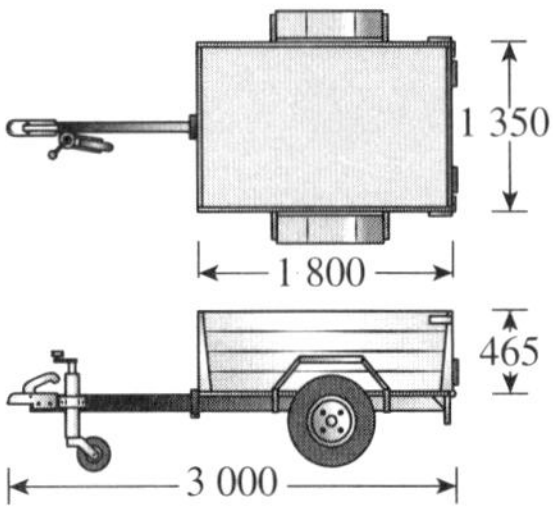

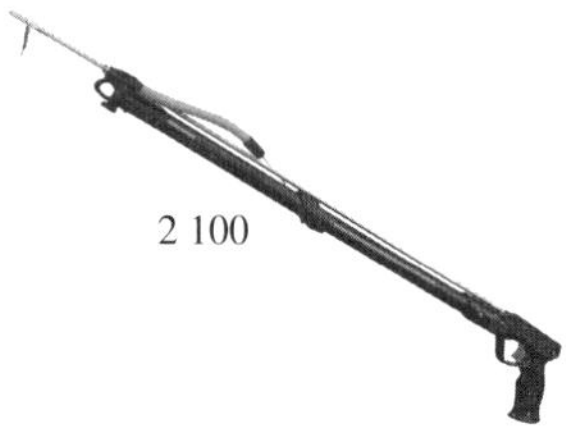

Toutes les valeurs présentes sur les schémas sont en millimètres.
On suppose que le fond de la remorque est un rectangle. Le fusil sous-marin peut-il être placé « à plat » dans la remorque ? Justifier la réponse.

France métropolitaine, septembre 2017 **14 pts** 15 min

113 Classique

Pour illustrer l'exercice, la figure ci-dessous a été faite à main levée.

Les points D, F, A et B sont alignés, ainsi que les points E, G, A et C. De plus, les droites (DE) et (FG) sont parallèles.

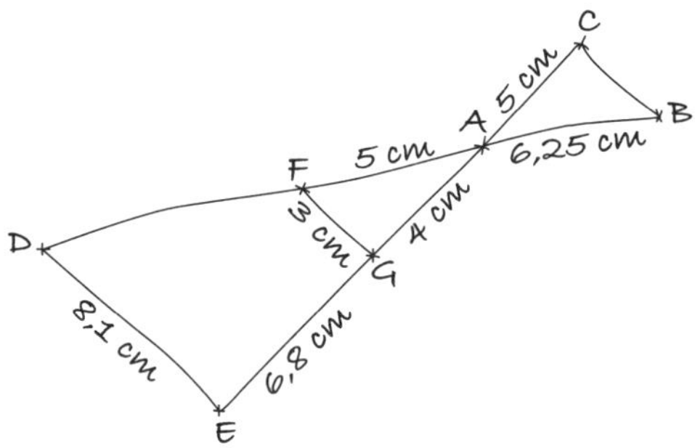

1 Montrer que le triangle AFG est un triangle rectangle. **4 pts**

2 Calculer la longueur du segment [AD]. En déduire la longueur du segment [FD]. **5 pts**

3 Les droites (FG) et (BC) sont-elles parallèles ? Justifier. **5 pts**

Polynésie, septembre 2017 **16 pts** 20 min

114 La tribune du gymnase

La figure ci-dessous représente le plan de coupe d'une tribune d'un gymnase. Pour voir le déroulement du jeu, un spectateur du dernier rang assis en C doit regarder au-dessus du spectateur placé devant lui et assis en D. Une partie du terrain devant la tribune lui est alors masquée. On considérera que la hauteur moyenne d'un spectateur assis est de 80 cm (CT = DS = 80 cm).

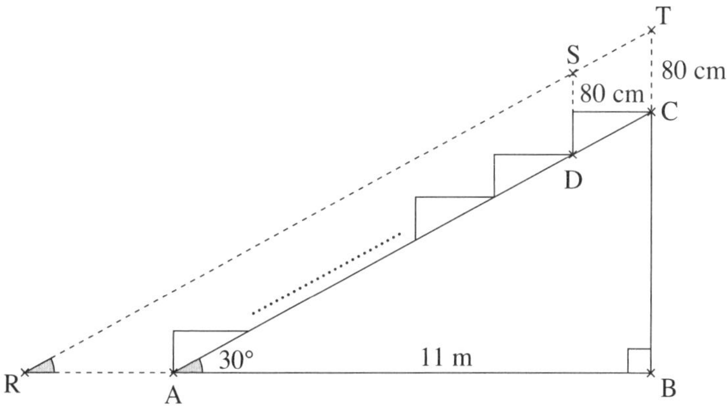

Sur ce plan de coupe de la tribune :

- les points R, A et B sont alignés horizontalement et les points B, C et T sont alignés verticalement ;
- les points R, S et T sont alignés parallèlement à l'inclinaison (AC) de la tribune ;
- on considérera que la zone représentée par le segment [RA] n'est pas visible par le spectateur du dernier rang ;
- la largeur au sol AB de la tribune est de 11 m et l'angle $\widehat{BAC}$ d'inclinaison de la tribune mesure 30°.

1 Montrer que la hauteur BC de la tribune mesure 6,35 m, arrondie au centième de mètre près. **6 pts**

2 Quelle est la mesure de l'angle $\widehat{BRT}$? **4 pts**

3 Calculer la longueur RA en centimètres. Arrondir le résultat au centimètre près. **6 pts**

EXERCICES

30 min

Amérique du Nord, juin 2017 **19 pts**

115 Construction et calculs

Avec un logiciel de géométrie, on exécute le programme ci-dessous (voir figure obtenue à la fin de l'exercice).

Programme de construction

- Construire un carré ABCD.
- Tracer le cercle de centre A et de rayon [AC].
- Placer le point E à l'intersection du cercle et de la demi-droite [AB).
- Construire un carré DEFG.

1 Réaliser la construction avec **AB = 3 cm**. **3 pts**

2 Dans cette question, **AB = 10 cm**.

a. Montrer que AC = $\sqrt{200}$ cm. **4 pts**

b. Expliquer pourquoi AE = $\sqrt{200}$ cm. **2 pts**

c. Montrer que l'aire du carré DEFG est le triple de l'aire du carré ABCD. **6 pts**

3 On admet pour cette question que pour n'importe quelle longueur du côté [AB], l'aire du carré DEFG est toujours le triple de l'aire du carré ABCD.
En exécutant ce programme de construction, on souhaite obtenir un carré DEFG ayant une aire de 48 cm^2.
Quelle longueur AB faut-il choisir au départ ? **4 pts**

Figure obtenue :

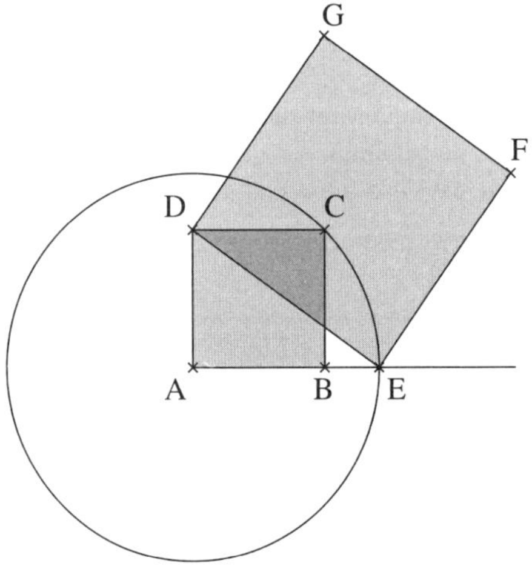

Polynésie, juin 2017 **18 pts** 20 min

116 Triangle et parallélisme

1 a. Tracer un triangle CDE rectangle en D tel que CD = 6 cm et DE = 3,2 cm. **3 pts**

b. Calculer CE. **5 pts**

2 a. Placer le point F sur [CD] tel que CF = 2,4 cm. **1 pt**

b. Placer le point G sur [CE] tel que CG = 2,7 cm. **1 pt**

c. Les droites (FG) et (DE) sont-elles parallèles ? **8 pts**

Asie, juin 2017 **12 pts** 20 min

117 Au choix

On considère la figure ci-dessous qui n'est pas représentée en vraie grandeur. Les points A, B et E sont alignés, ainsi que les points C, B et D.

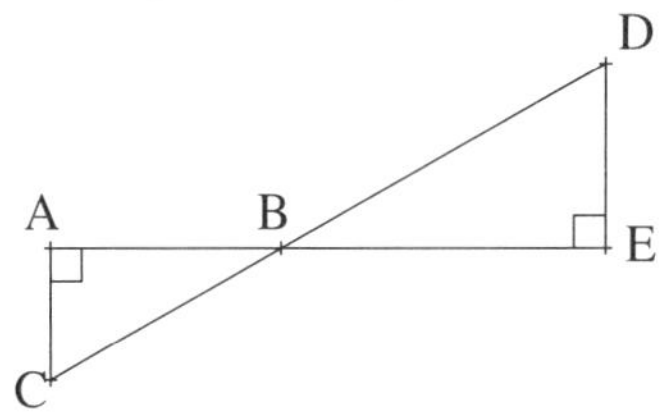

1 Dans chacun des cas suivants, indiquer la réponse qui correspond à la longueur du segment [AB] parmi les réponses proposées. *Aucune justification n'est attendue.* **6 pts**

	Données	Réponse A	Réponse B	Réponse C
a. Cas 1	AC = 51 cm CB = 85 cm DE = 64 cm	68 cm	99,1 cm	67,7 cm
b. Cas 2	$\widehat{ACB} = 62°$ CB = 9 cm BE = 5 cm	Environ 10,2 cm	Environ 4,2 cm	Environ 7,9 cm
c. Cas 3	AC = 8 cm BE = 7 cm DE = 5 cm	11,2 cm	10,6 cm	4,3 cm

2 Pour l'un des trois cas uniquement, au choix, justifier la réponse en rédigeant. **6 pts**

EXERCICES

Pondichéry, mai 2017 **14 pts** 20 min

118 Pente d'une route

On obtient la pente d'une route en calculant le quotient du dénivelé (c'est-à-dire du déplacement vertical) par le déplacement horizontal correspondant. Une pente s'exprime sous forme d'un pourcentage. Sur l'exemple schématisé ci-après, la pente de la route est :

$$\frac{\text{Dénivelé}}{\text{Déplacement horizontal}} = \frac{15}{120} = 0{,}125 = 12{,}5\ \%$$

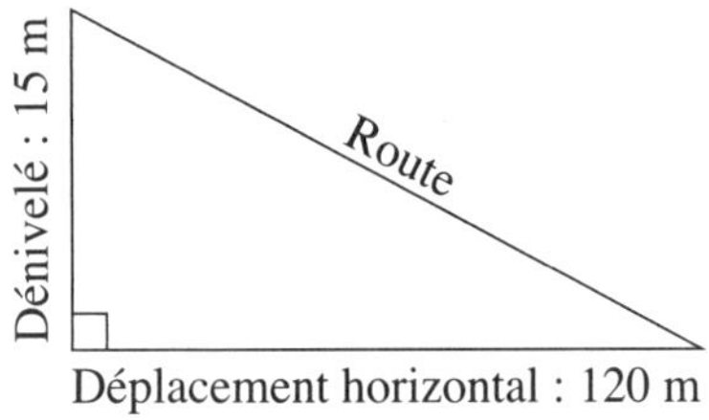

Classer les trois pentes suivantes dans l'ordre décroissant, c'est-à-dire de la pente la plus forte à la pente la moins forte.

Route descendant du château des Adhémar, à Montélimar.	
Tronçon d'une route descendant du col du Grand Colombier (Ain).	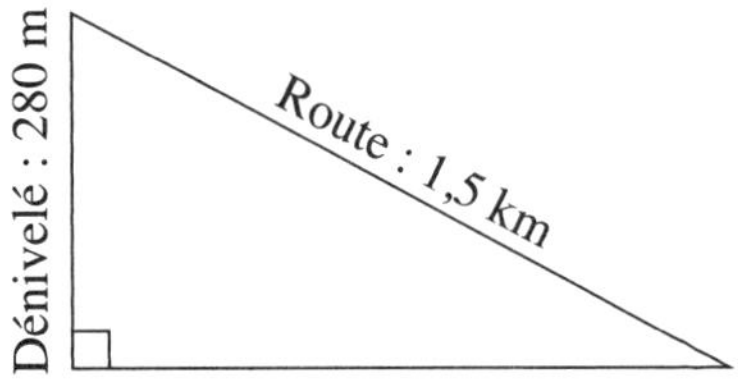
Tronçon d'une route descendant de l'Alto de l'Angliru (région des Asturies, Espagne).	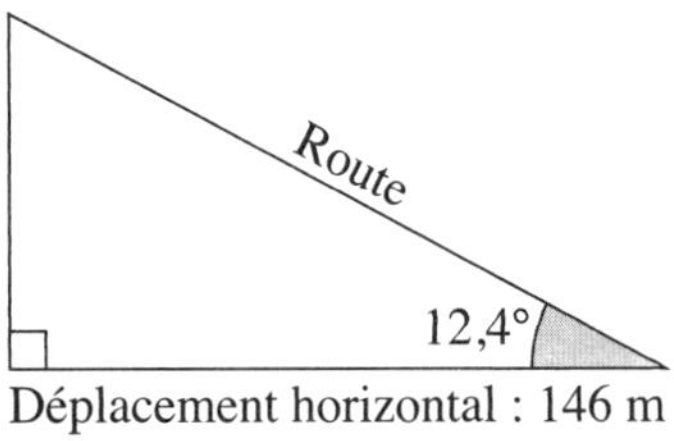

Nouvelle-Calédonie, décembre 2016 **6 pts** 10 min

119 Le phare Amédée

Pendant les vacances, Robin est allé visiter le phare Amédée.
Lors d'une sieste sur la plage, il a remarqué que le sommet d'un parasol était en parfait alignement avec le sommet du phare. Robin a donc pris quelques mesures et a décidé de faire un schéma de la situation dans le sable pour trouver une estimation de la hauteur du phare.

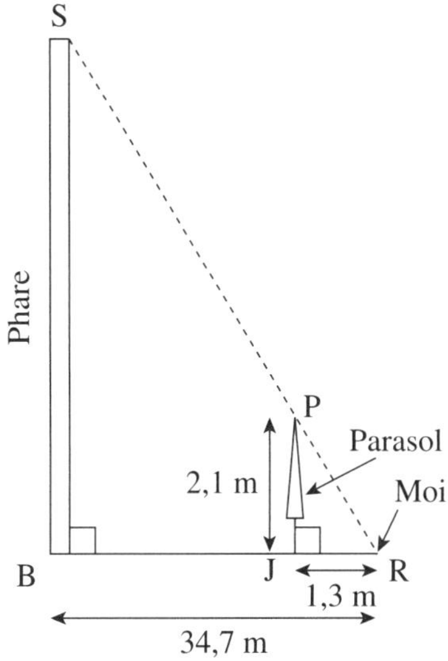

Les points B, J et R sont alignés.
(SB) et (BR) sont perpendiculaires.
(PJ) et (BR) sont perpendiculaires.
Quelle hauteur, arrondie au mètre, Robin va-t-il trouver à l'aide de son plan ? Justifier la réponse.

Nouvelle-Calédonie, décembre 2016 **6 pts** 10 min

120 À table

Alexis a une table carrée de 2 mètres de côté. Au magasin, la seule nappe qui lui plaît est une nappe ronde de 2,5 mètres de diamètre.
Cette nappe sera-t-elle assez grande pour recouvrir entièrement la table (évidemment, Alexis ne découpera pas la nappe) ? Justifier la réponse.

Amérique du Sud, décembre 2016 **8 pts** 10 min

121 Cristo Redentor

Cristo Redentor, symbole brésilien, est une grande statue dominant la ville de Rio qui s'érige au sommet du mont Corcovado.
Au pied du monument, Julien et Magali souhaitent mesurer la hauteur de la statue (socle compris). Julien, qui mesure 1,90 m, se place debout à quelques mètres devant la statue. Magali place le regard au niveau du sol de telle

manière qu'elle voit le sommet du Cristo (S) et celui de la tête de Julien (T) alignés ; elle se situe alors à 10 m de la statue et à 50 cm de Julien.
La situation est modélisée ci-dessous par la figure qui n'est pas à l'échelle.

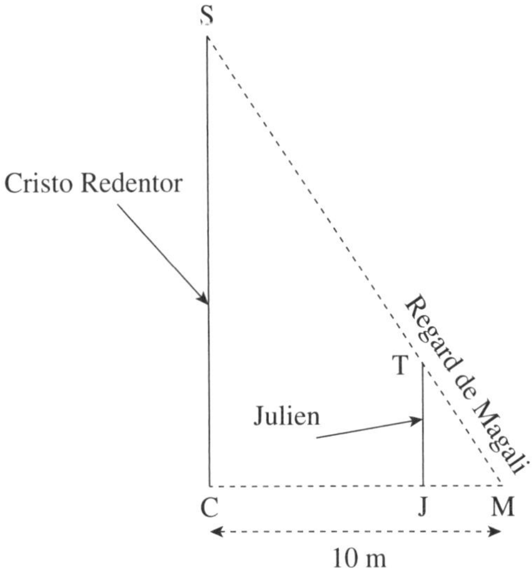

Déterminer la hauteur SC de la statue en supposant que le monument et Julien sont perpendiculaires au sol.

Amérique du Sud, décembre 2016 **12 pts** 15 min

122 Le stade Maracanã

Inauguré en 1950, le stade Maracanã est un lieu mythique, place de grands évènements sportifs tels que la Coupe du monde 2014 ou les Jeux olympiques 2016.
C'est une structure de forme ovale de dimensions 317 m et 279 m pour une hauteur de 32 m dont la surface au sol est d'environ 69 500 m^2.
Sur la célèbre plage de Copacabana, à Rio, on peut admirer de nombreuses sculptures de sable.
L'un des sculpteurs souhaite réaliser une reproduction du stade à l'échelle 1/300.

1 Quelles seront les dimensions arrondies au centimètre de cette reproduction ? **4 pts**

2 **a.** Quelle en sera la superficie ? On donnera le résultat en m^2, arrondi au centième. **4 pts**

b. Le sculpteur dispose d'un espace de 1 m^2. Est-il certain de pouvoir réaliser sa reproduction ? On justifiera brièvement la réponse. **4 pts**

France métropolitaine, septembre 2016 **12 pts** 20 min

123 Calculs de longueurs

Sur la figure ci-contre, le point J appartient au segment [IM] et le point K appartient au segment [IL]. Sur la figure, les longueurs sont données en mètres.

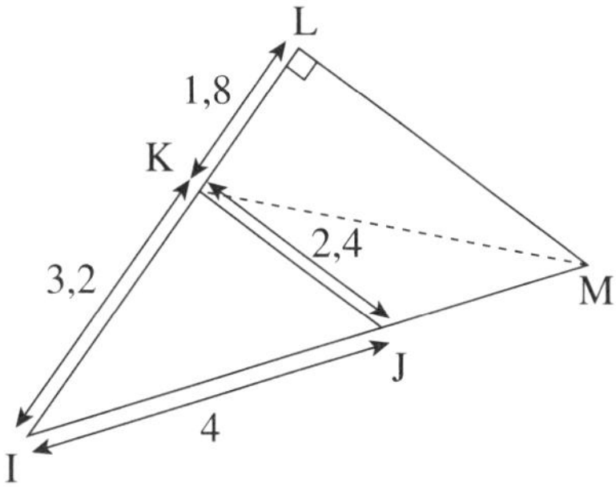

1 Montrer que IKJ est un triangle rectangle. **4 pts**

2 Montrer que LM est égale à 3,75 m. **4 pts**

3 Calculer la longueur KM au centimètre près. **4 pts**

France métropolitaine, septembre 2016 **16 pts** 25 min

124 La toiture de la véranda

Mélanie construit une véranda contre l'un des murs de sa maison.
Pour couvrir le toit de la véranda, elle se rend chez un grossiste en matériaux qui lui fournit des renseignements concernant deux modèles de tuiles.

1 Une tache cache le prix au m^2 des « tuiles régence ». Calculer ce prix. **2 pts**

2 La pente du toit de la véranda, c'est-à-dire l'angle $\widehat{DEC}$, permet-elle la pose de chaque modèle ? **6 pts**

3 Mélanie décide finalement de couvrir le toit de sa véranda avec des tuiles romanes. Ces tuiles sont vendues à l'unité.
Pour déterminer le nombre de tuiles à commander, le vendeur lui explique : « Il faut d'abord calculer la surface à recouvrir. Il faut augmenter ensuite cette surface de 5 %. »
En tenant compte de ce conseil, combien de tuiles doit-elle prévoir d'acheter ? **8 pts**

Doc. 1 : Informations sur la véranda

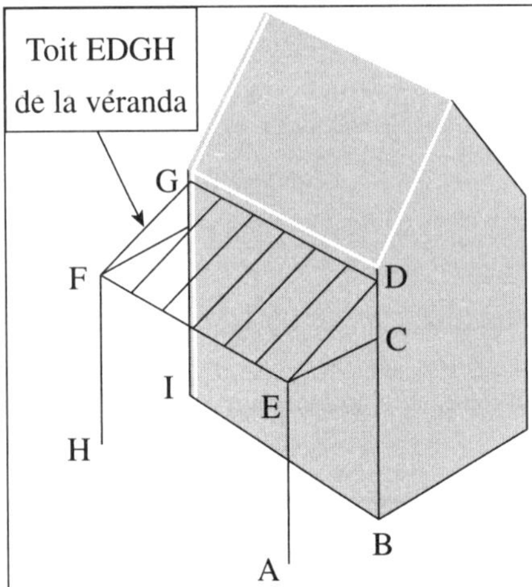

EC = 2,85 m

BC = 2,10 m

BD = 3,10 m

EF = 6,10 m

Le toit EDGF de la véranda est un rectangle.

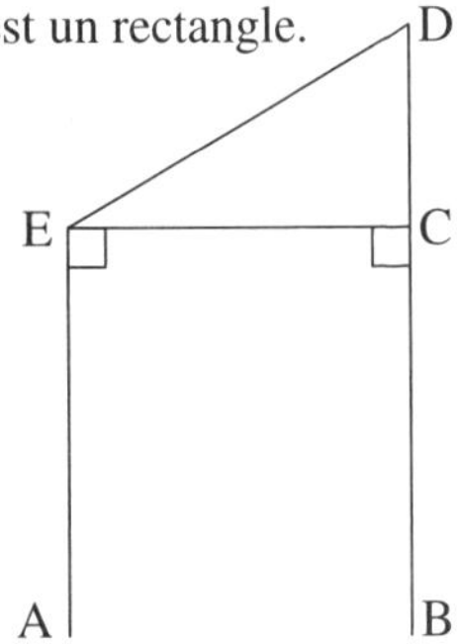

Croquis à l'échelle

Doc. 2 : Informations sur les tuiles

Modèle	Tuile romane	Tuile régence
Coloris	« Littoral »	« Brun vieilli »
Quantité au m²	13	19
Poids au m² (en kg)	44	44
Pente minimale pour permettre la pose	15	18
Prix à l'unité	1,79 €	1,24 €
Prix au m²	23,27 €	[redacted] €

France métropolitaine, juin 2016 **12 pts** 15 min

125 Calcul d'une longueur

Trois figures codées sont données ci-après. Elles ne sont pas dessinées en vraie grandeur. Pour chacune d'elles, déterminer la longueur AB au millimètre près.

Dans cet exercice, on n'attend pas de démonstration rédigée. Il suffit d'expliquer brièvement le raisonnement suivi et de présenter clairement les calculs.

Figure 1

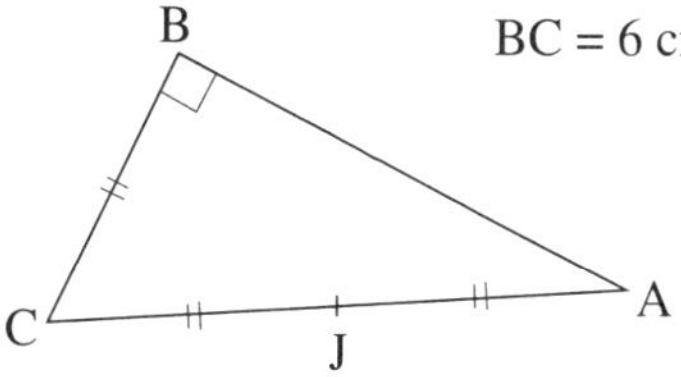

BC = 6 cm

4 pts

Figure 2

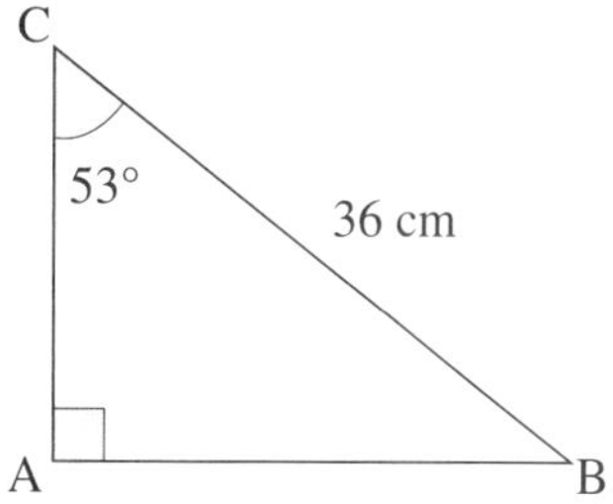

4 pts

Figure 3

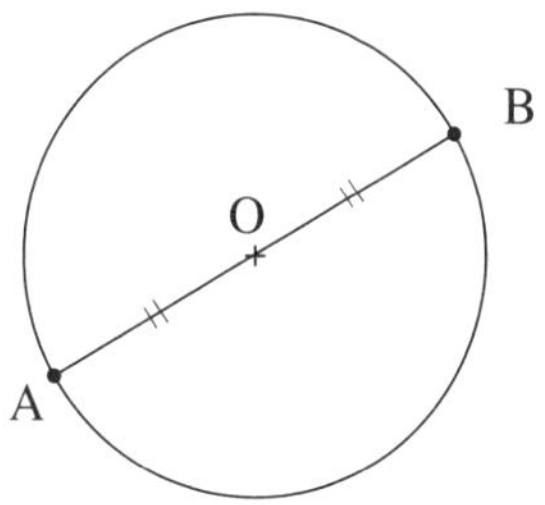

[AB] est un diamètre du cercle de centre O.
La longueur du cercle est 154 cm.

4 pts

France métropolitaine, juin 2016 — **13 pts** — 20 min

126 Le skatepark

La figure PRC ci-après représente un terrain appartenant à une commune.
Les points P, A et R sont alignés. Les points P, S et C sont alignés.
Il est prévu d'aménager sur ce terrain :

- une « zone de jeux pour enfants » sur la partie PAS ;
- un « *skatepark* » sur la partie RASC.

On connaît les dimensions suivantes : PA = 30 m ; AR = 10 m ; AS = 18 m.

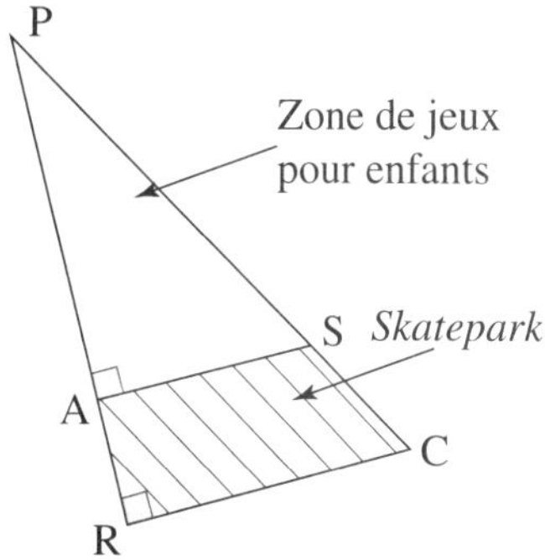

1 La commune souhaite semer du gazon sur la « zone de jeux pour enfants ». Elle décide d'acheter des sacs de 5 kg de mélange de graines pour gazon à 13,90 € l'unité. Chaque sac permet de couvrir une surface d'environ 140 m^2.
Quel budget doit prévoir cette commune pour pouvoir semer du gazon sur la totalité de la « zone de jeux pour enfants » ? **5 pts**

2 Calculer l'aire du « *skatepark* ». **8 pts**

France métropolitaine, juin 2016 **17 pts** 25 min

127 Des polygones avec une ficelle

Avec des ficelles de 20 cm, on construit des polygones comme ci-dessous.

Méthode de construction des polygones

Étape 1	✂		On coupe la ficelle de 20 cm en deux morceaux.
Étape 2	Morceau n° 1	Morceau n° 2	On sépare les deux morceaux.
Étape 3		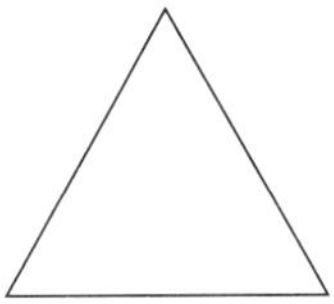	• Avec le « morceau n° 1 », on construit un carré. • Avec le « morceau n° 2 », on construit un triangle équilatéral.

Partie 1

Dans cette partie, on découpe à l'étape 1 une ficelle pour que le « morceau n° 1 » mesure 8 cm.

1 Dessiner en grandeur réelle les deux polygones obtenus. **4 pts**

2 Calculer l'aire du carré obtenu. **2 pts**

3 Estimer l'aire du triangle équilatéral obtenu en mesurant sur le dessin. **3 pts**

Partie 2

Dans cette partie, on cherche maintenant à étudier l'aire des deux polygones obtenus à l'étape 3 en fonction de la longueur du « morceau n° 1 ».

1 Proposer une formule qui permet de calculer l'aire du carré en fonction de la longueur du « morceau n° 1 ». **4 pts**

2 Sur le graphique ci-après :

• la courbe A représente la fonction qui donne l'aire du carré en fonction de la longueur du « morceau n° 1 » ;

• la courbe B représente la fonction qui donne l'aire du triangle équilatéral en fonction de la longueur du « morceau n° 1 ».

Graphique représentant les aires des polygones en fonction de la longueur du « morceau n° 1 »

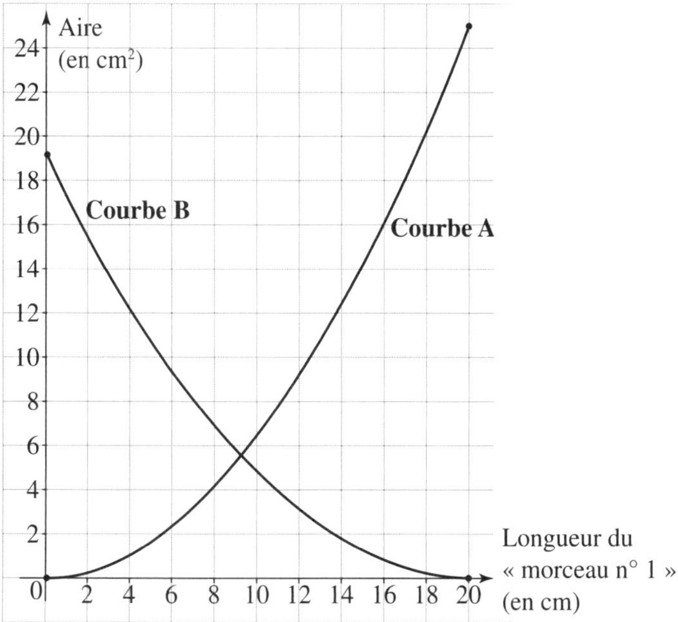

En utilisant ce graphique, répondre aux questions suivantes.
Aucune justification n'est attendue.

a. Quelle est la longueur du « morceau n° 1 » qui permet d'obtenir un triangle équilatéral d'aire 14 cm² ? **2 pts**

b. Quelle est la longueur du « morceau n° 1 » qui permet d'obtenir deux polygones d'aires égales ? **2 pts**

Asie, juin 2016 **12 pts** 20 min

128 Le viaduc de Millau

Le viaduc de Millau est un pont franchissant la vallée du Tarn, dans le département de l'Aveyron, en France. Il est constitué de 7 pylônes verticaux équipés chacun de 22 câbles appelés haubans.
Le schéma ci-après, qui n'est pas à l'échelle, représente un pylône et deux de ses haubans.

EXERCICES

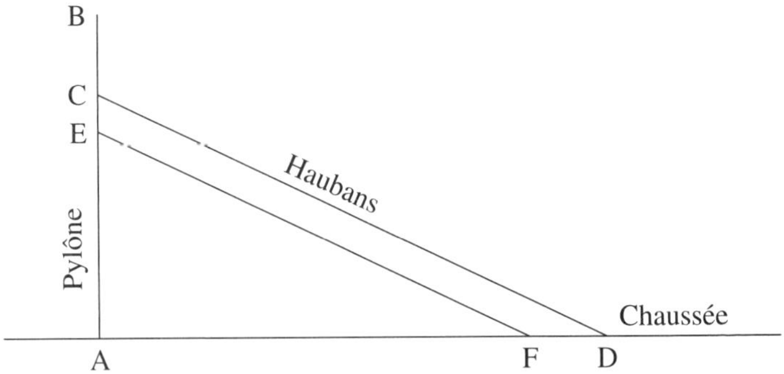

On dispose des informations suivantes :
AB = 89 m ; AC = 76 m ; AD = 154 m ; FD = 12 m et EC = 5 m.

1 Calculer la longueur du hauban [CD]. Arrondir au mètre près. **4 pts**

2 Calculer la mesure de l'angle $\widehat{CDA}$ formé par le hauban [CD] et la chaussée. Arrondir au degré près. **4 pts**

3 Les haubans [CD] et [EF] sont-ils parallèles ? **4 pts**

Géométrie dans l'espace

Nouvelle-Calédonie, décembre 2020 — **15 pts** — 20 min

129 L'habitation

Nolan souhaite construire une habitation. Il hésite entre une **case** et une **maison** en forme de prisme droit.
La case est représentée par un cylindre droit d'axe (OO′) surmonté d'un cône de révolution de sommet S.
Les dimensions sont données sur les figures suivantes.
***x* représente à la fois le diamètre de la case et la longueur AB du prisme droit**.

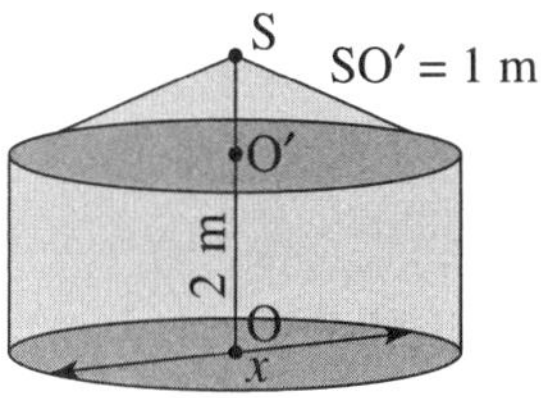

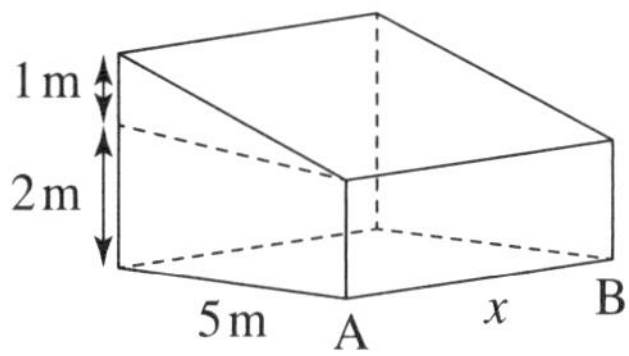

Partie 1

Dans cette partie, on considère que $x = 6$ m.

1 Montrer que le volume exact de la partie cylindrique de la case est 18π m^3. **2 pts**

2 Calculer le volume de la partie conique. Arrondir à l'unité. **2 pts**

3 En déduire que le volume total de la case est environ 66 m^3. **1 pt**

> *Rappel*
>
> Cylindre de base de rayon r et de hauteur h
>
> 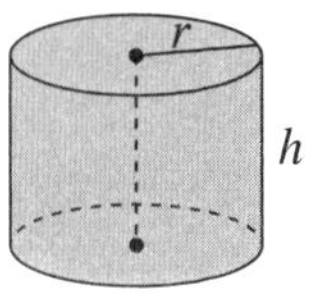
>
>
> Volume $= \pi \times r^2 \times h$
>
> Cône de base de rayon r et de hauteur h
>
> 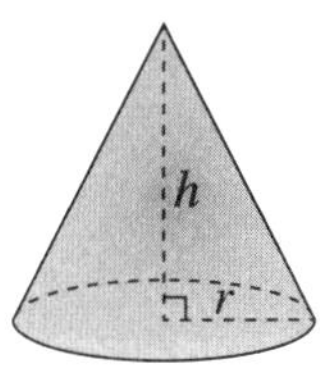
>
>
> Volume $= \dfrac{1}{3} \times \pi \times r^2 \times h$

Partie 2

Dans cette partie, le diamètre est exprimé en mètres, le volume en m^3*.*
Sur le repère ci-dessous, on a représenté la fonction qui donne le volume total de la case en fonction de son diamètre x.

1 Par lecture graphique, donner une valeur approchée du volume d'une case de 7 m de diamètre. Tracer des pointillés permettant la lecture. **2 pts**

La fonction qui donne le volume de la maison en forme de prisme droit est définie par $V(x) = 12{,}5x$.

2 Calculer l'image de 8 par la fonction V. **2 pts**

3 Quelle est la nature de la fonction V ? **1 pt**

4 Dans le repère ci-dessous, tracer la représentation graphique de la fonction V. **3 pts**

Pour des raisons pratiques, la valeur maximale de x est de 6 m. Nolan souhaite choisir la construction qui lui offre le plus grand volume.

5 Quelle construction devra-t-il choisir ? Justifier. **2 pts**

Volume de la case en fonction de x

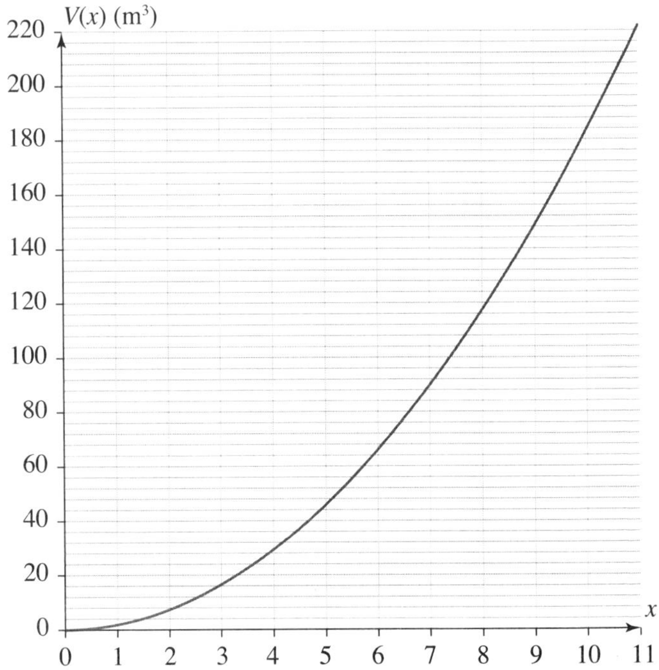

10 min

Nouvelle-Calédonie, mars 2019 **9 pts**

130 Les *takoyaki*

Lors d'un voyage à Osaka, Jade a mangé des *takoyaki* (gâteaux japonais) qu'elle veut refaire chez elle. Pour cela, elle dispose d'une plaque de cuisson comportant plusieurs moules à gâteaux. Tous les moules sont identiques. Chaque moule a la forme d'une demi-sphère de rayon 3 cm.

> *Rappels :*
>
> $$1 \text{ L} = 1 \text{ dm}^3$$
>
> Volume $\mathcal{V}$ d'une boule de rayon r : $\mathcal{V} = \frac{4}{3} \times \pi \times r^3$

1 Calculer le volume d'un moule (en cm^3), arrondir le résultat au dixième. **3 pts**

2 Dans cette question, on considère que le volume d'un moule est de 57 cm^3.

Jade a préparé 1 L de pâte. Elle doit remplir chaque moule aux $\frac{3}{4}$ de son volume.

Combien de *takoyaki* peut-elle faire ? Justifier la réponse. **6 pts**

15 min

Polynésie, septembre 2018 **14 pts**

131 Le ballon de basket

Un collégien français et son correspondant anglais ont de nombreux centres d'intérêt communs comme le basket qu'ils pratiquent tous les deux.
Le tableau ci-dessous donne quelques informations sur leurs ballons.

Ballon du collégien français	Ballon du correspondant anglais
$A \approx 1\,950 \text{ cm}^2$	$D \approx 9{,}5$ inch
A désigne l'aire de la surface du ballon et r son rayon. On a $A = 4 \times \pi \times r^2$.	D désigne le diamètre du ballon. L'inch est une unité de longueur anglo-saxonne. On a 1 inch = 2,54 cm.

Pour qu'un ballon soit utilisé dans un match officiel, son diamètre doit être compris entre 23,8 cm et 24,8 cm.

1 Le ballon du collégien français respecte-t-il cette norme ? **8 pts**

2 Le ballon du collégien anglais respecte-t-il cette norme ? **6 pts**

EXERCICES

France métropolitaine, juin 2018 **11 pts** 10 min

132 Boule de cristal

Le gros globe de cristal est un trophée attribué au vainqueur de la Coupe du monde de ski. Ce trophée pèse 9 kg et mesure 46 cm de hauteur.

1 Le biathlète français Martin Fourcade a remporté le sixième gros globe de cristal de sa carrière en 2017 à Pyeongchang en Corée du Sud.
Donner approximativement la latitude et la longitude de ce lieu repéré sur la carte ci-dessous. **2 pts**

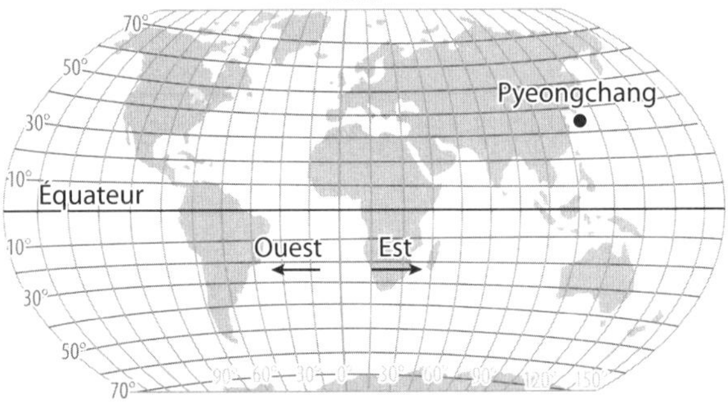

2 On considère que ce globe est composé d'un cylindre en cristal de diamètre 6 cm, surmonté d'une boule de cristal (voir schéma ci-contre).
Montrer qu'une valeur approchée du volume de la boule de ce trophée est de 6 371 cm³. **3 pts**

3 Marie affirme que le volume de la boule de cristal représente environ 90 % du volume total du trophée. A-t-elle raison ? **6 pts**

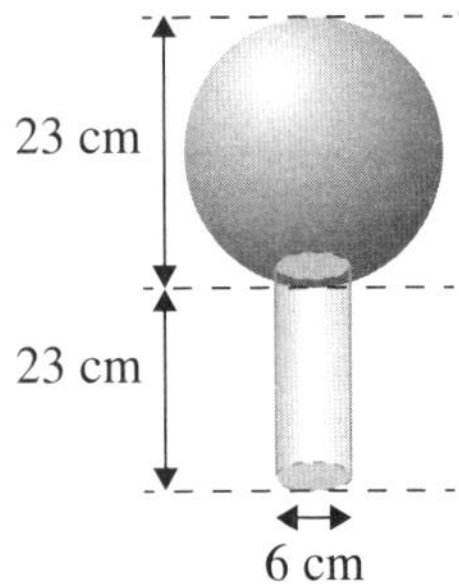

Rappels :

- Volume d'une boule de rayon R : $\mathcal{V} = \frac{4}{3}\pi R^3$.
- Volume d'un cylindre de rayon r et de hauteur h : $\mathcal{V} = \pi r^2 h$.

Amérique du Nord, juin 2018 — 16 pts — 20 min

133 Réalisation d'une terrasse

Madame Martin souhaite réaliser une terrasse en béton en face de sa baie vitrée. Elle réalise le dessin ci-contre.

Pour faciliter l'écoulement des eaux de pluie, le sol de la terrasse doit être incliné.

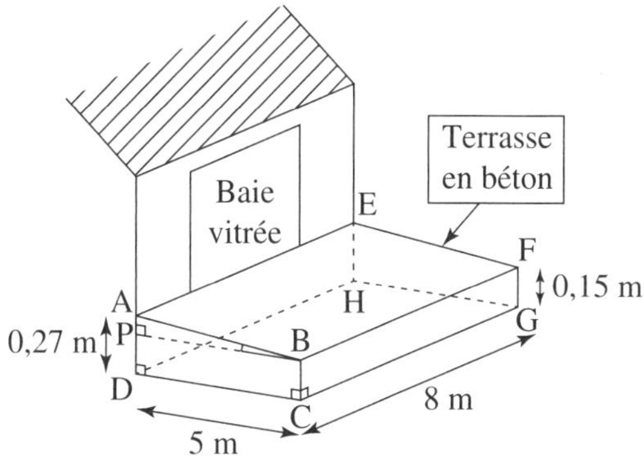

La terrasse a la forme d'un prisme droit dont la base est le quadrilatère ABCD et la hauteur est le segment [CG].

P est le point du segment [AD] tel que BCDP est un rectangle.

1 L'angle $\widehat{ABP}$ doit mesurer entre 1° et 1,5°.
Le projet de Madame Martin vérifie-t-il cette condition ? **6 pts**

2 Madame Martin souhaite se faire livrer le béton nécessaire à la réalisation de sa terrasse. Elle fait appel à une entreprise spécialisée. À l'aide des informations ci-après, déterminer le montant de la facture établie par l'entreprise. **10 pts**

Information 1

Distance entre l'entreprise et la maison de Madame Martin : 23 km.

Information 2 – Formule du volume d'un prisme droit

Volume d'un prisme droit = Aire de la base du prisme × Hauteur du prisme.

Information 3 – Conditions tarifaires de l'entreprise spécialisée

- Prix du m^3 de béton : 95 €.
- Capacité maximale du camion-toupie : 6 m^3.
- Frais de livraison : 5 € par km parcouru par le camion-toupie.
- L'entreprise facture les distances aller et retour (entreprise/lieu de livraison) parcourues par le camion-toupie.

Centres étrangers, juin 2018 — **18 pts** — 20 min

134 Le sel de Ré

Chaque été, Jean exploite son marais salant sur l'île de Ré, situé dans l'océan Atlantique, près de La Rochelle. Son marais se compose de carreaux (carrés de 4 m de côté) dans lesquels se récolte le sel.

Partie 1 • Le gros sel

Chaque jour, il récolte du gros sel sur 25 carreaux. Le premier jour, afin de prévoir sa production, il relève la masse en kilogrammes de chaque tas de gros sel produit par carreau. Voici la série statistique obtenue :
34 – 39 – 31 – 45 – 40 – 32 – 36 – 45 – 42 – 34 – 30 – 48 – 43 – 32 – 39 – 40 – 42 – 38 – 46 – 31 – 38 – 43 – 37 – 47 – 33

1 Calculer l'étendue de cette série statistique. **2 pts**

2 Déterminer la médiane de cette série statistique et interpréter le résultat. **4 pts**

3 Calculer la masse moyenne en kilogrammes des tas de gros sel pour ce premier jour. **3 pts**

Partie 2 • La fleur de sel

La fleur de sel est la mince couche de cristaux blancs qui se forme et affleure la surface des marais salants. Chaque soir, Jean cueille la fleur de sel à la surface des carreaux. Pour transporter sa récolte, il utilise une brouette comme sur le schéma ci-dessous.

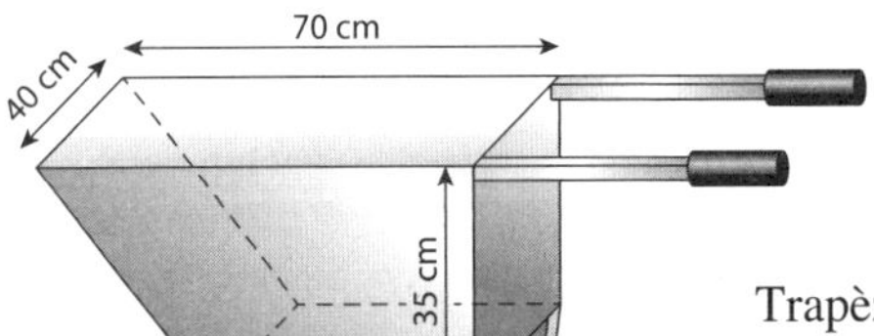

Trapèze

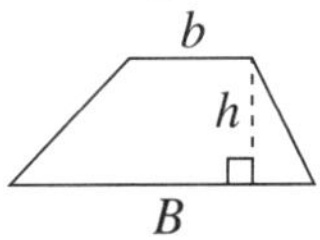

$$\text{Aire} = \frac{(B + b) \times h}{2}$$

Prisme droit

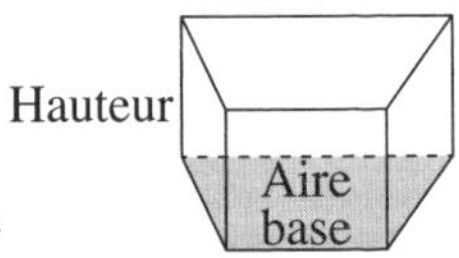

Volume = Aire base × Hauteur

1 Montrer que cette brouette a un volume de 77 litres. **5 pts**

2 Sachant que 1 litre de fleur de sel pèse 900 grammes, calculer la masse en kilogrammes du contenu d'une brouette remplie de fleur de sel. **4 pts**

20 min

Asie, juin 2018 **17 pts**

135 La yourte

Samia vit dans un appartement dont la surface au sol est de 35 m^2.
Elle le compare avec une yourte, l'habitat traditionnel mongol.

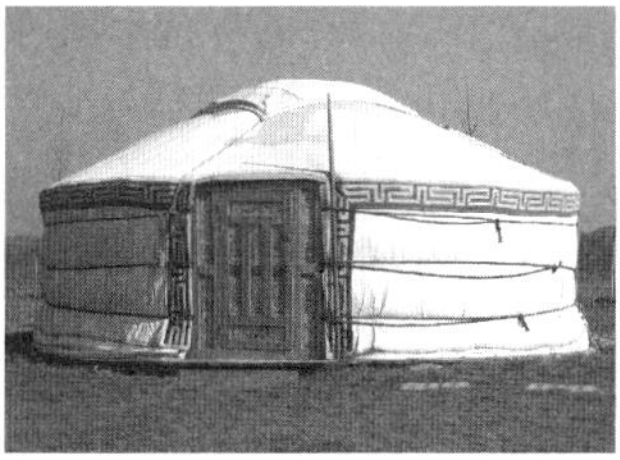

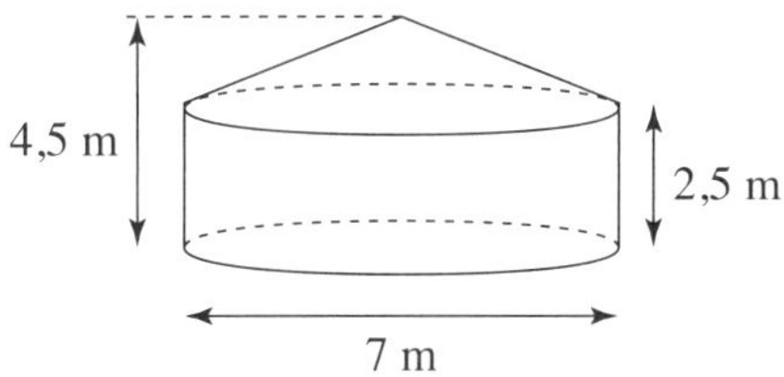

On rappelle les formules suivantes :
Aire du disque = $\pi \times \text{Rayon}^2$
Volume du cylindre = $\pi \times \text{Rayon}^2 \times \text{Hauteur}$
Volume du cône = $\frac{1}{3} \times \pi \times \text{Rayon}^2 \times \text{Hauteur}$

1 Montrer que l'appartement de Samia offre une plus petite surface au sol que celle de la yourte. **5 pts**

2 Calculer le volume de la yourte en m^3. **5 pts**

3 Samia réalise une maquette de cette yourte à l'échelle $\frac{1}{25}$.
Quelle est la hauteur de la maquette ? **7 pts**

15 min

France métropolitaine, septembre 2017 **10 pts**

136 Débit d'un canon à neige

Dans une station de ski, les responsables doivent enneiger la piste de slalom avec de la neige artificielle. La neige artificielle est produite à l'aide de canons à neige. La piste est modélisée par un rectangle dont la largeur est 25 m et la longueur est 480 m.

EXERCICES

Chaque canon à neige utilise 1 m^3 d'eau pour produire 2 m^3 de neige.

Débit de production de neige : 30 m^3 par heure et par canon.

1 Pour préparer correctement la piste de slalom, on souhaite produire une couche de neige artificielle de 40 cm d'épaisseur.
Quel volume de neige doit-on produire ? Quel sera le volume d'eau utilisé ? **6 pts**

2 Sur cette piste de ski, il y a 7 canons à neige qui produisent tous le même volume de neige.
Déterminer la durée nécessaire de fonctionnement des canons à neige pour produire les 4 800 m^3 de neige souhaités. Donner le résultat à l'heure près. **4 pts**

France métropolitaine, juin 2017 — **14 pts** — 15 min

137 La confiture de fraise

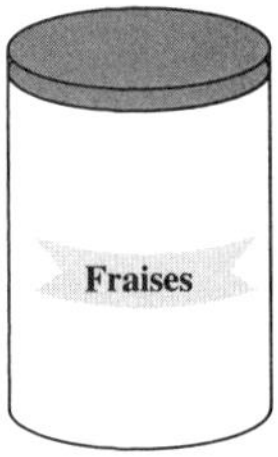

Léo a ramassé des fraises pour faire de la confiture.

1 Il utilise les proportions de sa grand-mère : 700 g de sucre pour 1 kg de fraises.
Il a ramassé 1,8 kg de fraises. De quelle quantité de sucre a-t-il besoin ? **2 pts**

2 Après cuisson, Léo a obtenu 2,7 litres de confiture.
Il verse la confiture dans des pots cylindriques de 6 cm de diamètre et de 12 cm de haut, qu'il remplit jusqu'à 1 cm du bord supérieur.
Combien pourra-t-il remplir de pots ? **6 pts**

Rappels :

- 1 litre = 1 000 cm^3 ;
- volume d'un cylindre = $\pi \times R^2 \times h$.

3 Il colle ensuite sur ses pots une étiquette rectangulaire de fond blanc qui recouvre toute la surface latérale du pot.

a. Montrer que la longueur de l'étiquette est d'environ 18,8 cm. **3 pts**

b. Dessiner l'étiquette à l'échelle $\frac{1}{3}$. **3 pts**

15 min

Centres étrangers, juin 2017 **12 pts**

138 Comparaison de volumes

Voici les dimensions de quatre solides :

- une pyramide de 6 cm de hauteur dont la base est un rectangle de 6 cm de longueur et de 3 cm de largeur ;
- un cylindre de 2 cm de rayon et de 3 cm de hauteur ;
- un cône de 3 cm de rayon et de 3 cm de hauteur ;
- une boule de 2 cm de rayon.

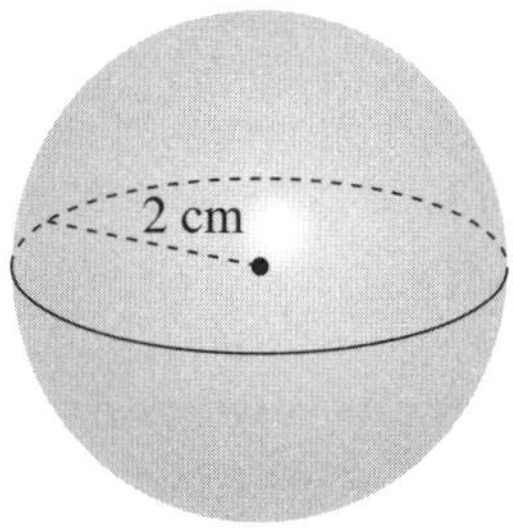

1 a. Représenter approximativement les trois premiers solides comme dans l'exemple ci-avant. **2 pts**

b. Placer les dimensions données sur les représentations. **2 pts**

2 Classer ces quatre solides dans l'ordre croissant de leur volume. **8 pts**

Quelques formules :

$$\frac{4}{3} \times \pi \times \text{Rayon}^3$$

$$\frac{1}{3} \times \pi \times \text{Rayon}^2 \times \text{Hauteur}$$

$$\pi \times \text{Rayon}^2 \times \text{Hauteur}$$

$$\frac{1}{3} \times \text{Aire de la base} \times \text{Hauteur}$$

EXERCICES

Asie, juin 2017 **10 pts** 10 min

139 Différents points de vue

La figure ci-dessous représente un solide constitué de l'assemblage de quatre cubes :

- trois cubes d'arête 2 cm ;
- un cube d'arête 4 cm.

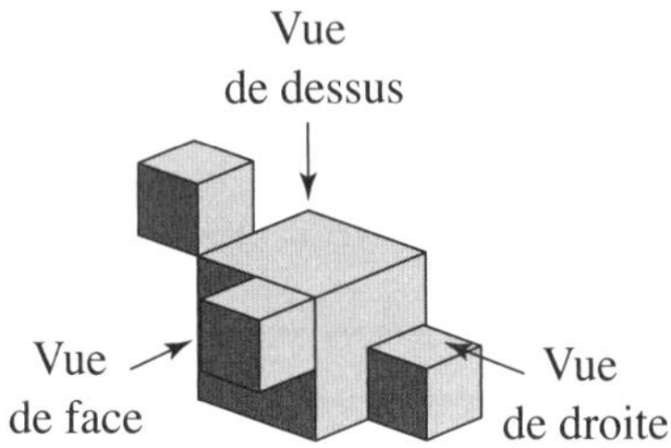

1 Quel est le volume de ce solide ? **4 pts**

2 On a dessiné ci-dessous deux vues de ce solide (elles ne sont pas en vraie grandeur).
Dessiner la **vue de droite** de ce solide **en vraie grandeur**. **6 pts**

Vue de face

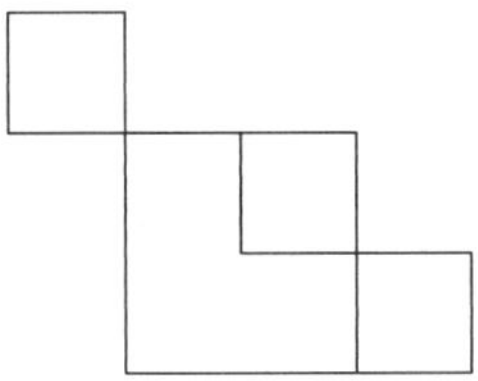

Vue de dessus

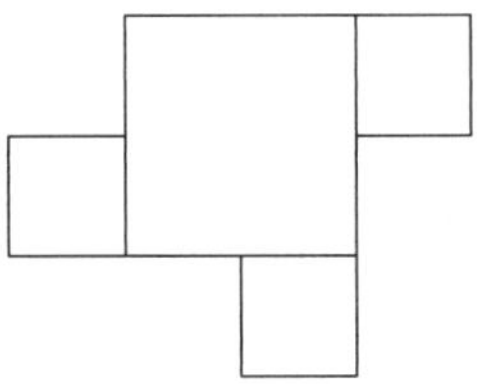

France métropolitaine, juin 2016 — **12 pts** — 15 min

140 Déco

Antoine crée des objets de décoration avec des vases, des billes et de l'eau colorée.
Pour sa nouvelle création, il décide d'utiliser le vase et les billes ayant les caractéristiques suivantes :

Caractéristiques du vase

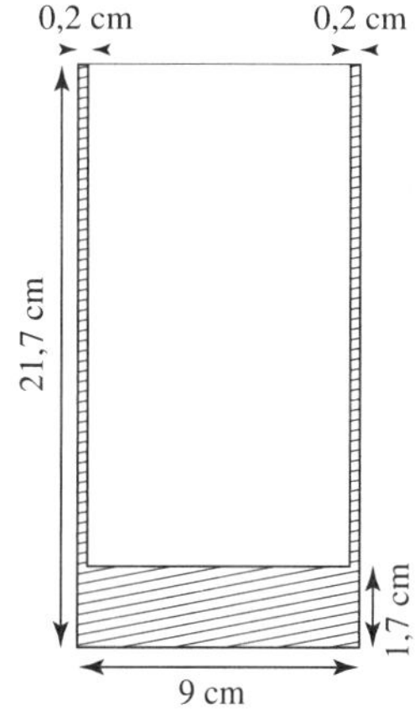

Matière : verre
Forme : pavé droit
Dimensions extérieures : 9 cm × 9 cm × 21,7 cm
Épaisseur des bords : 0,2 cm
Épaisseur du fond : 1,7 cm

Caractéristiques des billes

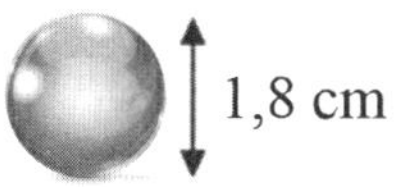

Matière : verre
Forme : boule
Dimensions : 1,8 cm de diamètre

Il met 150 billes dans le vase. Peut-il ajouter un litre d'eau colorée sans risquer le débordement ?

On rappelle que le volume de la boule est donné par la formule :

$$\frac{4}{3} \times \pi \times \text{Rayon}^3$$

15 min

Asie, juin 2016 **12 pts**

141 Cocktail d'anniversaire

Romane souhaite préparer un cocktail pour son anniversaire.

Doc. 1 : Recette du cocktail	**Doc. 2 : Récipient de Romane**
Ingrédients pour 6 personnes : • 60 cL de jus de mangue • 30 cL de jus de poire • 12 cL de jus de citron vert • 12 cL de sirop de cassis Préparation : Verser les différents ingrédients dans un récipient et remuer. Garder au frais pendant au moins 4 h.	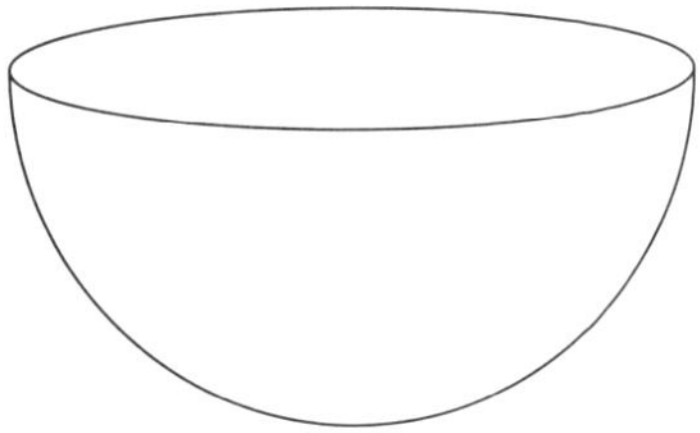 On considère qu'il a la forme d'une demi-sphère de diamètre 26 cm.

Rappels :

- Volume d'une sphère : $V = \dfrac{4}{3}\pi r^3$.
- $1\text{ L} = 1\text{ dm}^3 = 1\,000\text{ cm}^3$.

Le récipient choisi par Romane est-il assez grand pour préparer le cocktail pour 20 personnes ?

10 min

Centres étrangers, juin 2016 **8 pts**

142 Confection de macarons

Un macaron est composé de deux biscuits et d'une couche de crème. Cette couche de crème peut être assimilée à un cylindre de rayon 20 mm et de hauteur 5 mm.

1 Vérifier que le volume de crème contenu dans un macaron est $2\,000\,\pi\text{ mm}^3$. **4 pts**

2 Alexis a dans son saladier 30 cL de crème. Combien de macarons peut-il confectionner ?
On rappelle que $1\text{ L} = 1\text{ dm}^3$. **4 pts**

Polynésie, juin 2016 **12 pts** 15 min

143 Découpage d'un cube

On découpe la pyramide FIJK dans le cube ABCDEFGH comme le montre le dessin ci-dessous. Le segment [AB] mesure 6 cm.

Les points I, J et K sont les milieux respectifs des arêtes [FE], [FB] et [FG].

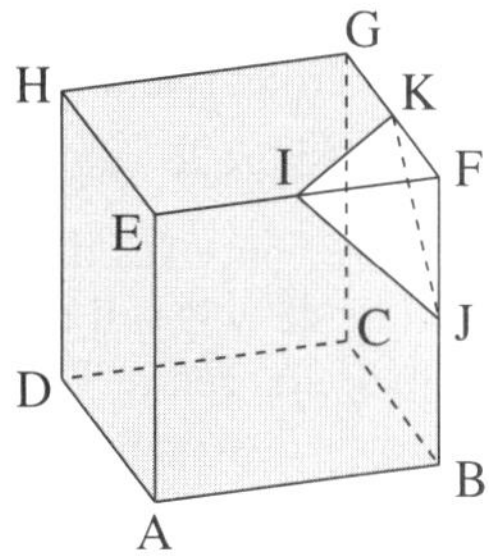

1 Tracer le triangle IFK en vraie grandeur. **4 pts**

2 Un des quatre schémas ci-dessous correspond au patron de la pyramide FIJK. Lequel ?

Aucune justification n'est attendue. **3 pts**

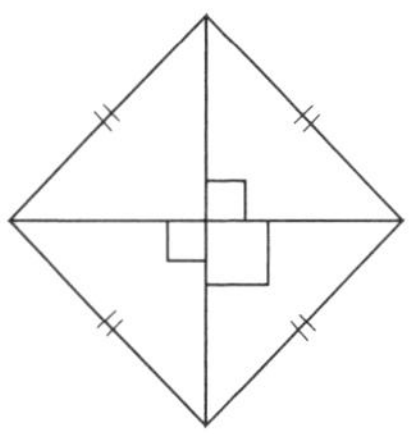

Schéma 1

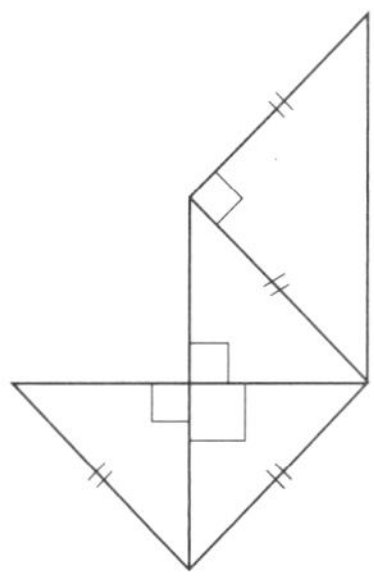

Schéma 2

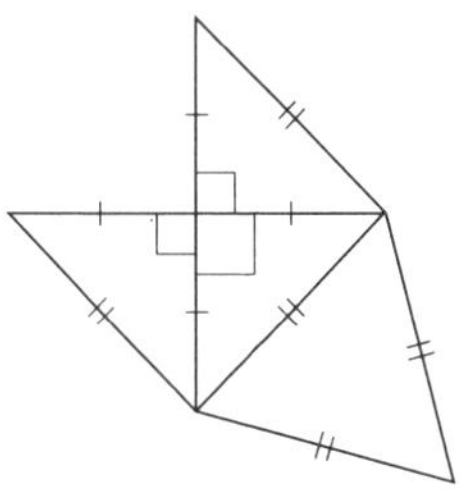

Schéma 3

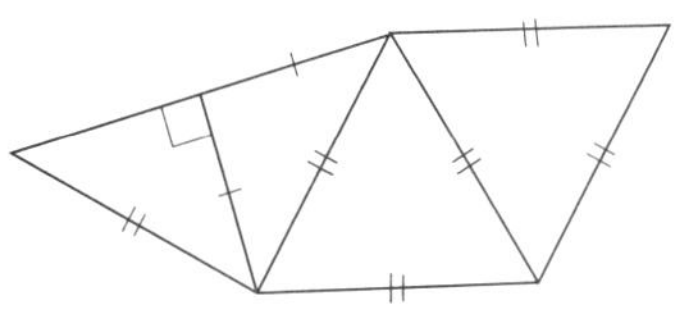

Schéma 4

3 Calculer le volume de la pyramide FIJK. **5 pts**

Rappel : Volume d'une pyramide $= \dfrac{\text{Aire de la base} \times \text{Hauteur}}{3}$.

15 min

Amérique du Sud, décembre 2015 **8 pts**

144 Le bonhomme de bois

Marc veut fabriquer un bonhomme de neige en bois. Pour cela, il achète deux boules : une boule pour la tête de rayon 3 cm et une autre boule pour le corps dont le rayon est deux fois plus grand.

1 a. Vérifier que le volume de la boule pour la tête est bien $36\,\pi$ cm^3. **2 pts**

b. En déduire le volume exact en cm^3 de la boule pour le corps. **2 pts**

2 Marc coupe les deux boules afin de les assembler pour obtenir le bonhomme de neige. Il coupe la boule représentant la tête par un plan situé à 2 cm de son centre. Quelle est l'aire de la surface d'assemblage de la tête et du corps ? Arrondir le résultat au cm^2. **4 pts**

25 min

Amérique du Nord, juin 2015 **16 pts**

145 La pyramide du Louvre

La pyramide du Louvre est une œuvre de l'architecte Leoh Ming Pei.
Il s'agit d'une pyramide régulière dont la base est un carré de côté 35,50 mètres et dont les quatre arêtes qui partent du sommet mesurent toutes 33,14 mètres.

1 La pyramide du Louvre est schématisée comme ci-contre. Calculer la hauteur réelle de la pyramide du Louvre. On arrondira le résultat au centimètre. **8 pts**

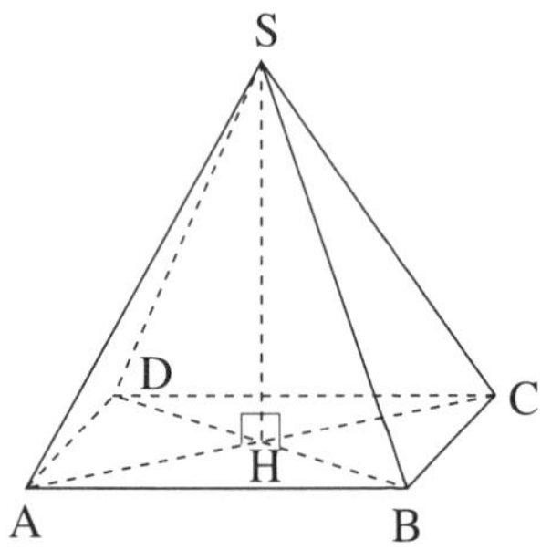

2 On veut tracer le patron de cette pyramide à l'échelle 1/800.

a. Calculer les dimensions nécessaires de ce patron en les arrondissant au millimètre. **4 pts**

b. Construire le patron en faisant apparaître les traits de construction. On attend une précision de tracé au millimètre. **4 pts**

Algorithmique et programmation

Nouvelle-Calédonie, septembre 2019 **13 pts** 15 min

146 Géométrie avec Scratch

Dans les figures de cet exercice, la flèche indique la position et l'orientation du lutin au départ.

1 Indiquer le numéro du dessin correspondant au script ci-dessous. **3 pts**

2 Sur **le script ci-après**, compléter les deux informations manquantes du script qui permet de réaliser la figure ci-dessous. **4 pts**

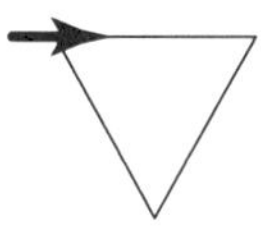

3 En ordonnant les instructions proposées ci-après, compléter le script ci-après permettant de réaliser la figure ci-contre.

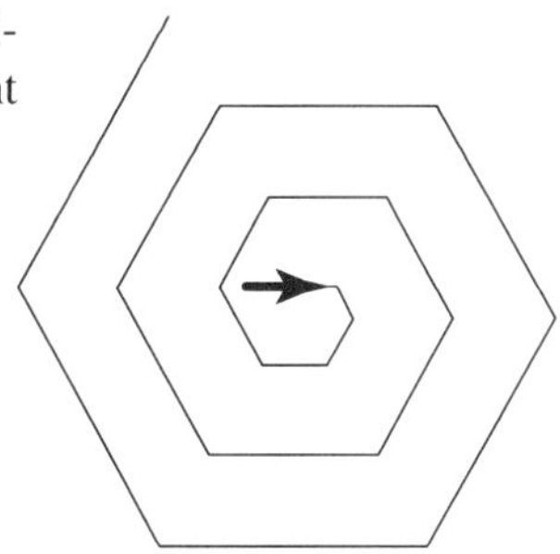

Pour ce script, on a créé la variable longueur. Compléter en mettant les numéros à leur place.

6 pts

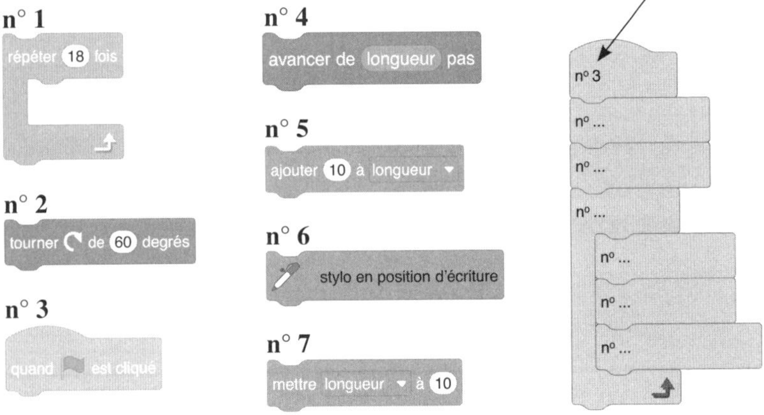

Asie, juin 2019 **17 pts** 25 min

147 Programmation d'un robot

Un programme permet à un robot de se déplacer sur les cases d'un quadrillage. Chaque case atteinte est colorée en gris. Au début d'un programme, toutes les cases sont blanches, le robot se positionne sur une case de départ indiquée par un « d » et la colore aussitôt en gris.

Voici des exemples de programmes et leurs effets :

1W	Le robot avance de 1 case vers l'ouest.	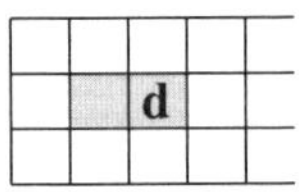
2E 1W 2N	Le robot avance de 2 cases vers l'est, puis de 1 case vers l'ouest, puis de 2 cases vers le nord.	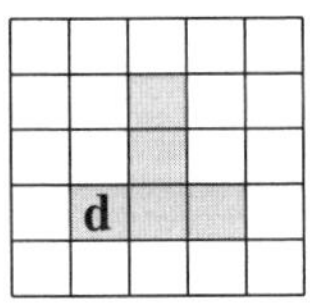

3 (1S 2E)	Le robot répète 3 fois le déplacement suivant : « avancer de 1 case vers le sud puis de 2 cases vers l'est ». Soit 3 fois : 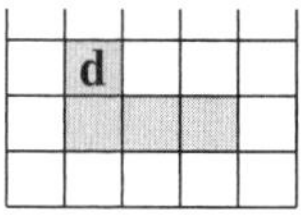	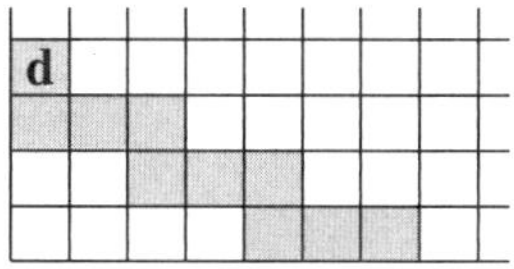

1 Voici un programme :

Programme : 1W 2N 2E 4S 2W

On souhaite dessiner le motif obtenu avec ce programme.
Réaliser ce motif en utilisant des carreaux, comme dans les exemples précédents. On marquera un « **d** » sur la case de départ. **5 pts**

2 Voici deux programmes :

Programme n° 1 : 1S 3(1N 3E 2S)

Programme n° 2 : 3(1S 1N 3E 1S)

a. Lequel des deux programmes permet d'obtenir le motif ci-dessous ? **3 pts**

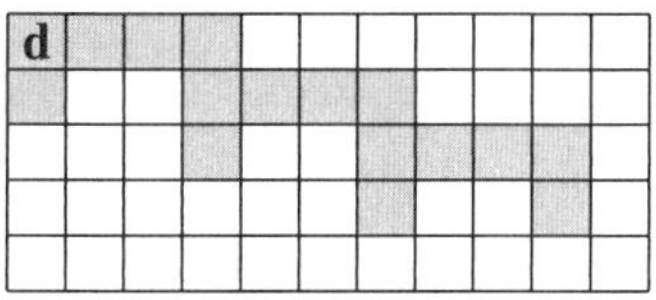

b. Expliquer pourquoi l'autre programme ne permet pas d'obtenir le motif ci-dessus. **3 pts**

3 Voici un autre programme :

Programme n° 3 : 4(1S 1E 1N)

Il permet d'obtenir le résultat suivant :

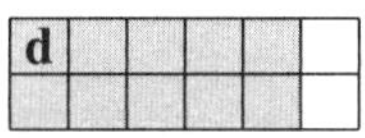

Réécrire ce programme n° 3 en ne modifiant qu'une seule instruction afin d'obtenir ceci : **6 pts**

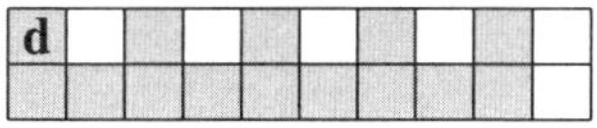

Amérique du Nord, juin 2019 **10 pts** 10 min

148 Le labyrinthe

On a programmé un jeu.
Le but du jeu est de sortir du labyrinthe.
Au début du jeu, le lutin se place au point de départ. Lorsque le lutin touche un mur, représenté par un trait noir épais, il revient au point de départ.

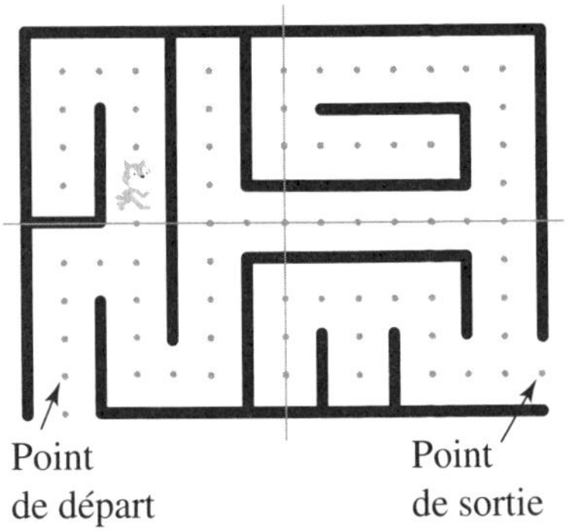

L'arrière-plan est constitué d'un repère d'origine O avec des points espacés de 30 unités verticalement et horizontalement.
Dans cet exercice, on considérera que seuls les murs du labyrinthe sont noirs.
Voici le programme :

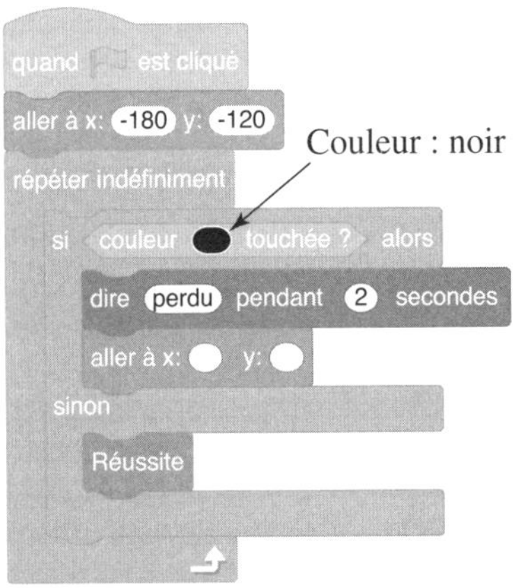

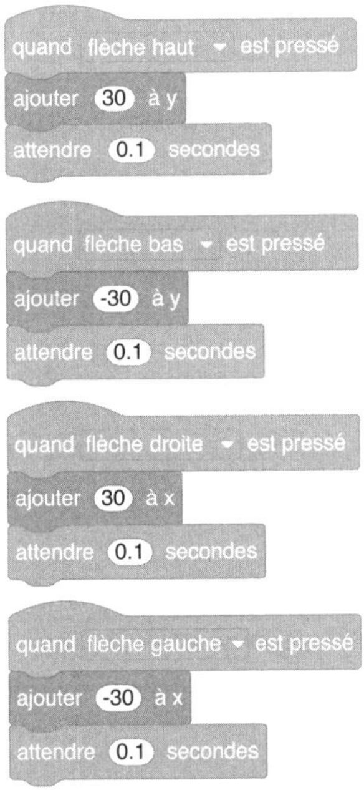

Le bloc [Réussite] correspond à un sous-programme qui fait dire « Gagné ! » au lutin lorsqu'il est situé au point de sortie ; le jeu s'arrête alors.

1 Recopier et compléter l'instruction [aller à x: ( ) y: ( )] du programme pour ramener le lutin au point de départ si la couleur noire est touchée. **2 pts**

2 Quelle est la distance minimale parcourue par le lutin entre le point de départ et le point de sortie ? **4 pts**

3 On lance le programme en cliquant sur le drapeau. Le lutin est au point de départ. On appuie brièvement sur la touche ↑ (« flèche haut »), puis sur la touche → (« flèche droite »).
Quelles sont toutes les actions effectuées par le lutin ? **4 pts**

Nouvelle-Calédonie, mars 2019 **10 pts** 15 min

149 Construction d'un parallélogramme

Rappels Scratch

Orientation du lutin

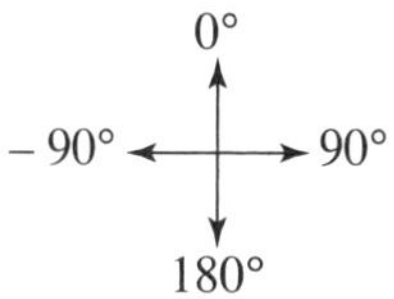

S'orienter à 90° : pour se déplacer vers la droite
S'orienter à 0° : pour se déplacer vers le haut
S'orienter à – 90° : pour se déplacer vers la gauche
S'orienter à 180° : pour se déplacer vers le bas

Les angles

Dans le tracé ci-dessous, pour obtenir un angle de 60°, on peut utiliser l'instruction :

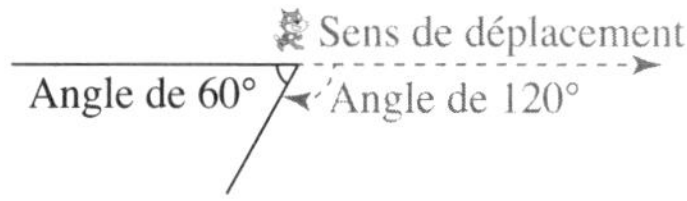

Le chat indique la position de départ.
Voici ci-après un programme réalisé avec Scratch pour construire un parallélogramme. Selon la longueur et l'angle donnés, ce parallélogramme peut être particulier (rectangle, losange, carré).

1 Dessiner ci-après le parallélogramme obtenu avec la **longueur** et l'**angle** donnés. **4 pts**

Longueur : 80
Angle : 90

Le côté d'un carreau représente 20 unités.

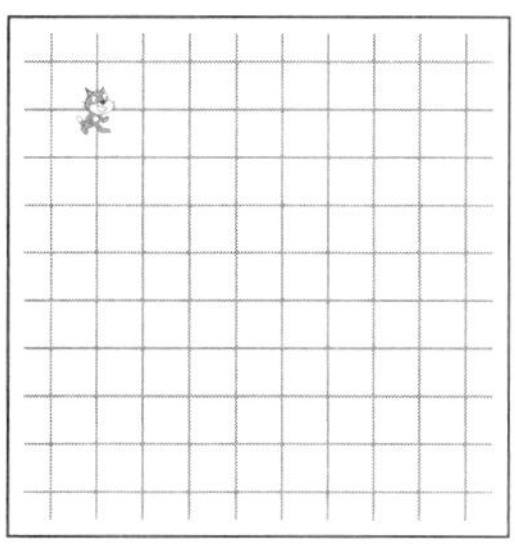

EXERCICES

2 Quelle valeur faut-il donner à **longueur** et quelle valeur à **angle** pour obtenir la figure ci-dessous ? **3 pts**

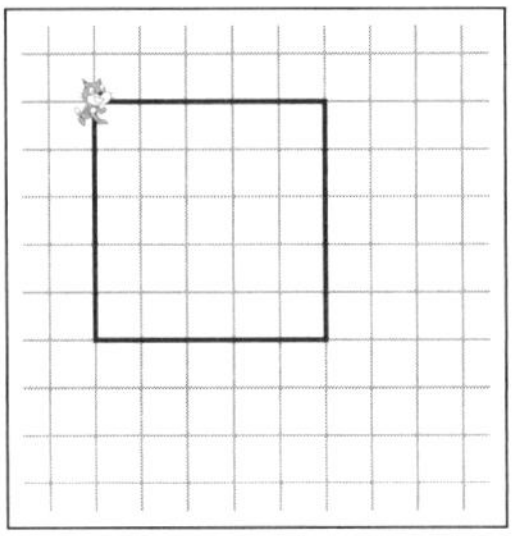

Le côté d'un carreau représente 20 unités.

3 Un élève a choisi la **longueur** 50 et l'**angle** 75° puis a recopié la figure obtenue après exécution du script. Lequel des trois parallélogrammes ci-dessous a-t-il tracé ? **3 pts**

A **B** **C**

Nouvelle-Calédonie, décembre 2018 **9 pts** 10 min

150 On dessine

Rappel

Orientation du lutin :
S'orienter à 90° : pour se déplacer vers la droite
S'orienter à 0° : pour se déplacer vers le haut
S'orienter à – 90° : pour se déplacer vers la gauche
S'orienter à 180° : pour se déplacer vers le bas

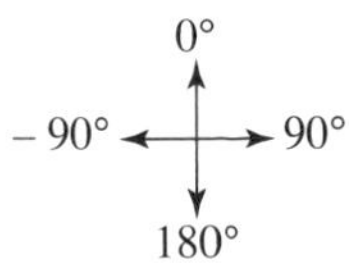

Le chat  indique la position de départ.

Script 1

1 On exécute le **script 1** ci-contre.
Représenter ci-dessous le chemin parcouru par le chat. **3 pts**

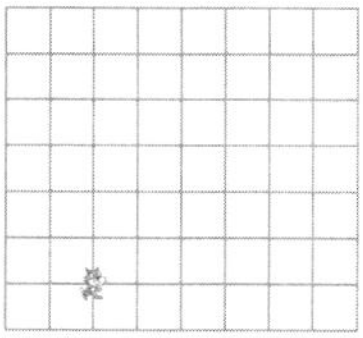

Le côté d'un carreau mesure 20 unités.

2 **a.** Quel dessin correspond au **script 2** ci-dessous ? **3 pts**

Script 2

Le côté d'un carreau mesure 20 unités.

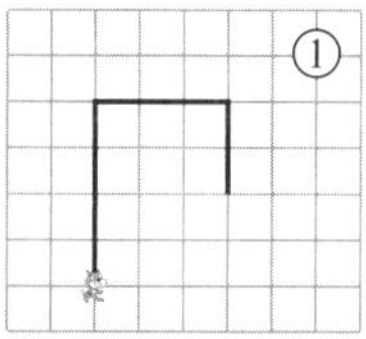

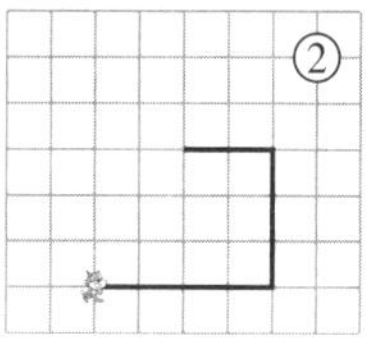

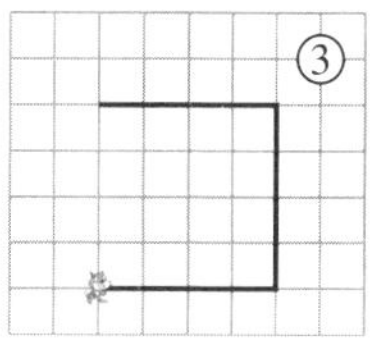

b. On souhaite modifier le **script 2** pour parcourir le chemin suivant :

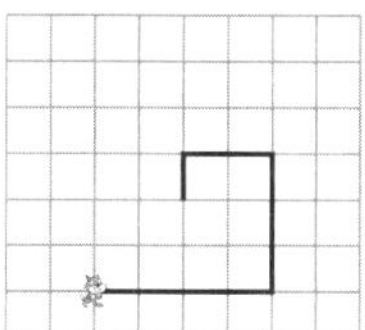

Quelle(s) modification(s) peut-on apporter au **script 2** pour parcourir ce chemin ? **3 pts**

Amérique du Sud, novembre 2018 **12 pts** 15 min

151 Carré ou triangle ?

Léna et Youri travaillent sur un programme. Ils ont obtenu le dessin suivant :

Ils ont ensuite effacé une donnée par erreur dans le script principal.
Voici les copies d'écran de leur travail :

<table>
<tr><th colspan="2">Programme</th><th>Pour information</th></tr>
<tr>
<td>Script principal
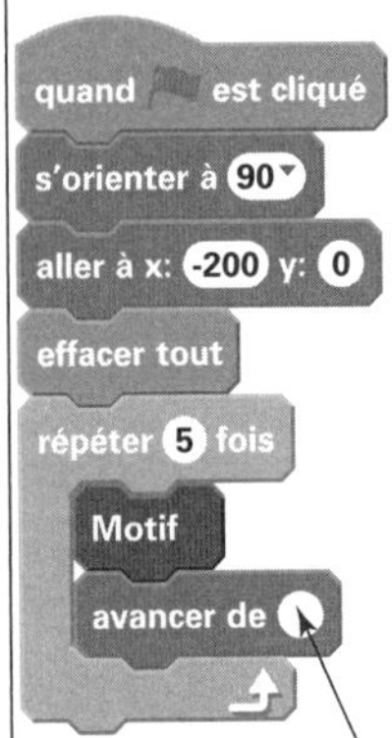

Valeur effacée</td>
<td>Bloc du motif
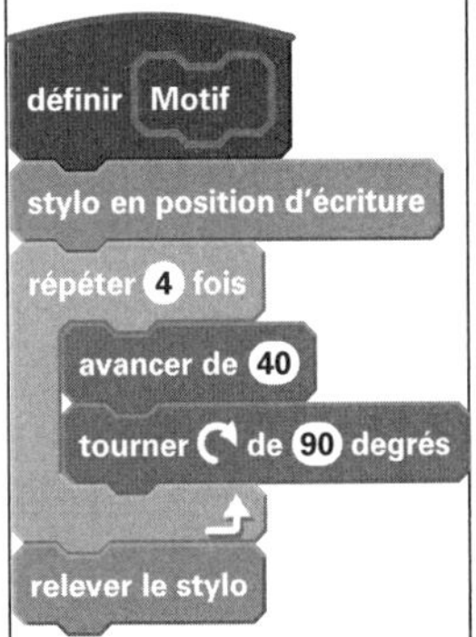
</td>
<td>L'instruction

signifie qu'on se dirige vers la droite.</td>
</tr>
</table>

Dans cet exercice, aucune justification n'est demandée.

1 **a.** La valeur effacée dans le script principal était-elle 40 ou bien 60 ? **2 pts**

b. Dessiner ce qu'on aurait obtenu avec l'autre valeur.
On représentera l'instruction « avancer de 20 » par un segment de longueur 1 cm. **4 pts**

2 Léna et Youri souhaitent maintenant obtenir un triangle équilatéral comme motif.
Afin d'obtenir un triangle équilatéral :
- par quelle valeur peut-on remplacer a ?
- par quelle valeur peut-on remplacer b ?
- par quelle valeur peut-on remplacer c ? **6 pts**

France métropolitaine, septembre 2018 — 15 pts — 25 min

152 Une affaire de rectangles

Sam a écrit le programme ci-après qui permet de tracer un rectangle comme ci-contre.
Ce programme comporte deux variables (Longueur) et (Largeur) qui représentent les dimensions du rectangle.

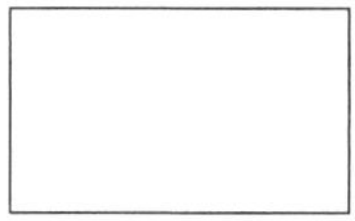

Départ

On rappelle que l'instruction « s'orienter à 90 » signifie que l'on s'oriente vers la droite.

Script	Bloc rectangle
	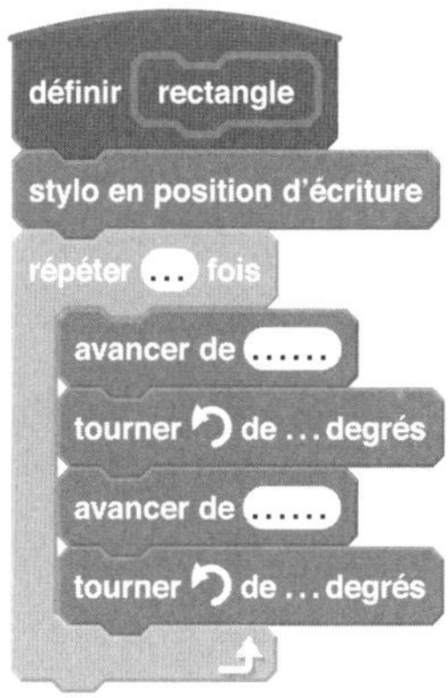

1 Compléter le bloc rectangle ci-dessus avec des nombres et des variables pour que le script fonctionne.
On recopiera et on complétera uniquement la boucle « répéter ». **5 pts**

2 Lorsque l'on exécute le programme, quelles sont les coordonnées du point d'arrivée et dans quelle direction est-on orienté ? **3 pts**

3 Sam a modifié son script pour tracer également l'image du rectangle par l'homothétie de centre le point de coordonnées (0 ; 0) et de rapport 1,3.
a. Compléter le nouveau script de Sam donné ci-après afin d'obtenir la figure ci-après. On recopiera et on complètera les lignes 9 et 10, ainsi que l'instruction manquante en ligne 11. **4 pts**
b. Sam exécute son script. Quelles sont les nouvelles valeurs des variables Longueur et Largeur à la fin de l'exécution du script ? **3 pts**

EXERCICES

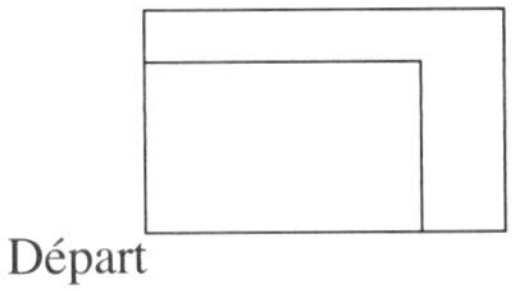

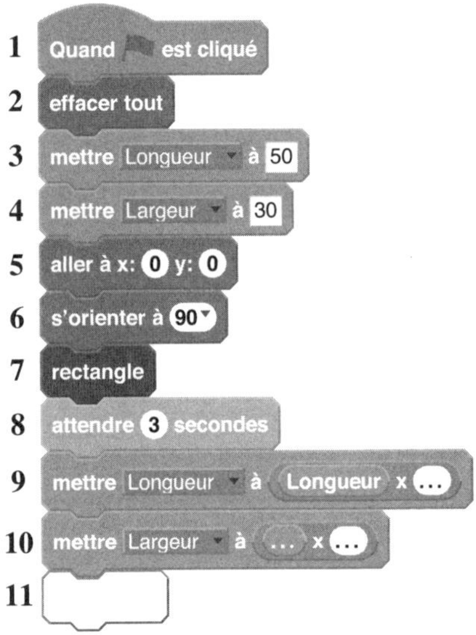

Polynésie, septembre 2018 **12 pts** 15 min

153 Un algo pour résoudre un problème

Une personne pratique le vélo de piscine depuis plusieurs années dans un centre aquatique à raison de deux séances par semaine. Possédant une piscine depuis peu, elle envisage d'acheter un vélo de piscine pour pouvoir l'utiliser exclusivement chez elle et ainsi ne plus se rendre au centre aquatique.

- Prix de la séance au centre aquatique : 15 €.
- Prix d'achat d'un vélo de piscine pour une pratique à la maison : 999 €.

1 Montrer que 10 semaines de séances au centre aquatique lui coûtent 300 €. **3 pts**

2 Que représente la solution affichée par le programme ci-contre ? **3 pts**

3 Combien de semaines faudrait-il pour que l'achat du vélo de piscine soit rentabilisé ? **6 pts**

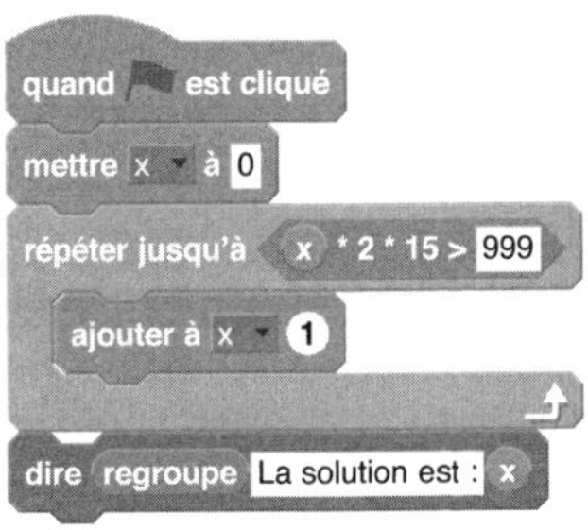

France métropolitaine, juin 2018 **16 pts** 20 min

154 Des triangles dans des carrés

Les longueurs sont en pixels.
L'expression « s'orienter à 90 » signifie que l'on s'oriente vers la droite.
On donne le programme suivant :

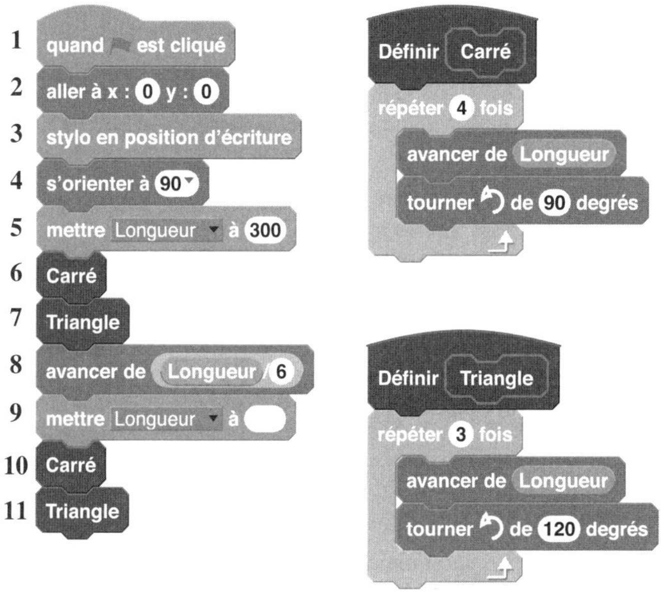

1 On prend comme échelle 1 cm pour 50 pixels.

a. Représenter la figure obtenue si le programme est exécuté jusqu'à la ligne 7 comprise. **6 pts**

b. Quelles sont les coordonnées du stylo après l'exécution de la ligne 8 ? **2 pts**

2 On exécute le programme complet et on obtient la figure ci-après qui possède un axe de symétrie vertical.
Recopier et compléter la ligne 9 du programme pour obtenir cette figure. **2 pts**

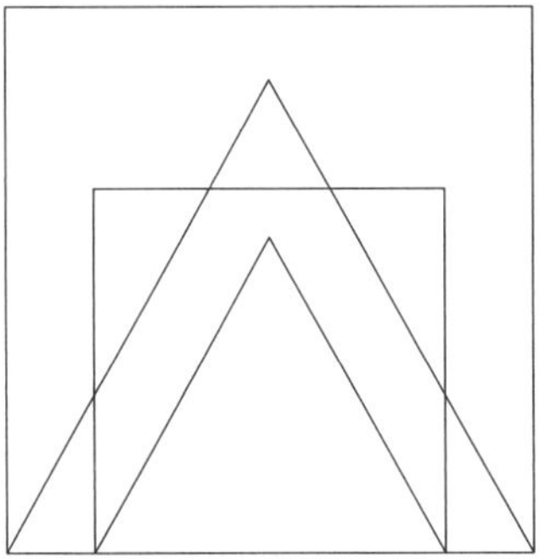

3 **a.** Parmi les transformations suivantes, translation, homothétie, rotation, symétrie axiale, quelle est la transformation géométrique qui permet d'obtenir le petit carré à partir du grand carré ?
Préciser le rapport de réduction. **3 pts**
b. Quel est le rapport des aires entre les deux carrés dessinés ? **3 pts**

Amérique du Nord, juin 2018 **14 pts** 15 min

155 Encore des carrés !

Dans cet exercice, aucune justification n'est attendue.

Simon travaille sur un programme. Voici des copies de son écran :

Script principal	Bloc carré
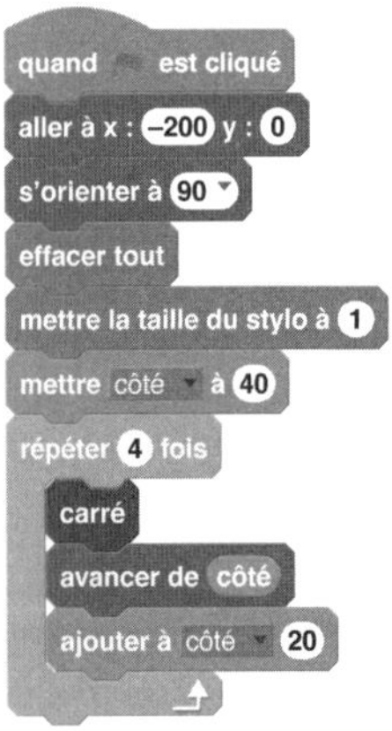	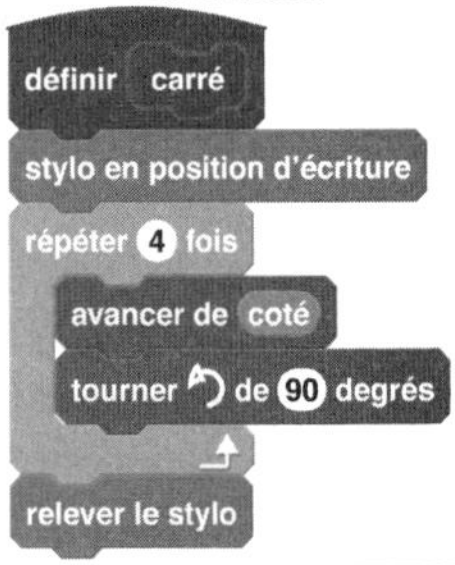
	Information L'instruction s'orienter à 90 signifie qu'on se dirige vers la droite.

1 Il obtient le dessin ci-contre.

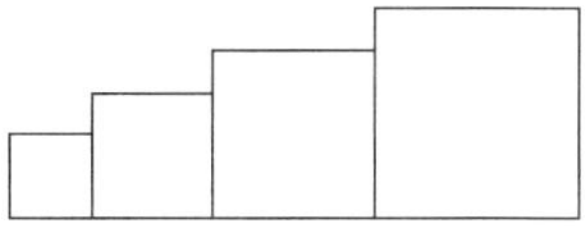

a. D'après le script principal, quelle est la longueur du côté du plus petit carré dessiné ? **2 pts**

b. D'après le script principal, quelle est la longueur du côté du plus grand carré dessiné ? **3 pts**

2 Dans le script principal, où peut-on insérer l'instruction **ajouter 2 à la taille du stylo** de façon à obtenir le dessin ci-contre ? **4 pts**

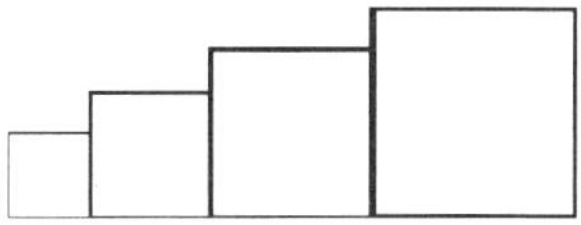

3 On modifie maintenant le script principal de la façon suivante :
Parmi les dessins ci-dessous, lequel obtient-on ? **5 pts**

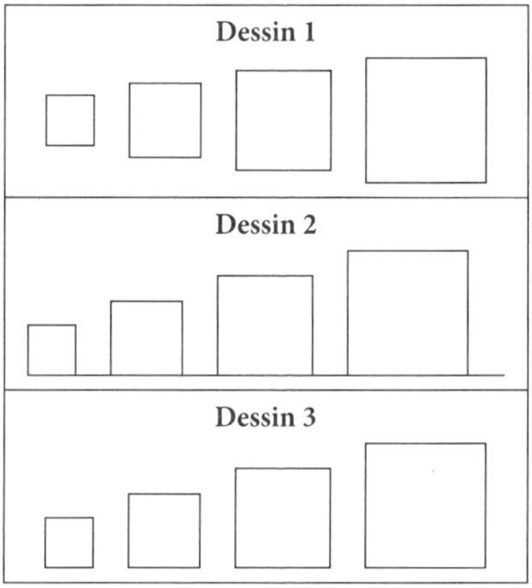

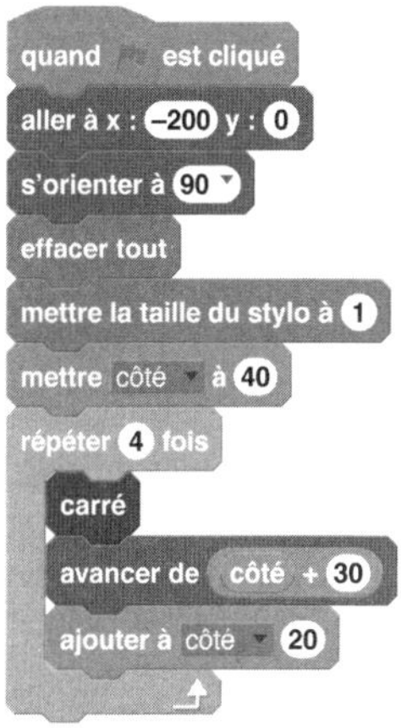

Pour rappel : le Bloc carré

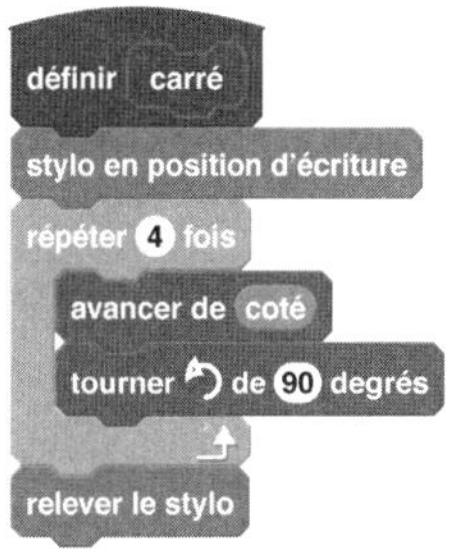

Centres étrangers, juin 2018 **18 pts** 25 min

156 Le parcours du robot

Le maraîchage est l'activité professionnelle qui consiste à cultiver les légumes, certains fruits, fleurs ou plantes aromatiques. Afin de diminuer la pénibilité des travaux de maraîchage, un agriculteur a acquis un robot électrique pour effectuer le désherbage de ses cultures.

Partie 1 • Parcours du robot

Le robot doit parcourir 49 allées parallèles écartées de 1 m, représentées sur le schéma ci-après.

Les 48 premières allées, situées dans une parcelle rectangulaire, mesurent 80 m de long :

- la 1re allée est [PQ] ;
- la 2e allée est [RS] ;
- la 3e allée est [TU] ;
- les allées 4 à 47 ne sont pas représentées ;
- la 48e allée est [CB].

La 49e (dernière allée) [DE] est située dans une parcelle triangulaire.

Montrer que la longueur de la dernière allée est : DE = 64 m. **5 pts**

Schéma du terrain non à l'échelle : vue du dessus

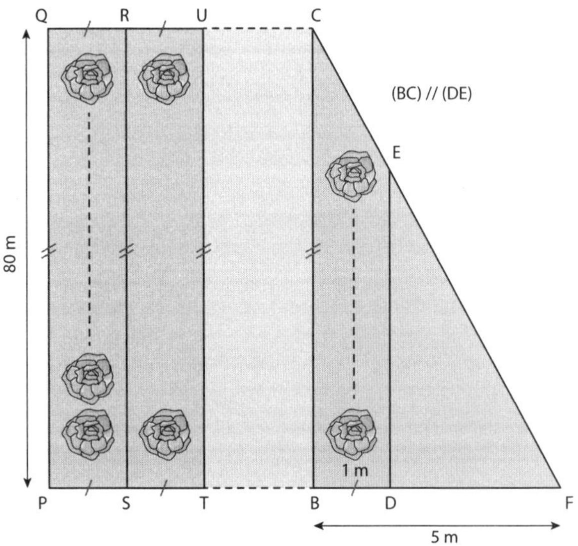

Partie 2 • Programme de déplacement du robot

On souhaite programmer le déplacement du robot du point P au point E. Le script ci-après, réalisé sous Scratch, est incomplet. Toutes les allées sont parcourues une seule fois. L'image « Robot » correspond au résultat attendu lorsque le drapeau vert est cliqué.

On rappelle que l'instruction **s'orienter à 0** signifie que le robot se dirige vers le haut.

Pour répondre aux questions **1** et **2**, utiliser autant que nécessaire les blocs :

Script incomplet de déplacement du robot

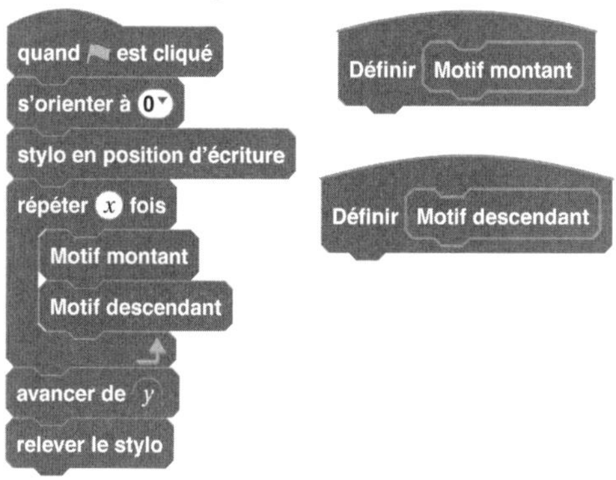

Image à obtenir avec le script complet

Les longueurs doivent être indiquées en mètres.

1 Le nouveau bloc « Motif montant » doit reproduire un déplacement du type P-Q-R (voir schéma du terrain) et positionner le robot prêt à réaliser le motif suivant. Écrire une succession de 4 blocs permettant de définir : « Motif montant ». **6 pts**

2 Le nouveau bloc « Motif descendant » doit reproduire un déplacement du type R-S-T (voir schéma du terrain) et positionner le robot prêt à réaliser le motif suivant. Quelle(s) modification(s) suffit-il d'apporter au bloc « Motif montant » pour obtenir le bloc « Motif descendant » ? **3 pts**

3 Quelles valeurs faut-il donner à x et à y dans le script principal pour que le programme de déplacement du robot donne le résultat attendu ? **4 pts**

Asie, juin 2018 **12 pts** 15 min

157 À la belle étoile

Arthur doit écrire un programme avec Scratch pour dessiner une étoile comme le dessin représenté ci-contre.
Il manque dans son programme le nombre de répétitions.

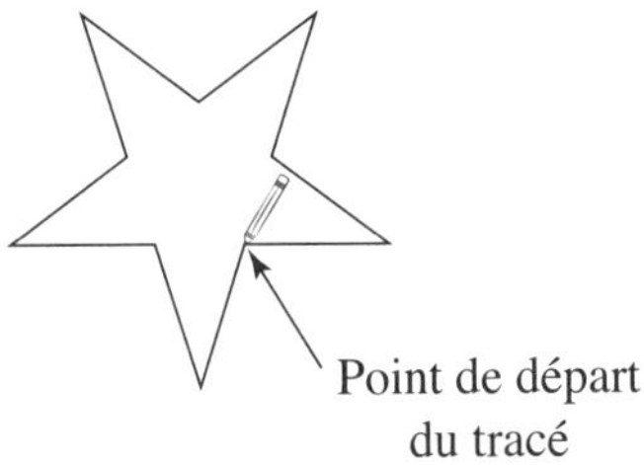

Programme commencé par Arthur

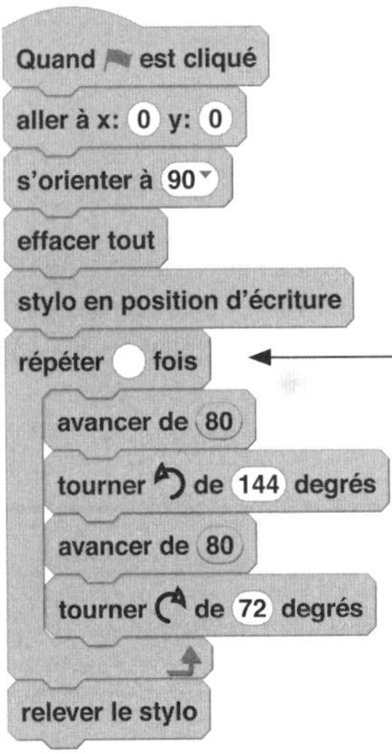

Information

L'instruction « s'orienter à 90 » signifie qu'on se dirige vers la droite.

1 Quel nombre Arthur doit-il saisir dans la boucle « répéter » pour obtenir l'étoile ? **4 pts**

2 Déterminer le périmètre de cette étoile. **4 pts**

3 Arthur souhaite agrandir cette étoile pour obtenir une étoile dont le périmètre serait le double, en modifiant son programme.
Recopier la partie du programme ci-contre en modifiant les valeurs nécessaires pour obtenir cette nouvelle étoile. **4 pts**

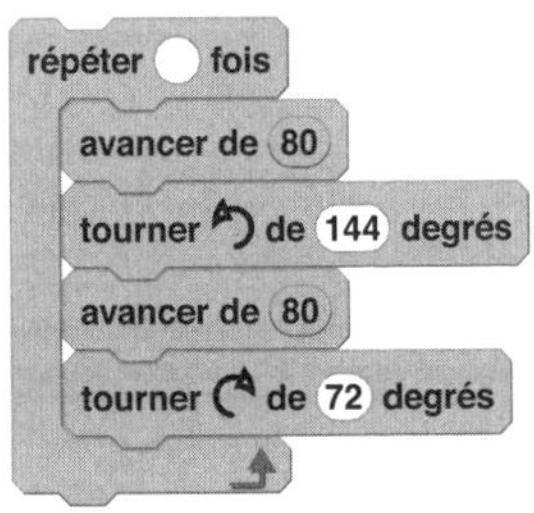

Amérique du Sud, novembre 2017 — **12 pts** — 15 min

158 Algorithmes et carrés

Le bloc d'instruction « carré » ci-dessous a été programmé puis utilisé dans les deux programmes ci-contre :

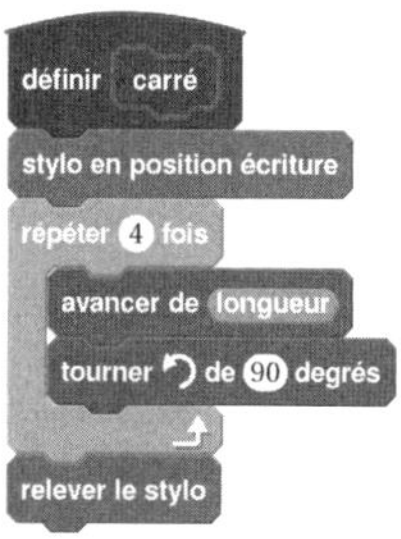

Rappel :
L'instruction « avancer de 10 » fait avancer le lutin de 10 pixels.

Programme n° 1

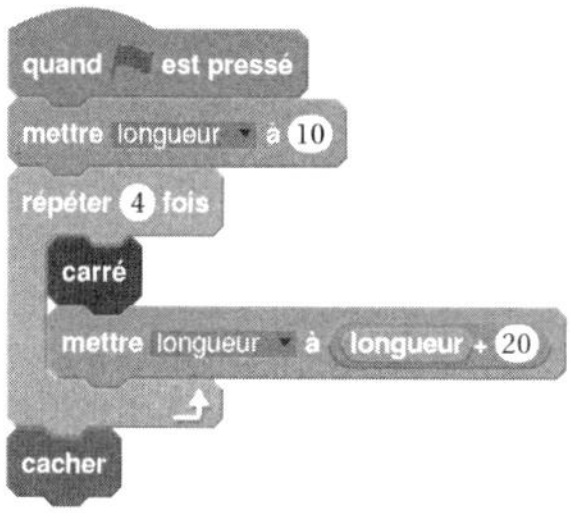

Programme n° 2

1 Voici trois dessins :

Dessin n° 1	Dessin n° 2	Dessin n° 3
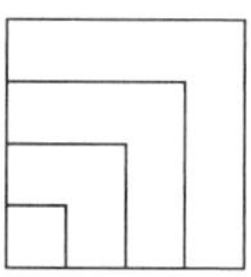	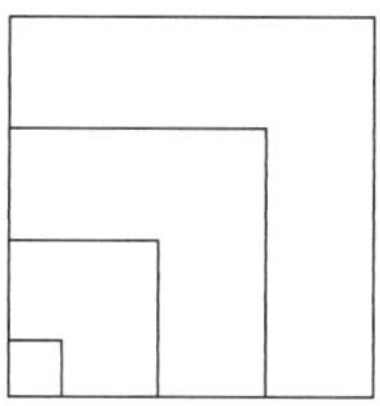	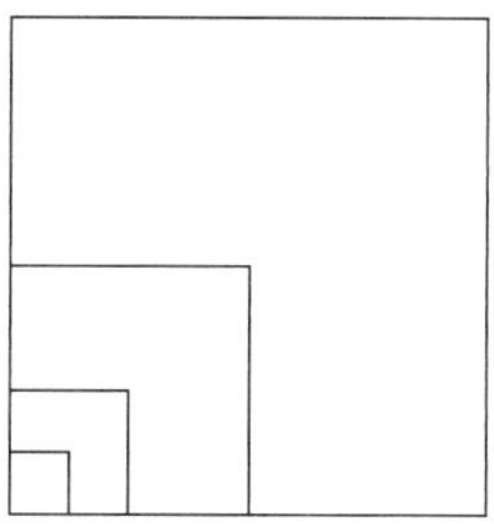

a. Lequel de ces trois dessins obtient-on avec le programme n° 1 ? **3 pts**

b. Lequel de ces trois dessins obtient-on avec le programme n° 2 ? **3 pts**

EXERCICES

c. Pour chacun des deux programmes, déterminer la longueur, en pixels, du côté du plus grand carré dessiné. **3 pts**

2 On souhaite modifier le programme n° 2 pour obtenir le dessin ci-dessous.

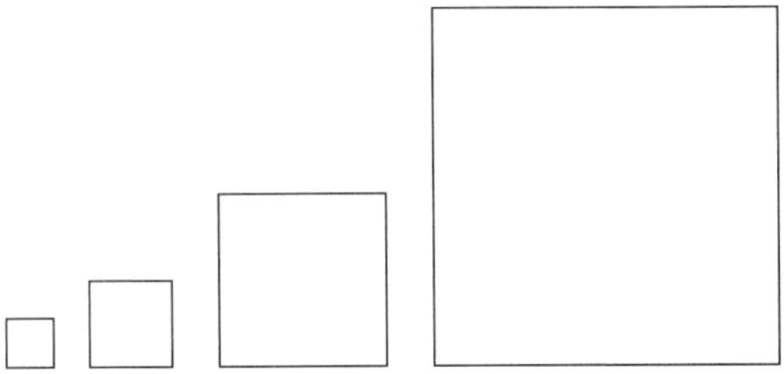

Parmi les trois modifications suivantes, laquelle permet d'obtenir le dessin souhaité ?
Aucune justification n'est attendue pour cette question. **3 pts**

Modification 1	Modification 2	Modification 3

quand [drapeau] est pressé
mettre longueur à 10
répéter 4 fois
  carré
  avancer de longueur + 10
  mettre longueur à longueur * 2
cacher
	quand [drapeau] est pressé
	mettre longueur à 10
	répéter 4 fois
	  carré
	  mettre longueur à longueur * 2
	  avancer de longueur + 10
	cacher
		quand [drapeau] est pressé
		mettre longueur à 10
		répéter 4 fois
		  carré
		  mettre longueur à longueur * 2
		avancer de longueur + 10
		cacher

France métropolitaine, septembre 2017 **12 pts** 15 min

159 La spirale

Voici trois figures différentes, aucune n'est à l'échelle indiquée dans l'exercice :

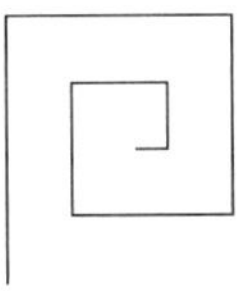

Figure 1

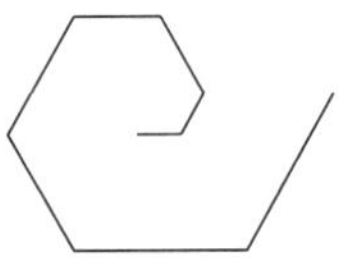

Figure 2

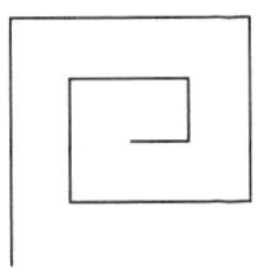

Figure 3

Le programme ci-dessous contient une variable nommée « **longueur** ».

Script

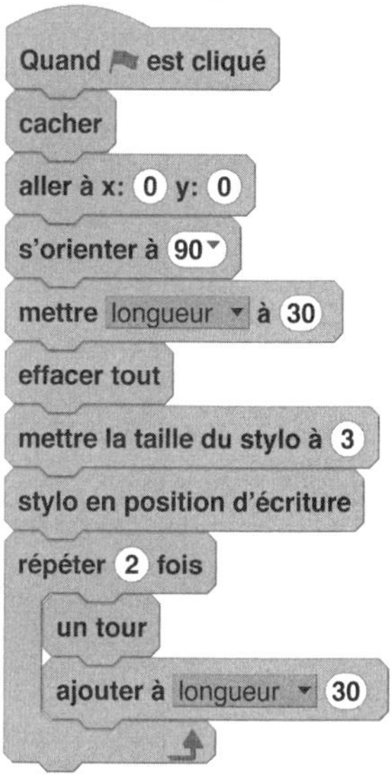

Le bloc : **un tour**

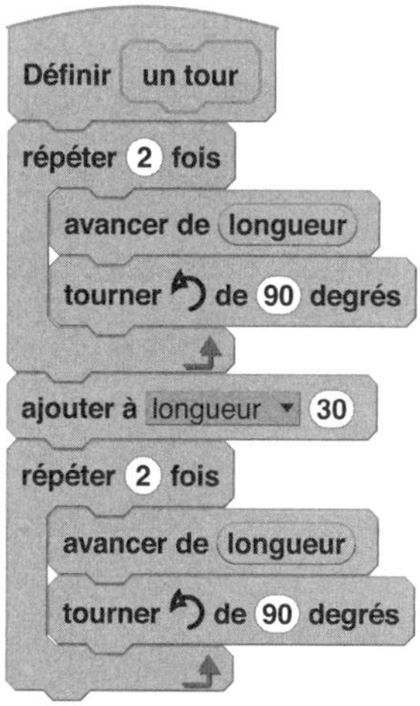

On rappelle que l'instruction « s'orienter à 90 » signifie que l'on s'oriente vers la droite avec le stylo.

1 **a.** Dessiner la figure obtenue avec le bloc « **un tour** » donné dans le cadre de droite ci-dessus, pour une longueur de départ égale à 30, étant orienté vers la droite avec le stylo, en début de tracé. On prendra 1 cm pour 30 unités de longueur, c'est-à-dire 30 pixels. **4 pts**

b. Comment est-on orienté avec le stylo après ce tracé ? (*Aucune justification n'est demandée.*) **2 pts**

2 Laquelle des figures 1 ou 3 le programme ci-avant permet-il d'obtenir ? Justifier votre réponse. **4 pts**

3 Quelle modification faut-il apporter au bloc « **un tour** » pour obtenir la figure 2 ci-avant ? **2 pts**

Polynésie, septembre 2017 **14 pts** 15 min

160 Un programme de calcul

La figure ci-après est la copie d'écran d'un programme réalisé avec le logiciel Scratch.

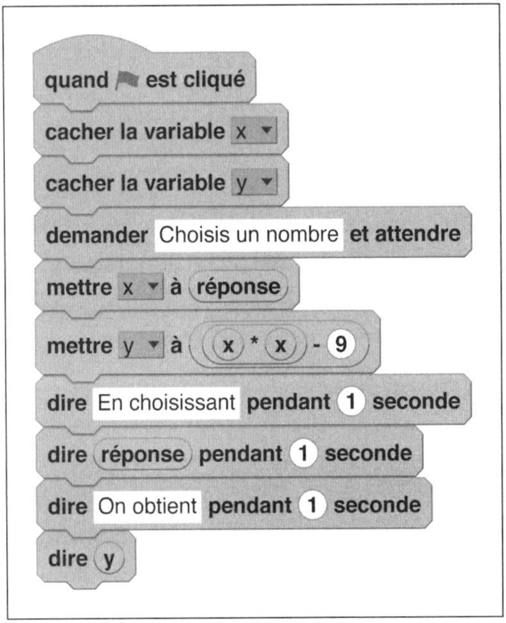

1 Montrer que si on choisit 2 comme nombre de départ, alors le programme renvoie – 5. **2 pts**

2 Que renvoie le programme si on choisit au départ :

a. le nombre 5 ? **3 pts**

b. le nombre – 4 ? **3 pts**

3 Déterminer les nombres qu'il faut choisir au départ pour que le programme renvoie 0. **6 pts**

France métropolitaine, juin 2017 **12 pts** 15 min

161 Une affaire de triangles

On donne le programme ci-après qui permet de tracer plusieurs triangles équilatéraux de tailles différentes.

Ce programme comporte une variable nommée « **côté** ». Les longueurs sont données en pixels.
On rappelle que l'instruction `s'orienter à 90` signifie que l'on se dirige vers la droite.

Numéro d'instruction	Script	Le bloc triangle
1	quand [drapeau] est cliqué	définir triangle
2	effacer tout	stylo en position d'écriture
3	aller à x: -200 y: -100	répéter 3 fois
4	s'orienter à 90	avancer de côté
5	mettre côté à 100	tourner ↺ de 120 degrés
6	répéter 5 fois	relever le stylo
7	triangle	
8	avancer de côté	
9	ajouter à côté -20	

1 Quelles sont les coordonnées du point de départ du tracé ? **2 pts**

2 Combien de triangles sont dessinés par le script ? **2 pts**

3 **a.** Quelle est la longueur (en pixels) du côté du deuxième triangle tracé ? **2 pts**

b. Tracer à main levée l'allure de la figure obtenue quand on exécute ce script. **4 pts**

4 On modifie le script initial pour obtenir la figure ci-après.
Indiquer le numéro d'une instruction du script **après laquelle** on peut placer l'instruction `tourner ↺ de 60 degrés` pour obtenir cette nouvelle figure. **2 pts**

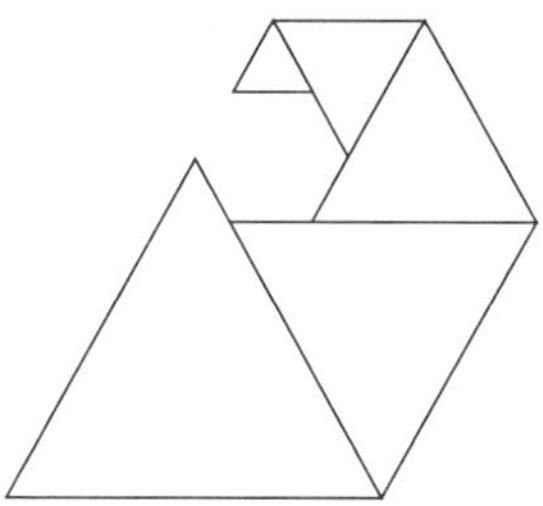

EXERCICES

Amérique du Nord, juin 2017 **10 pts**

15 min

162 Jeu de balle

L'image ci-après représente la position obtenue au déclenchement du bloc départ d'un programme de jeu.

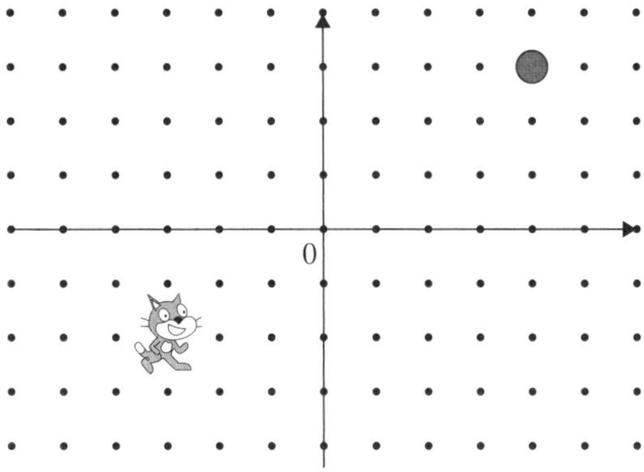

L'arrière-plan est constitué de points espacés de 40 unités.
Dans cette position, le chat a pour coordonnées (– 120 ; – 80).

Le but du jeu est de positionner le chat sur la balle.

1 Quelles sont les coordonnées du centre de la balle représentée dans cette position ? **2 pts**

2 Dans cette question, le chat est dans la position obtenue au déclenchement du bloc départ.
Voici ci-après le script du lutin « chat » qui se déplace.
a. Expliquez pourquoi le chat ne revient pas à sa position de départ si le joueur appuie sur la touche → puis sur la touche ←. **2 pts**
b. Le joueur appuie sur la succession de touches suivante : → → ↑ ← ↓
Quelles sont les coordonnées x et y du chat après ce déplacement ? **2 pts**
c. Parmi les propositions de succession de touches ci-après, laquelle permet au chat d'atteindre la balle ? **2 pts**

Déplacement 1	Déplacement 2	Déplacement 3
→ → → → → → → ↑ ↑ ↑ ↑ ↑	→ → → ↑ ↑ ↑ → ↓ ←	↑ → ↑ → ↑ → → ↓ ↓

3 Que se passe-t-il quand le chat atteint la balle ? **2 pts**

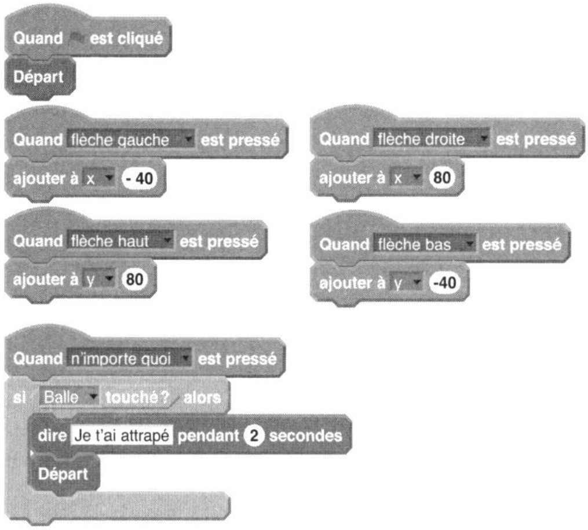

Amérique du Nord, juin 2017 **18 pts** 25 min

163 Calculs géométriques et motifs

Pour tracer une « rue », on a défini le tracé d'une « maison ».

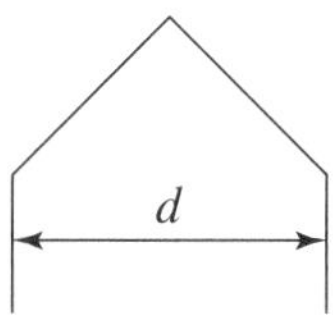

Tracé de la « maison »

Programme principal

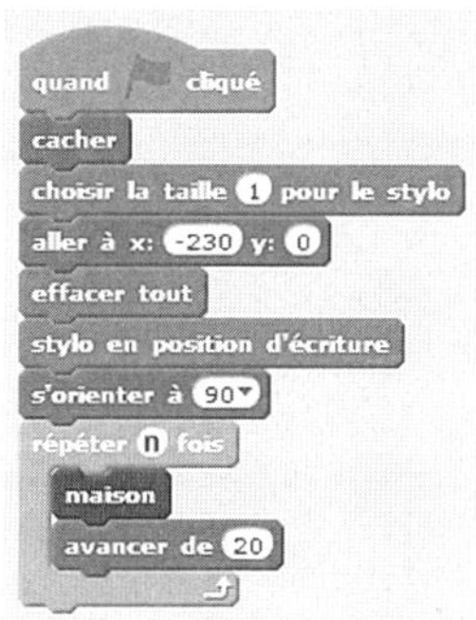

1 Vérifier que d est environ égal à 71 à l'unité près. **4 pts**

2 Un point dans une fenêtre d'exécution de votre programme a son abscisse qui peut varier de -240 à 240 et son ordonnée qui peut varier de -180 à 180.
Quel est le plus grand nombre entier n que l'on peut utiliser dans le programme principal pour que le tracé de la « rue » tienne dans la fenêtre de votre ordinateur où s'exécute le programme ? **5 pts**

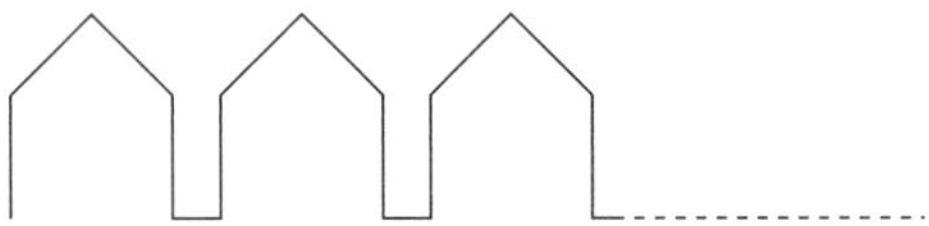

Vous pourrez tracer tous les schémas (à main levée ou non) qui auront permis de répondre à la question précédente et ajouter toutes les informations utiles (valeurs, codages, traits supplémentaires, noms de points...).

3 *Attention, cette question est indépendante des questions précédentes et la « maison » est légèrement différente.*
Si on désire rajouter une sortie de cheminée au tracé de la maison pour la rendre plus réaliste, il faut faire un minimum de calculs pour ne pas avoir de surprises.
Exemples :

On suppose que :
- les points H, E et A sont alignés ;
- les points C, M et A sont alignés ;
- [CH] et [EM] sont perpendiculaires à [HA] ;
- AM = 16, MC = 10, $\widehat{HAC} = 30°$.

Calculer EM, HC et HE afin de pouvoir obtenir une belle sortie de cheminée. **9 pts**

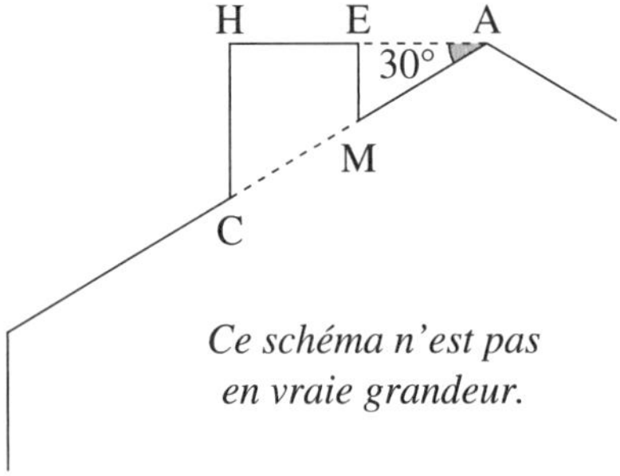

Ce schéma n'est pas en vraie grandeur.

Révisions

▶ En flashant cette page, des exercices interactifs sur tous les thèmes du programme.

1 Nombres et calcul

Multiple et diviseur

	Exemples
• **Entier naturel** Un **nombre entier naturel** est un nombre entier positif ou nul.	0 ; 1 ; 2 ; 3 sont des entiers naturels.
• **Multiple** a est un **multiple** de b lorsqu'il existe un entier q tel que $a = b \times q$. On dit aussi que b est un **diviseur** de a ou que a est **divisible** par b.	$18 = 9 \times 2$. 18 est un multiple de 9. 9 est un diviseur de 18. 18 est divisible par 9.

Diviseur commun

	Exemple
• d est un diviseur commun de a et b lorsque a et b sont divisibles par d.	3 est un diviseur commun de 12 et 15.

Critères de divisibilité

• **Un nombre est divisible par …**	Exemples
◗ **2** s'il se termine par 0, 2, 4, 6 ou 8.	218
◗ **3** si la somme des chiffres qui le composent est un multiple de 3.	72 (car $7 + 2 = 9$, multiple de 3)
◗ **5** s'il se termine par 0 ou 5.	495
◗ **9** si la somme des chiffres qui le composent est un multiple de 9.	153 (car $1 + 5 + 3 = 9$)
◗ **10** s'il se termine par un 0.	1 050

Nombres premiers et fractions irréductibles

Exemples

- **Nombre premier**

Un nombre entier naturel est premier s'il admet exactement deux diviseurs : 1 et lui-même.
Le nombre 1 n'est pas premier, car il n'a qu'un seul diviseur (lui-même).

2 ; 3 ; 5 ; 7 ; 11 ; 13 sont les premiers nombres premiers.

- **Nombres premiers entre eux**

Deux nombres sont premiers entre eux lorsque leur seul diviseur commun est 1.

Diviseurs de 15 : 1 ; 3 ; 5 et 15.
Diviseurs de 28 : 1 ; 2 ; 4 ; 7 ; 14 et 28.
Le seul diviseur commun est 1, donc 15 et 28 sont premiers entre eux.

- **Décomposition en facteurs premiers**

Tout entier naturel non premier se décompose en produit de facteurs premiers.

$60 = \underbrace{2^2 \times 3 \times 5}_{\text{décomposition en facteurs premiers}}$

- **Fraction irréductible**

Une fraction $\frac{a}{b}$ $(b \neq 0)$ est irréductible quand a et b sont premiers entre eux.
Autrement dit, $\frac{a}{b}$ est irréductible lorsque a et b n'ont pas de diviseur commun autre que 1.

$\frac{15}{28}$ est une fraction irréductible car 15 et 28 sont premiers entre eux.

Calculs avec des fractions

Exemples

$b \neq 0$; $c \neq 0$ et $d \neq 0$.

- **Addition et soustraction**

▸ Lorsque les fractions ont le même dénominateur, on additionne les numérateurs :

$$\frac{a}{b} + \frac{c}{b} = \frac{a+c}{b}$$

$$\frac{3}{5} + \frac{6}{5} = \frac{3+6}{5} = \frac{9}{5}$$

▸ Lorsque les fractions n'ont pas le même dénominateur, on les réduit au même dénominateur :

$$\frac{a}{b} + \frac{c}{d} = \frac{ad}{bd} + \frac{cb}{bd} = \frac{ad+cb}{bd}$$

$$\frac{4}{7} - \frac{2}{3} = \frac{4 \times 3}{7 \times 3} - \frac{2 \times 7}{3 \times 7}$$

$$= \frac{12}{21} - \frac{14}{21} = \frac{-2}{21}$$

Calculs avec des fractions (suite)

- **Multiplication**

On multiplie les numérateurs entre eux et les dénominateurs entre eux :

$$\frac{a}{b} \times \frac{c}{d} = \frac{a \times c}{b \times d}$$

$$\frac{5}{3} \times \frac{4}{7} = \frac{5 \times 4}{3 \times 7} = \frac{20}{21}$$

- **Division**

Diviser par une fraction $\frac{c}{d}$ revient à multiplier par son inverse $\frac{d}{c}$:

$$\frac{a}{b} \div \frac{c}{d} = \frac{a}{b} \times \frac{d}{c} = \frac{a \times d}{b \times c}$$

($\frac{d}{c}$: inverse de $\frac{c}{d}$)

$$\frac{2}{9} \div \frac{3}{4} = \frac{2}{9} \times \frac{4}{3} = \frac{2 \times 4}{9 \times 3} = \frac{8}{27}$$

Opérations sur les puissances

$a \neq 0$; $b \neq 0$; m et n sont des entiers relatifs.

	Exemples
$a^n = \underbrace{a \times a \times \ldots \times a}_{n \text{ fois}}$	$5^3 = 5 \times 5 \times 5 = 125$
$a^{-n} = \frac{1}{a^n}$	$3^{-2} = \frac{1}{3^2} = \frac{1}{9}$
$a^1 = a$	$10^1 = 10$
$a^0 = 1$	$3^0 = 1$
$a^{-1} = \frac{1}{a}$	$4^{-1} = \frac{1}{4}$
$a^n \times a^m = a^{n+m}$	$3^2 \times 3^4 = 3^{2+4} = 3^6$
$\frac{a^n}{a^m} = a^{n-m}$	$\frac{10^5}{10^2} = 10^{5-2} = 10^3$
$(a^n)^m = a^{n \times m}$	$(3^2)^5 = 3^{2 \times 5} = 3^{10}$
$a^n \times b^n = (a \times b)^n$	$4^2 \times 3^2 = (4 \times 3)^2 = 12^2$

Puissances de 10 et écriture décimale

• $10^n = \underbrace{10 \times 10 \times \ldots \times 10}_{n \text{ facteurs } 10} = 1\underbrace{00\ldots000}_{n \text{ zéros}}$

• $10^{-n} = \dfrac{1}{10^n} = \dfrac{1}{\underbrace{100\ldots0}_{n \text{ zéros}}} = \underbrace{0{,}0\ldots}_{n \text{ zéros}}1 = \underbrace{0{,}0\ldots1}_{n \text{ chiffres après la virgule}}$

Exemples

$10^4 = \underbrace{10 \times 10 \times 10 \times 10}_{4 \text{ facteurs } 10}$

$= 1\underbrace{0000}_{4 \text{ zéros}}$

$10^{-3} = \dfrac{1}{10^3} = \dfrac{1}{1\underbrace{000}_{3 \text{ zéros}}}$

$= \underbrace{0{,}00}_{3 \text{ zéros}}1 = 0{,}\underbrace{001}_{3 \text{ chiffres après la virgule}}$

Écriture scientifique

• L'écriture scientifique d'un nombre positif est de la forme :

$a \times 10^n$

avec $1 \leqslant a < 10$ (pour a) ; entier relatif (pour n)

Exemples

$4\,200\,000 = 4{,}2 \times 10^6$

un seul chiffre (non nul) avant la virgule

$0{,}001\,9 = 1{,}9 \times 10^{-3}$

Racines carrées

• **Racine carrée d'un nombre positif**

La racine carrée d'un nombre positif x (notée $\sqrt{x}$) est le nombre positif dont le carré vaut x.

• **Carrés parfaits**

a	0	1	2	3	4	5	6	7	8	9	10	11	12
a^2	0	1	4	9	16	25	36	49	64	81	100	121	144

Ainsi $\sqrt{25} = 5$; $\sqrt{49} = 7$...

Exemples

$\sqrt{3}$ est le nombre positif dont le carré vaut 3 : $(\sqrt{3})^2 = 3$.

$\sqrt{16}$ est le nombre positif dont le carré vaut 16 : $\sqrt{16} = 4$ car $4^2 = 16$.

Développement

Exemples

- **Règles de distributivité**

▶ $a(b \pm c) = ab \pm ac$

$5(x - 3) = 5x - 15$

▶ $(a + b)(c + d) = ac + ad + bc + bd$

$(3 + x)(x - 2) = 3x - 6 + x^2 - 2x$
$= x^2 + x - 6$

- **Égalités remarquables**

▶ $(a + b)^2 = a^2 + 2ab + b^2$

$(x + 4)^2 = x^2 + 2 \times 4 \times x + 4^2$
$= x^2 + 8x + 16$

▶ $(a - b)^2 = a^2 - 2ab + b^2$

$(2x - 3)^2 = (2x)^2 - 2 \times 2x \times 3 + 3^2$
$= 4x^2 - 12x + 9$

▶ $(a + b)(a - b) = a^2 - b^2$

$(x - 5)(x + 5) = x^2 - 5^2 = x^2 - 25$

Factorisation

Exemples

- **Avec un facteur commun**

$\underline{a}b - \underline{a}c = \underline{a}(b - c)$

$x^2 - 3x = \underline{x} \times \underline{x} - \underline{x} \times 3$
$= \underline{x}(x - 3)$

$\underline{a}b + \underline{a}c = \underline{a}(b + c)$

$\underline{a}$ est un facteur commun.

$(\underline{x + 2})(x - 5) + (\underline{x + 2})(3x - 1)$
$= (\underline{x + 2})[(x - 5) + (3x - 1)]$
$= (\underline{x + 2})[x - 5 + 3x - 1]$
$= (\underline{x + 2})(4x - 6)$

- **Avec une égalité remarquable**

▶ $a^2 + 2ab + b^2 = (a + b)^2$

$x^2 + 2x + 1 = x^2 + 2 \times x \times 1 + 1^2$
$= (x + 1)^2$

▶ $a^2 - 2ab + b^2 = (a - b)^2$

$x^2 - 6x + 9 = x^2 - 2 \times 3 \times x + 3^2$
$= (x - 3)^2$

▶ $a^2 - b^2 = (a - b)(a + b)$

$(x + 3)^2 - 16$
$= (x + 3)^2 - 4^2$
$= (x + 3 - 4)(x + 3 + 4)$
$= (x - 1)(x + 7)$

$(2x + 3)^2 - (x + 1)^2$
$= [(2x + 3) + (x + 1)] \times [(2x + 3) - (x + 1)]$
$= (2x + 3 + x + 1) \times (2x + 3 - x - 1)$
$= (3x + 4)(x + 2)$

Résolution d'équations

- **Solution d'une équation**

Un nombre est solution d'une équation (E) quand il vérifie l'égalité correspondant à cette équation.

Exemples

(E) : $3x^2 + 7x = -4$

Le nombre -1 est solution de (E). En effet,

$$3 \times (-1)^2 + 7 \times (-1) = 3 \times 1 - 7 = 3 - 7 = -4$$

$a \neq 0$; $c \neq 0$.

- **Équation du 1er degré :**

$$ax + b = 0$$

On isole les « x » :

$$x = -\frac{b}{a}$$

$3x + 4 = 0$

$3x = -4$ (on retranche 4 de chaque côté)

$x = -\frac{4}{3}$ (on divise par 3 de chaque côté)

$-\frac{4}{3}$ est la solution de l'équation.

- **« Équation-produit nul » :**

$$(ax + b)(cx + d) = 0$$

Un produit de deux facteurs est nul si, et seulement si, l'un au moins des deux facteurs est nul :

$ax + b = 0$ ou $cx + d = 0$

$x = -\frac{b}{a}$ ou $x = -\frac{d}{c}$

$(2x + 1)(x + 2) = 0$

$2x + 1 = 0$ ou $x + 2 = 0$

$2x = -1$ ou $x = -2$

$x = -\frac{1}{2}$ ou $x = -2$

$-\frac{1}{2}$ et -2 sont les solutions de l'équation.

Résolution d'inéquations

- **Règles sur les inégalités**

On résout une inéquation de la même façon qu'une équation, en isolant les « x ».

Le sens de l'inégalité est conservé SAUF quand on multiplie ou divise par un nombre strictement négatif.

Exemples

$6x - 5 > 2x + 7$

$6x - 2x > 7 + 5$

$4x > 12$

$x > \frac{12}{4}$ (on ne change pas de sens, car on divise par 4)

$x > 3$

$3x - 2 < 5x + 6$

$3x - 5x < 6 + 2$

$-2x < 8$

$x > \frac{8}{-2}$ (on change de sens, car on divise par -2)

$x > -4$

Résolution d'inéquations (suite)

- **Représentation graphique**

- Les nombres strictement supérieurs à a sont colorés en rose.

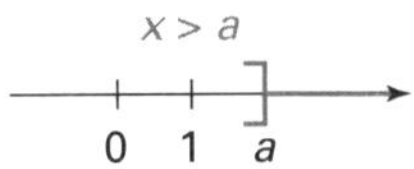

- Les nombres inférieurs ou égaux à a sont colorés en rose.

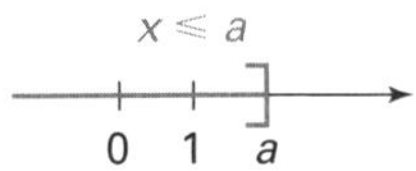

- Le crochet orienté vers l'intérieur de la zone rose indique que a est compris ; orienté vers l'extérieur, il indique que a n'est pas compris.

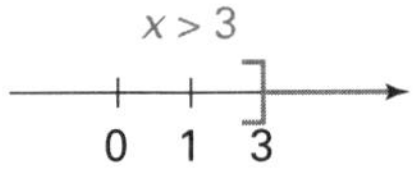

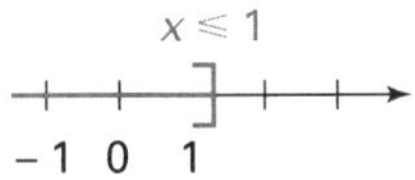

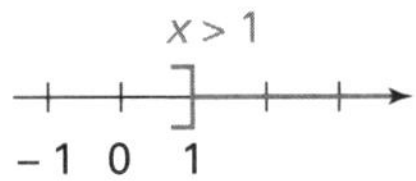

- **Solution d'une inéquation**

Un nombre est solution d'une inéquation (I) quand il vérifie l'inégalité correspondant à cette inéquation.

(I) : $-4x + 5 < 3x - 1$

Le nombre 2 est solution de (I).

En effet,

$$\left.\begin{array}{l} -4 \times 2 + 5 = -8 + 5 = -3 \\ 3 \times 2 - 1 = 6 - 1 = 5 \end{array}\right\} -3 < 5$$

2 Organisation et gestion de données, fonctions

Notion de fonction

• **Définition**

Une fonction f est un procédé qui, à chaque valeur de x, associe un unique nombre noté $f(x)$.

On note $x \mapsto f(x)$.

On lit : f est la fonction qui à x associe $f(x)$.

Exemples

fonction f

$x \longmapsto f(x)$

image de x par f

Il y a trois façons différentes de définir une fonction :

• **avec un graphique**

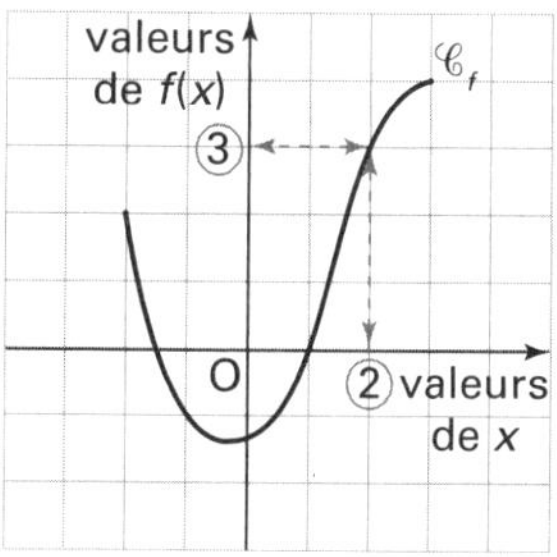

L'image de 2 par la fonction f est 3.

Un antécédent de 3 par la fonction f est 2.

• **avec un tableau de valeurs**

x	0	**1**	2	3	4
$g(x)$	−3	**0**	4	1	0

L'image de 1 par la fonction g est 0.

Un antécédent de 0 par la fonction g est 1.

• **avec une formule**

$h(x) = 3x^2 + 1$

$$h(2) = 3 \times 2^2 + 1$$
$$= 3 \times 4 + 1$$
$$= 12 + 1$$
$$= 13$$

L'image de 2 par la fonction h est 13.

Un antécédent de 13 par la fonction h est 2.

Fonctions affines

Exemples

- **Fonction affine**

Une fonction affine est une fonction qui à un nombre x associe le nombre $ax + b$ avec a et b donnés.
On écrit $x \mapsto ax + b$.
Toute fonction f qui s'écrit sous la forme $f(x) = ax + b$ est une fonction affine.

La fonction $x \mapsto -2x + 3$ est une fonction affine avec :
$a = -2$ et $b = 3$

- **Proportionnalité des accroissements**

Les accroissements de x et de $f(x)$ sont proportionnels.
Cela signifie que :
$$f(x_2) - f(x_1) = a(x_2 - x_1)$$
ou : $$a = \frac{f(x_2) - f(x_1)}{x_2 - x_1}$$

Soit f une fonction affine telle que $f(1) = 2$ et $f(3) = 5$.
$$a = \frac{f(3) - f(1)}{3 - 1}$$
$$a = \frac{5 - 2}{2}$$
$$a = \frac{3}{2}$$

- **Représentation graphique**

Dans tous les cas, une fonction affine se représente par une droite.

- Le nombre a « mesure » l'inclinaison de la droite par rapport à l'axe des abscisses (horizontal).
On parle de coefficient directeur de la droite.

- Le nombre b est l'ordonnée à l'origine de la droite : c'est l'« endroit » où la droite coupe l'axe des ordonnées (vertical).

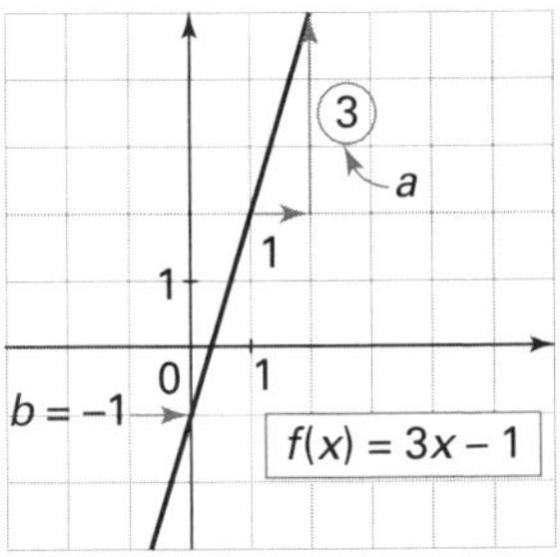

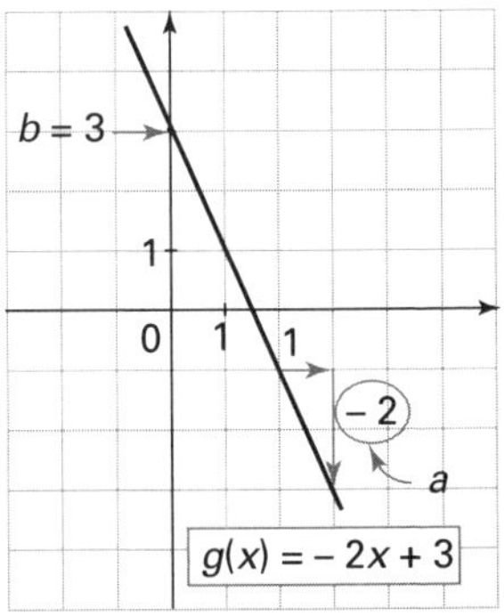

Fonctions linéaires

Une fonction linéaire f est une fonction qui à un nombre x associe le nombre $a \times x$ (soit ax).
On écrit $x \mapsto ax$ ou $f(x) = ax$.

Exemple

La fonction $x \mapsto 3x$ est la fonction linéaire de coefficient 3.

Proportionnalité – Ratio

- **Ratio**

On dit par exemple :
– que deux nombres a et b sont dans le ratio 2:3 si $\frac{a}{2} = \frac{b}{3}$. On a alors $\frac{a}{b} = \frac{2}{3}$;
– que trois nombres a, b et c sont dans le ratio 2:3:7 si $\frac{a}{2} = \frac{b}{3} = \frac{c}{7}$.

- **Proportionnalité**

Un tableau est dit de proportionnalité lorsque l'on passe d'une ligne à l'autre en multipliant par le même nombre.

- **Représentation graphique**

Dans tous les cas, une fonction linéaire se représente par une droite qui passe par l'origine du repère.

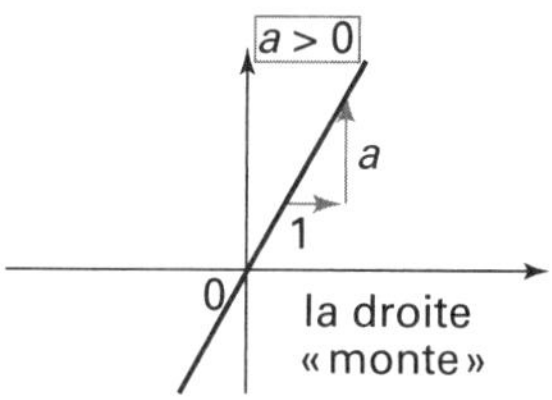

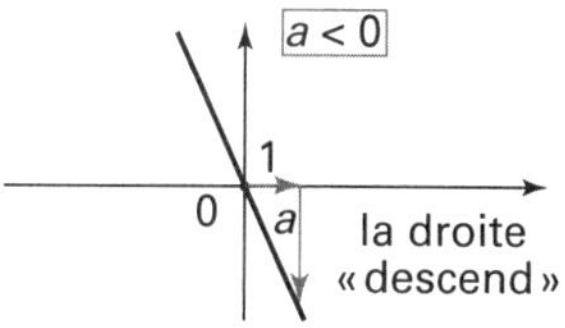

Exemples

Louise et Juliette doivent se partager 140 € dans le ratio 3:4.

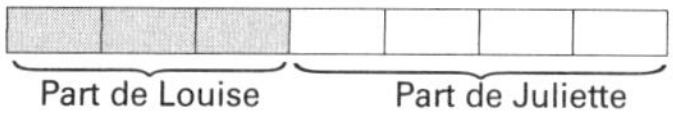

$140 = 7 \times 20$

$20 \times 3 = 60$ } Louise reçoit 60 €
$20 \times 4 = 80$ } et Juliette 80 €.

On a bien $\frac{60}{3} = \frac{80}{4}$ et $\frac{60}{80} = \frac{3}{4}$.

1	3	8
0,5	1,5	4

$\times 0{,}5$ coefficient de proportionnalité

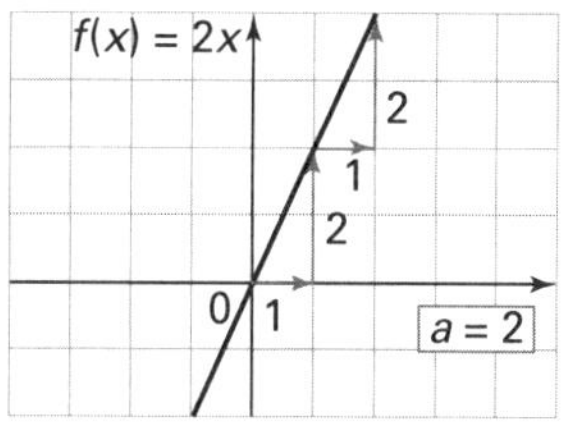

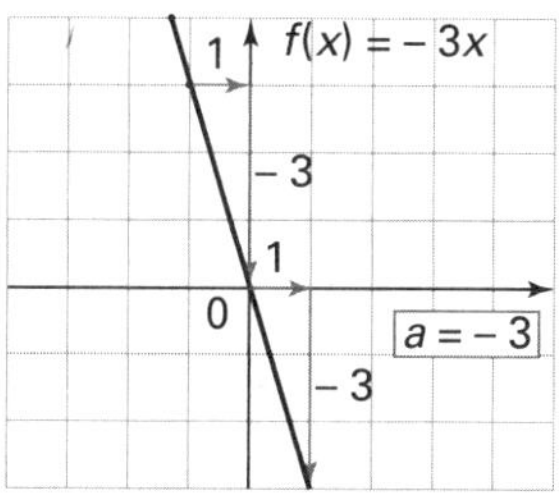

Pourcentages

- **Appliquer un pourcentage**
Prendre t % d'une quantité revient à la multiplier par $\frac{t}{100}$.

Exemples

5 % de 30 = $\frac{5}{100} \times 30 = 1,5$

- **Calculer une part en pourcentage**
Une partie A d'un ensemble E représente t % de E lorsque :

$$\frac{\text{Nombre d'éléments de A}}{\text{Nombre d'éléments de E}} = \frac{t}{100}$$

Dans une classe de 30 élèves, il y a 9 filles.

$$\frac{9}{30} = 0,3 = \frac{30}{100} = 30\,\%$$

Les filles représentent 30 % de l'effectif de la classe.

- **Augmenter en pourcentage**
Augmenter une quantité de t % revient à la multiplier par $\left(1 + \frac{t}{100}\right)$.

Augmenter de 17 %, c'est multiplier par $1 + \frac{17}{100} = 1,17$.

- **Diminuer en pourcentage**
Diminuer une quantité de t % revient à la multiplier par $\left(1 - \frac{t}{100}\right)$.

Diminuer de 15 %, c'est multiplier par $1 - \frac{15}{100} = 0,85$.

Représentations graphiques

Exemples

- **Diagramme circulaire ou « camembert »**
Chaque angle est proportionnel à l'effectif.

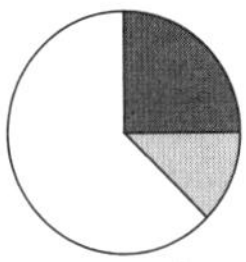

- **Diagramme en bâtons**
La hauteur des bâtons est proportionnelle à l'effectif.

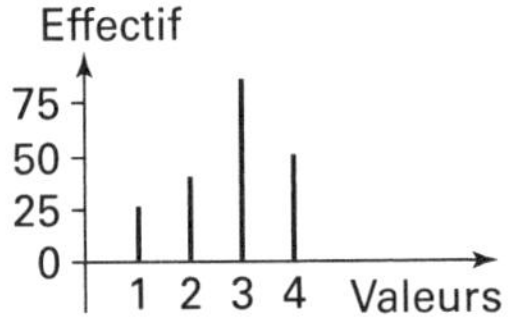

- **Histogramme**
L'aire des rectangles est proportionnelle à l'effectif.

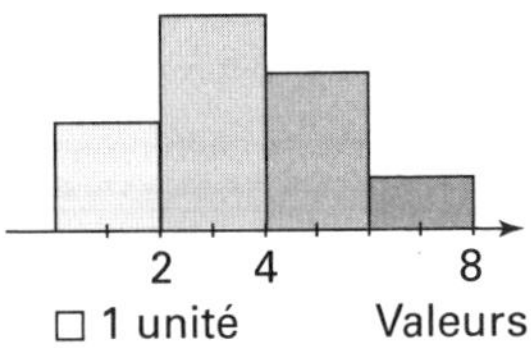

Indicateurs en statistiques

Exemples/Illustrations

- **Fréquence**

$$f = \frac{\text{Effectif}}{\text{Effectif total}} = \frac{n}{N}$$

Une fréquence est un nombre compris entre 0 et 1.

24 élèves sur un total de 32 pratiquent du sport.

La fréquence associée est $\frac{24}{32} = 0{,}75$.

- **Moyenne**

$$m = \frac{n_1x_1 + n_2x_2 + \ldots}{N}$$

x_1, x_2, ... : valeurs de la série
n_1, n_2, ... : effectifs associés
N : effectif total
($N = n_1 + n_2 + \ldots$).

x	0	1	2	3	4
Effectifs	4	5	8	7	3

$$m = \frac{4 \times 0 + 5 \times 1 + 8 \times 2 + 7 \times 3 + 3 \times 4}{4 + 5 + 8 + 7 + 3}$$

$m = 2$

Cas particulier : quand on travaille avec des intervalles (ou classes), on prend pour représentant le milieu de l'intervalle (centre de la classe).

Intervalle	[0 ; 5[	[5 ; 15[	[15 ; 25[
Effectifs	12	8	5

$$m = \frac{12 \times 2{,}5 + 8 \times 10 + 5 \times 20}{12 + 8 + 5}$$

$m = 8{,}4$

- **Médiane Me**

- Quand les termes de la série sont rangés par ordre croissant, c'est la valeur qui partage une série en deux groupes de même effectif.

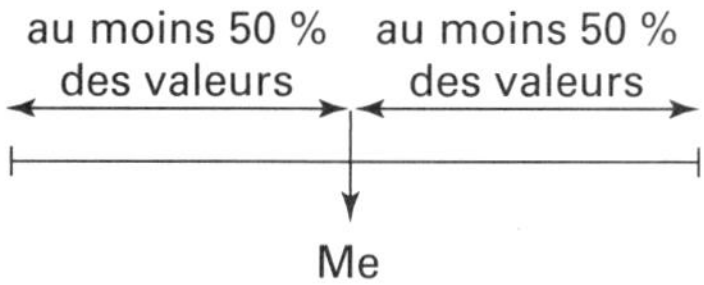

- Si la série compte un nombre pair de termes, Me est la demi-somme des deux termes « centraux ».

La série a un nombre pair de termes :

4 (5 7) 12

$$\text{Me} = \frac{5 + 7}{2} = 6$$

- Si la série compte un nombre impair de termes, Me est égale au terme « central ».

La série a un nombre impair de termes :

4 5 (7) 12 19

Me = 7

- **Étendue**

C'est la différence entre les valeurs extrêmes d'une série.

4 – 5 – 7 – 12 – 19
L'étendue vaut 19 – 4 = 15.

Probabilités

	Exemples
• Issues – Évènements	
◗ Une expérience est dite aléatoire lorsque l'on ne peut pas prévoir de manière certaine quel résultat elle produira.	Lancer un dé à 6 faces est une expérience aléatoire.
◗ Les issues sont les résultats possibles de l'expérience.	Les issues sont : 1 ; 2 ; 3 ; 4 ; 5 ; 6.
◗ Un évènement est constitué par des issues.	A : « obtenir un multiple de 3 » est un évènement composé de deux issues, 3 et 6.
• Probabilité	
◗ La probabilité d'une issue est un nombre compris entre 0 et 1.	Toutes les issues ont la même probabilité : $\frac{1}{6}$.
◗ La probabilité d'un évènement est la somme des probabilités des issues qui le composent.	La probabilité de l'évènement A est $p(\text{A}) = \frac{1}{6} + \frac{1}{6} = \frac{1}{3}$.
◗ Lorsque dans une expérience aléatoire, toutes les issues ont la même probabilité de se réaliser, on calcule la probabilité d'un évènement par : $\frac{\text{nombre d'issues qui réalisent l'évènement}}{\text{nombre total d'issues}}$	ou $p(\text{A}) = \frac{\text{nombre d'issues qui réalisent A}}{\text{nombre total d'issues}}$ $p(\text{A}) = \frac{2}{6} = \frac{1}{3}$.
• Évènements incompatibles, évènements contraires	
◗ Deux évènements sont incompatibles s'ils ne peuvent se réaliser en même temps.	Soit B l'évènement « obtenir le chiffre 5 ». Les évènements A et B sont incompatibles.
◗ L'évènement contraire de A est l'évènement qui se réalise lorsque A ne se réalise pas. On le note non A. On a la relation : $p(\text{A}) + p(\text{non A}) = 1$	L'évènement contraire de A est l'évènement constitué des quatre issues 1 ; 2 ; 4 ; 5. $p(\text{non A}) = 1 - p(\text{A}) = 1 - \frac{1}{3} = \frac{2}{3}$

3 Grandeurs et mesures

Grandeurs composées

• Vitesse

$$\text{Vitesse} = \frac{\text{Distance} \to \text{en km}}{\text{Temps} \to \text{en h}}$$

Vitesse ↓ en km/h

• Consommation d'électricité

Consommation d'électricité = Puissance × Durée

Consommation d'électricité ↓ en kWh ; Puissance ↓ en kW ; Durée ↓ en h

• Débit

$$\text{Débit} = \frac{\text{Volume} \to \text{en m}^3}{\text{Durée} \to \text{en s}}$$

Débit ↓ m^3/s

• Masse volumique

$$\text{Masse volumique} = \frac{\text{Masse} \to \text{en kg}}{\text{Volume} \to \text{en m}^3}$$

Masse volumique ↓ kg/m^3

Exemples

Un mobile évolue à la vitesse de 14 m/s (v en m/s) pendant 8 s (t en s).

De $v = \frac{d}{t}$, on déduit $d = v \times t$.

Il parcourt alors la distance d telle que : $d = 14 \times 8 = 112$ m.

Un aspirateur affiche une puissance P de 1800 kW. On l'utilise 15 minutes ($t = 15 \text{ min} = \frac{15}{60} \text{ h} = 0{,}25 \text{ h}$).

Il consomme la quantité d'énergie E telle que :

$E = P \times t = 1\,800 \times 0{,}25 = 450$ kWh.

Le débit D d'une fontaine est de 30 L/h. On veut remplir une bouteille de 2 L (vol en L).

De débit $= \frac{\text{vol}}{t}$, il vient $t = \frac{\text{vol}}{\text{débit}}$.

Le temps t de remplissage de la bouteille est :

$t = \frac{2}{30} \text{ h} = \frac{1}{15} \text{ h} = \frac{1}{15} \times 60 \text{ min} = 4 \text{ min}$.

25120 kg d'acier (m en kg) occupent un volume de 3,2 m^3 ($\mathcal{V}$ en m^3).

La masse volumique ρ de l'acier est :

$\rho = \frac{m}{\mathcal{V}} = \frac{25\,120}{3{,}2} = 7\,850 \text{ kg/m}^3$.

Tableaux d'unités

Masse

t tonne	q quintal	╳	kg	hg	dag	g	dg	cg	mg

Exemples

2570 kg = 2,5 t
39 g = 0,039 kg

Capacité

╳	hL	daL	L	dL	cL	mL

15 cL = 0,15 L

Longueur

km	hm	dam	m	dm	cm	mm

6,9 km = 6900 m
45 mm = 4,5 cm

Aire

km^2	hm^2	dam^2	m^2	dm^2	cm^2	mm^2

5,7 km^2 = 5700000 m^2
0,89 m^2 = 8900 cm^2

Volume

m^3	dm^3	cm^3	mm^3

1 m^3 = 1000000 cm^3
3700 cm^3 = 0,0037 m^3

- **Conversions L en m^3**

1 L = 1 dm^3
1000 L = 1 m^3

1,5 L = 1,5 dm^3 = 0,0015 m^3
18000 L = 18 × 1000 L = 18 m^3

- **Conversions de temps**

$1 \text{ min} = 60 \text{ s} = \frac{1}{60} \text{ h}$

1 h = 60 min = 3600 s

$$\begin{aligned} 3 \text{ h } 27 \text{ min } 14 \text{ s} &= (3 \times 60 + 27) \text{ min } 14 \text{ s} \\ &= 207 \text{ min } 14 \text{ s} \\ &= (207 \times 60 + 14) \text{ s} \\ &= 12434 \text{ s} \end{aligned}$$

$$\begin{aligned} 2 \text{ min } 7 \text{ s} &= 2 \text{ min} + \frac{7}{60} \text{ min} \\ &= \frac{127}{60} \text{ min} = \left(\frac{127}{60}\right) \times \frac{1}{60} \text{ h} \\ &= \frac{127}{3600} \text{ h} \end{aligned}$$

Périmètres et aires

Illustrations

- **Disque**

◗ Périmètre : $2\pi R$

◗ Aire : πR^2

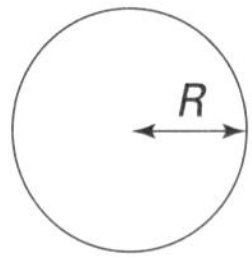

- **Triangle**

◗ Aire : $\dfrac{b \times h}{2}$

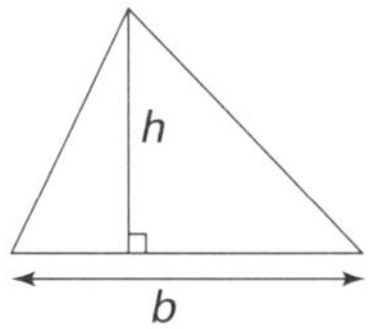

- **Carré**

◗ Périmètre : $4c$

◗ Aire : c^2

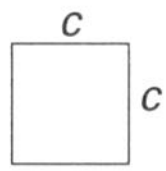

- **Rectangle**

◗ Périmètre : $2(L + \ell)$

◗ Aire : $L \times \ell$

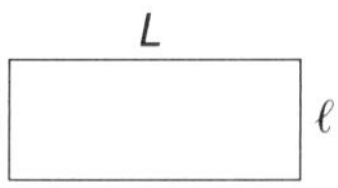

- **Parallélogramme**

◗ Aire : $b \times h$

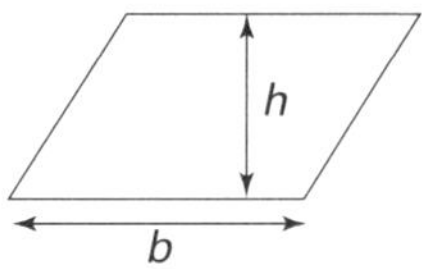

- **Losange**

◗ Aire : $\dfrac{D \times d}{2}$

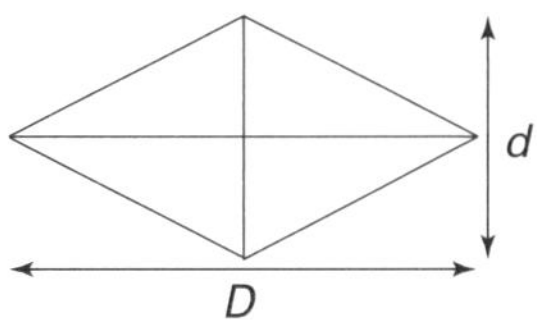

- **Trapèze**

◗ Aire : $\dfrac{(B + b) \times h}{2}$

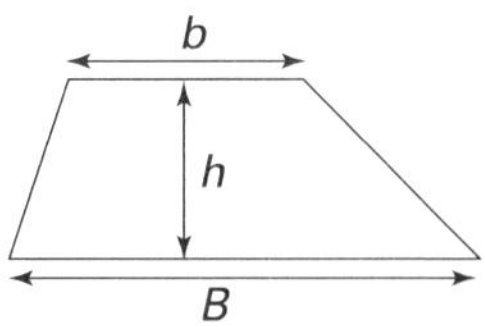

Volumes et aires latérales

Illustrations

- **Sphère, boule**

▶ Aire : $4\pi R^2$

▶ Volume : $\frac{4}{3}\pi R^3$

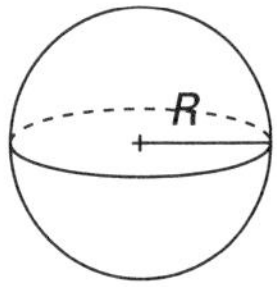

- **Cube**

▶ Aire : $6c^2$

▶ Volume : c^3

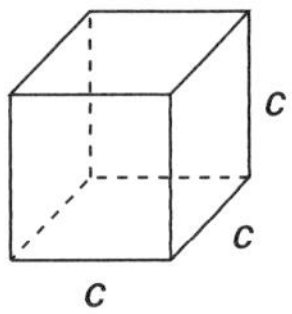

- **Pavé droit**

▶ Aire : $2(Lh + \ell h + L\ell)$

▶ Volume : $L \times \ell \times h$

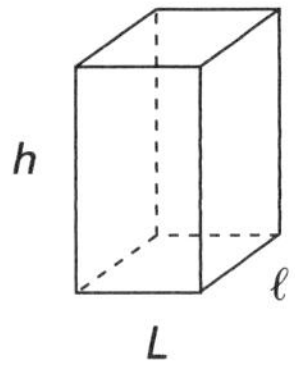

- **Pyramide**

▶ Volume : $\frac{1}{3}\mathcal{B} \times h$

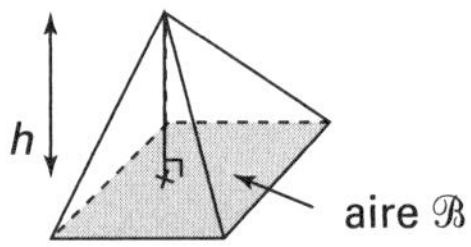

- **Cône de révolution**

▶ Volume : $\frac{1}{3}\pi R^2 h$

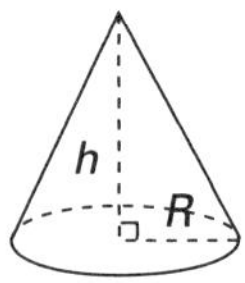

- **Cylindre de révolution**

▶ Aire : $2\pi Rh$

▶ Volume : $\pi R^2 h$

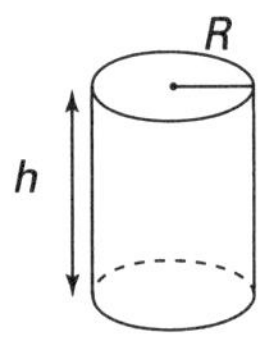

- **Prisme droit**

▶ Volume : $\mathcal{B} \times h$.

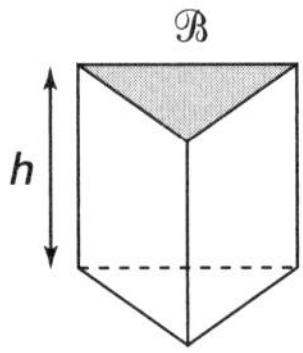

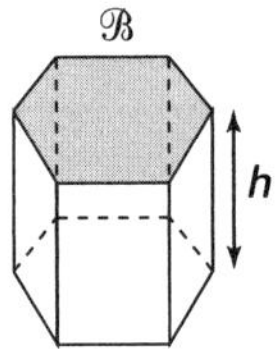

4 Espace et géométrie

Triangles particuliers

Illustrations

• Triangle isocèle
- 2 côtés de même longueur.
- 2 angles de même mesure.

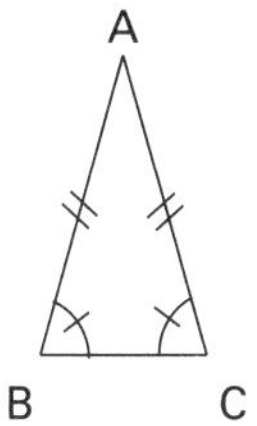

• Triangle équilatéral
- 3 côtés de même longueur.
- 3 angles de même mesure (60°).

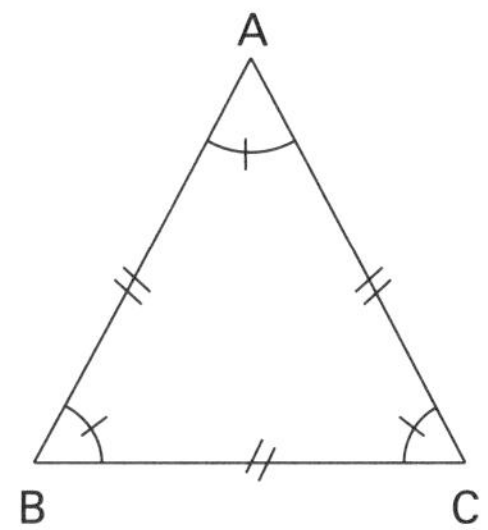

• Triangle rectangle
- 1 angle droit.

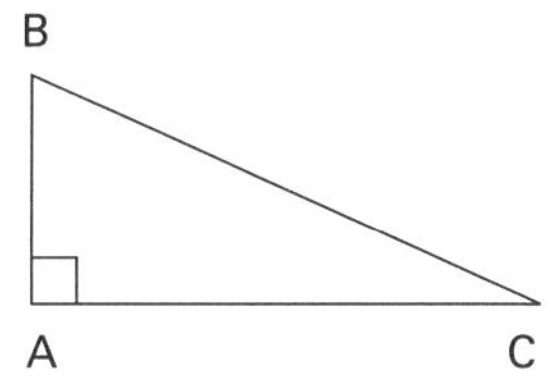

• Triangle rectangle isocèle
- 1 angle droit.
- 2 côtés de même longueur.
- 2 angles de même mesure (45°).

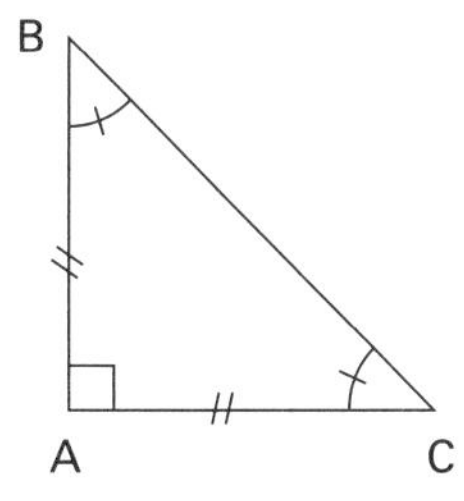

Quadrilatères particuliers

Illustrations

- **Parallélogramme**

◗ Les côtés opposés sont parallèles deux à deux.
◗ Les côtés opposés sont de même longueur deux à deux.
◗ Les diagonales se coupent en leur milieu.
◗ Les angles opposés sont de même mesure.
◗ Deux angles consécutifs sont supplémentaires.

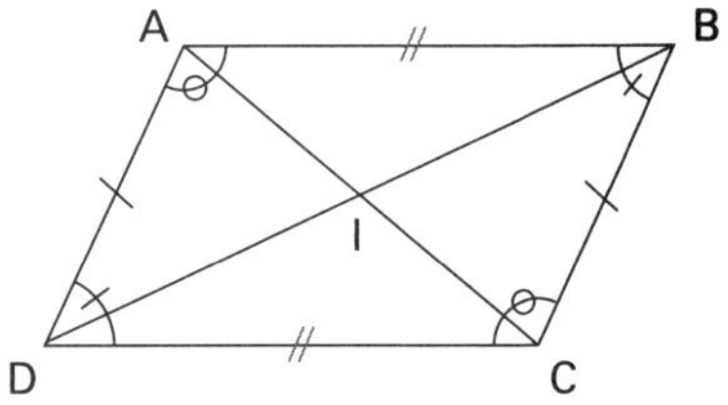

I milieu de [AC] et [BD]

- **Rectangle**

C'est un parallélogramme avec :
◗ 4 angles droits ;
◗ les diagonales de même longueur.

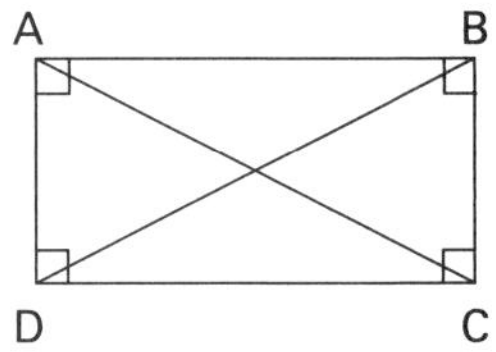

AC = BD

- **Losange**

C'est un parallélogramme avec :
◗ les diagonales perpendiculaires ;
◗ 4 côtés de même longueur.

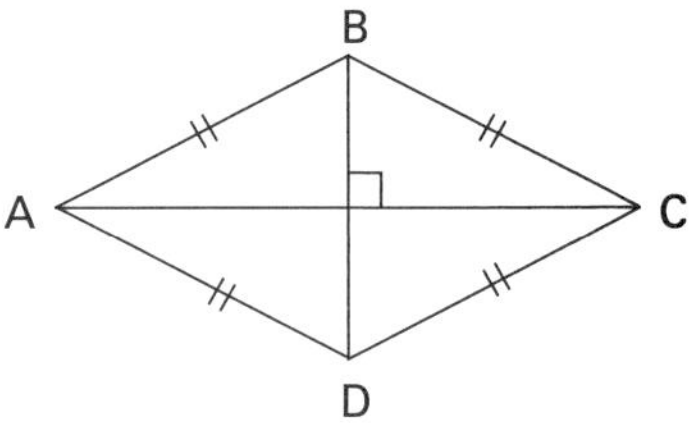

- **Carré**

C'est un losange et un rectangle.

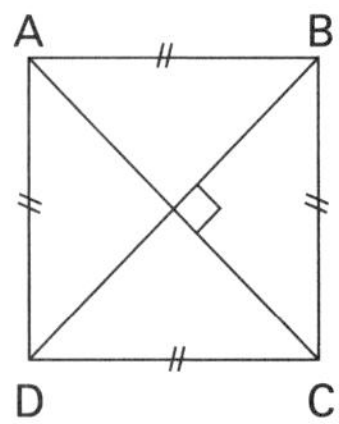

- **Trapèze**

2 côtés opposés parallèles.

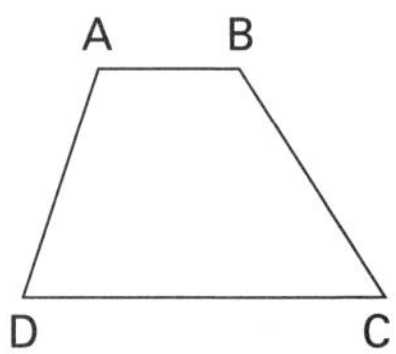

Angles : égalités caractéristiques

Illustrations

- **Angle aigu**
Angle dont la mesure est comprise entre 0° et 90°.

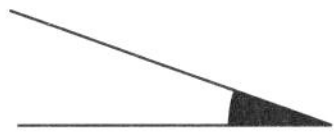

- **Angle obtus**
Angle dont la mesure est comprise entre 90° et 180°.

- **Angles opposés par le sommet**
$\widehat{A} = \widehat{B}$

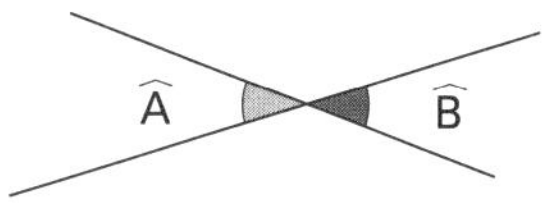

- **Angles supplémentaires**
$\widehat{A} + \widehat{B} = 180°$

- **Angles complémentaires**
$\widehat{A} + \widehat{B} = 90°$

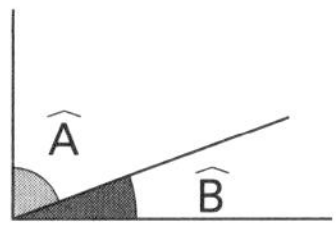

- **Angles alternes-internes**
$\widehat{A} = \widehat{B}$

- **Angles alternes-externes**
$\widehat{C} = \widehat{D}$

$\mathscr{D}$ et $\mathscr{D}'$ sont parallèles

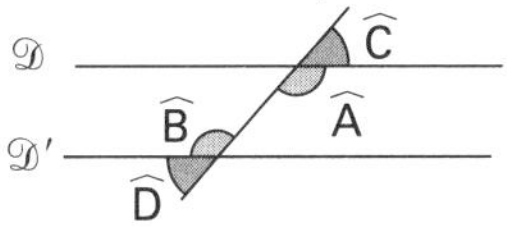

- **Angles correspondants**
$\widehat{A} = \widehat{B}$

$\mathscr{D}$ et $\mathscr{D}'$ sont parallèles

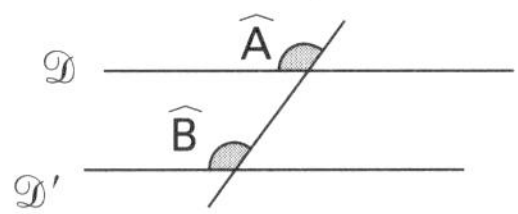

- **Angles dans un triangle**
$\widehat{A} + \widehat{B} + \widehat{C} = 180°$

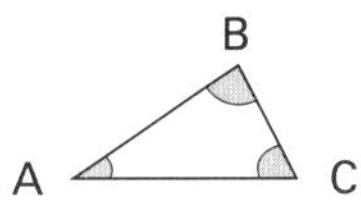

Théorèmes et propriétés

Illustrations

- **Droites parallèles et perpendiculaires**

◗ $\left.\begin{array}{l}\mathcal{D}_1 \,//\, \mathcal{D} \\ \mathcal{D}_2 \,//\, \mathcal{D}\end{array}\right\}$ alors $\mathcal{D}_1 \,//\, \mathcal{D}_2$

Deux droites parallèles à une même troisième droite sont parallèles entre elles.

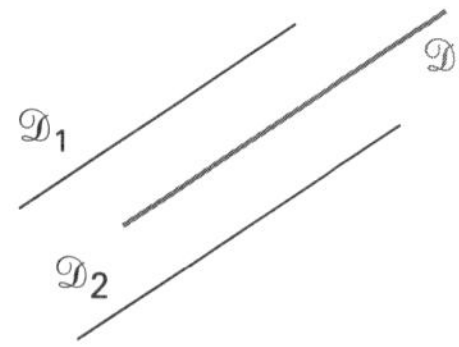

◗ $\left.\begin{array}{l}\mathcal{D}_1 \perp \mathcal{D} \\ \mathcal{D}_2 \perp \mathcal{D}\end{array}\right\}$ alors $\mathcal{D}_1 \,//\, \mathcal{D}_2$

Deux droites perpendiculaires à une même droite sont parallèles entre elles.

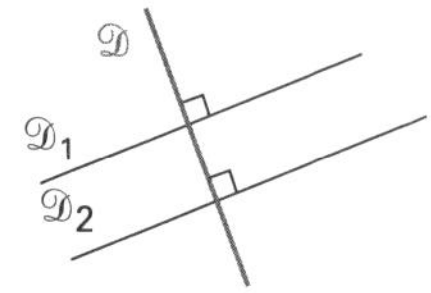

◗ $\left.\begin{array}{l}\mathcal{D}_1 \,//\, \mathcal{D}_2 \\ \mathcal{D} \perp \mathcal{D}_1\end{array}\right\}$ alors $\mathcal{D} \perp \mathcal{D}_2$

Lorsque deux droites sont parallèles, toute perpendiculaire à l'une est perpendiculaire à l'autre.

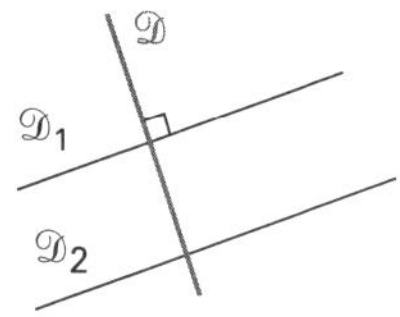

- **Triangle et droite des milieux**

◗ Si, dans un triangle, une droite passe par les milieux de deux côtés, alors elle est parallèle au troisième côté. De plus, le segment joignant les milieux des deux côtés mesure la moitié du troisième côté.

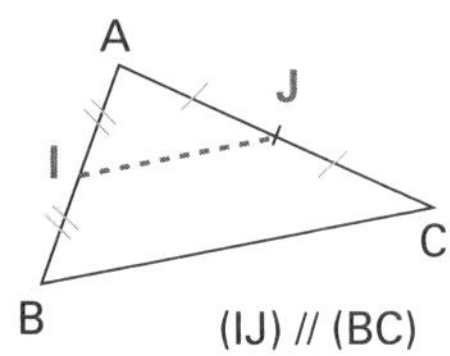

(IJ) // (BC)

$IJ = \frac{1}{2} BC$

◗ Dans un triangle, si une droite passe par le milieu d'un côté et est parallèle à un deuxième côté, alors elle coupe le troisième côté en son milieu.

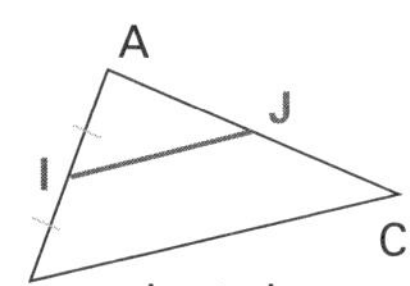

J est alors le milieu de [AC].

- **Triangle et cercles**

◗ Si un triangle est inscrit dans un cercle et a pour côté un diamètre, alors il est rectangle.

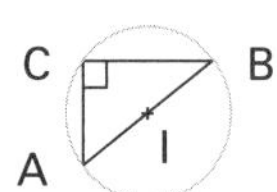

◗ Dans un triangle rectangle, le centre du cercle circonscrit est le milieu de l'hypoténuse.

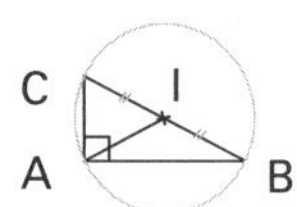

IA = IB = IC

Droites remarquables et triangles

Illustrations

- **Médiatrice**

Droite passant par le milieu d'un côté perpendiculairement à ce côté.

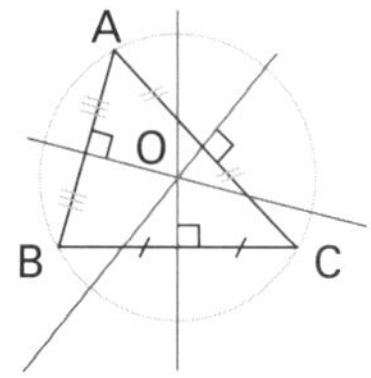

O : centre du cercle circonscrit au triangle ABC

Remarque : la médiatrice *d* du segment [AB] est l'ensemble des points équidistants de A et de B.
M ∈ *d* si et seulement si MA = MB.

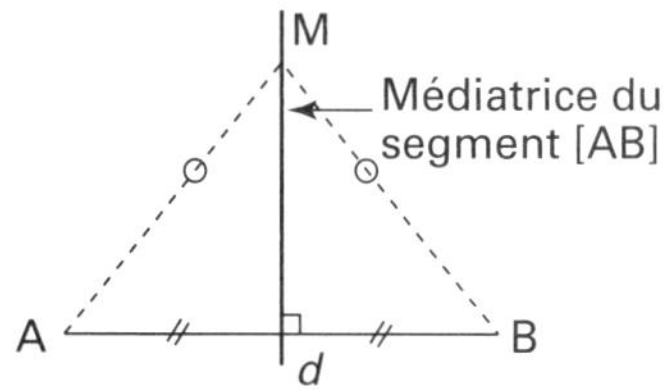

- **Médiane**

Droite passant par un sommet et par le milieu du côté opposé.

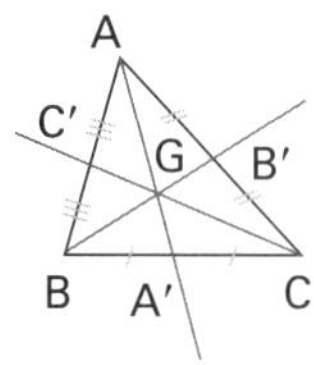

G : centre de gravité du triangle ABC

$$AG = \frac{2}{3} AA'$$

- **Hauteur**

Droite passant par un sommet perpendiculairement au côté opposé.

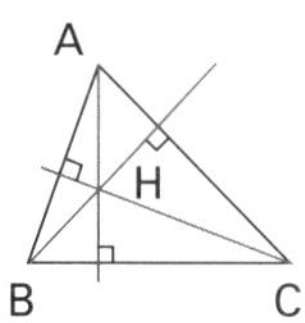

H : orthocentre du triangle ABC

- **Bissectrice**

Droite partageant un angle en deux angles de même mesure.

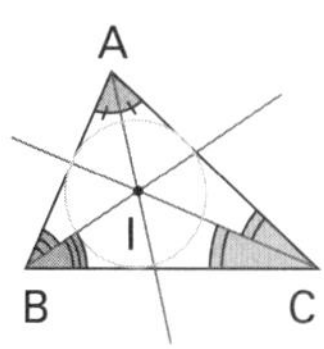

I : centre du cercle inscrit au triangle ABC

Transformations du plan

Illustrations

• La symétrie axiale

Le symétrique d'un point A par rapport à une droite *d* est le point A′ tel que *d* soit la médiatrice du segment [AA′].

Sur la figure ci-contre, le triangle ABC a pour image le triangle A′B′C′ dans la symétrie d'axe *d*.

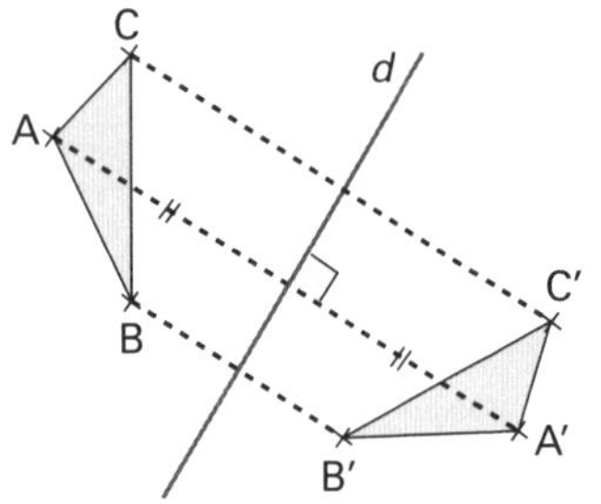

• La symétrie centrale

Le symétrique d'un point A par rapport à un point O est le point A′ tel que O soit le milieu du segment [AA′].

Sur la figure ci-contre, le triangle ABC a pour image le triangle A′B′C′ dans la symétrie de centre O.

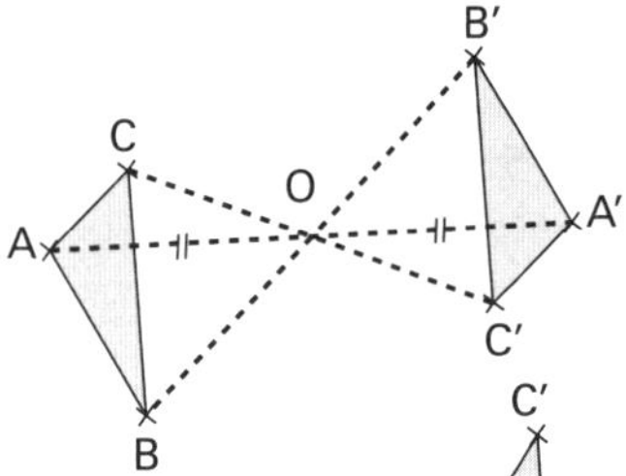

• La translation

L'image d'un point A par une translation est un point A′ obtenu par un déplacement (caractérisé par une direction, un sens et une longueur) du point A.

Sur la figure ci-contre, le triangle ABC a pour image A′B′C′ dans la translation qui transforme A en A′.

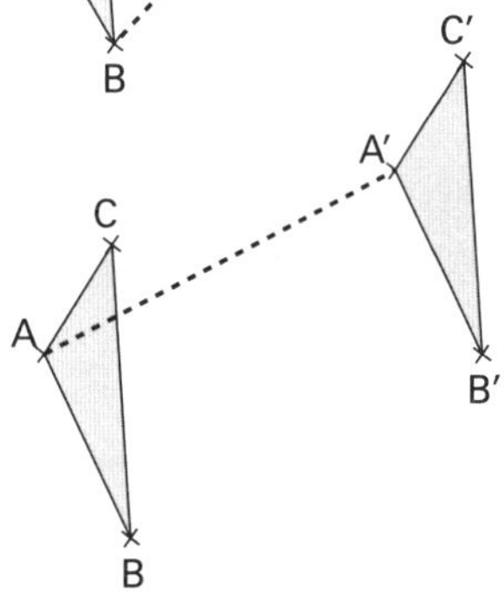

• La rotation

L'image d'un point A par la rotation de centre O et d'angle α est le point A′ tel que :

- OA = OA′.
- $\widehat{AOA'} = \alpha$.

Le sens de la rotation est le sens inverse des aiguilles d'une montre.

Sur la figure ci-contre, le triangle ABC a pour image le triangle A′B′C′ dans la rotation de centre O et d'angle $\alpha = 60°$.

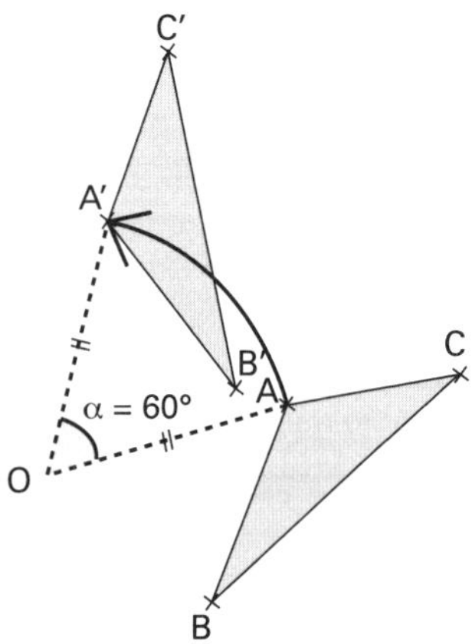

Transformations du plan (suite)

- **L'homothétie**

L'image d'un point A par l'homothétie de centre O et de rapport $k \neq 0$ est le point A' tel que :

- $OA' = k \times OA$ si $k > 0$.
- $OA' = -k \times OA$ si $k < 0$.
- $A' \in [OA)$ si $k > 0$.
- $O \in [AA']$ si $k < 0$.

Illustrations

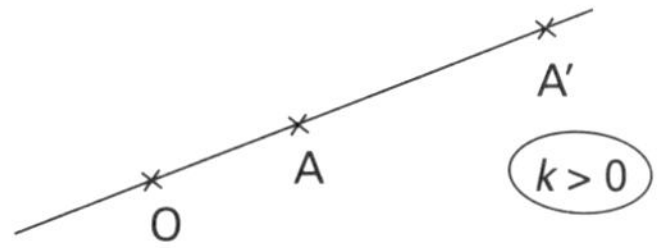

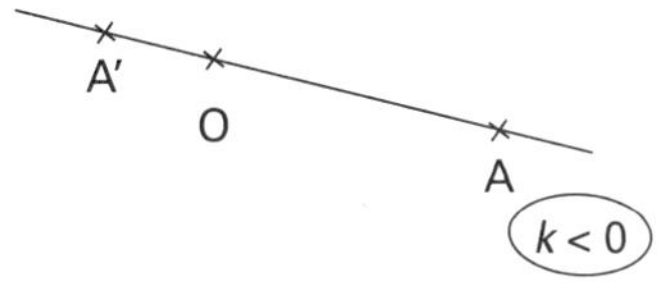

Sur les figures ci-contre, le triangle ABC a pour image le triangle A'B'C' dans l'homothétie de centre O et de rapport k.

- Si $k > 1$ ou $k < -1$, la figure image est un agrandissement de la figure de départ.

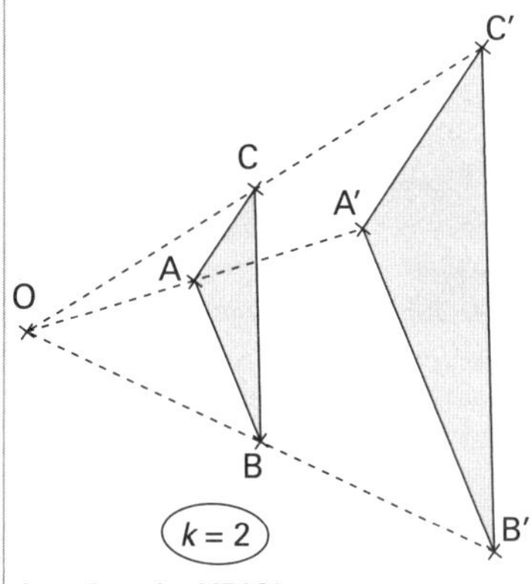

Le triangle A'B'C' est un agrandissement du triangle ABC de rapport 2.

- Si $-1 < k < 0$ ou $0 < k < 1$, la figure image est une réduction de la figure de départ.

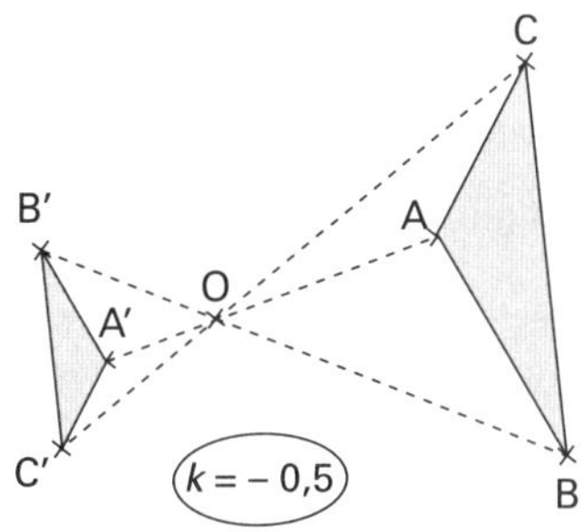

Le triangle A'B'C' est une réduction du triangle ABC de rapport 0,5.

Pythagore

• Théorème de Pythagore
Si le triangle ABC est rectangle en A, alors : $BC^2 = AB^2 + AC^2$.

• Réciproque du théorème de Pythagore
Si dans un triangle (où [BC] est le plus grand côté), on a :

$$BC^2 = AB^2 + AC^2$$

alors le triangle ABC est rectangle en A.

• Attention : si $BC^2 \neq AB^2 + AC^2$, alors le triangle ABC n'est pas rectangle (en A) d'après la contraposée du théorème de Pythagore.

Illustrations

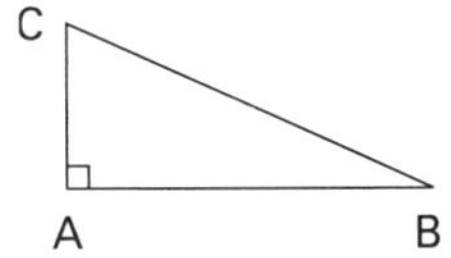

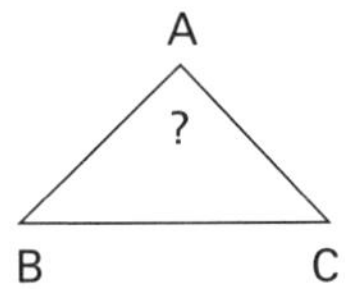

Thalès

• Les configurations de Thalès

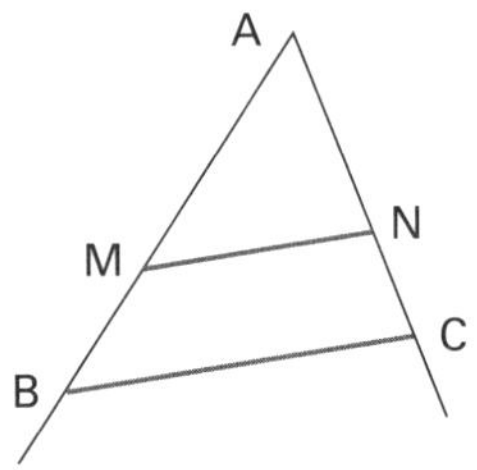

(MN) et (BC) sont parallèles

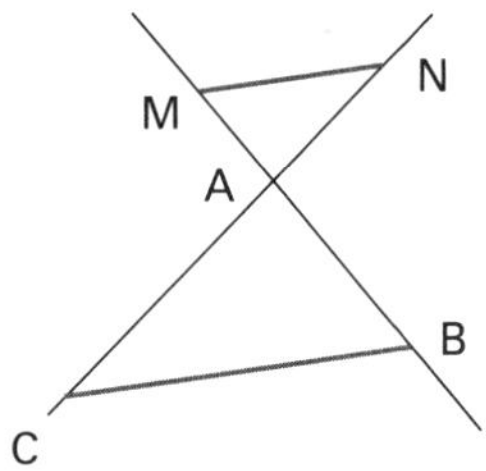

• Théorème de Thalès
Si (MN) et (BC) sont parallèles et si les triangles ABC et AMN sont en configuration de Thalès, alors $\frac{AM}{AB} = \frac{AN}{AC} = \frac{MN}{BC}$.

• Réciproque du théorème de Thalès
Si les points A, M et B d'une part, A, N et C d'autre part sont alignés dans le même ordre et si $\frac{AM}{AB} = \frac{AN}{AC}$, alors les droites (MN) et (BC) sont parallèles.

• Attention : si $\frac{AM}{AB} \neq \frac{AN}{AC}$, alors les droites (MN) et (BC) ne sont pas parallèles d'après la contraposée du théorème de Thalès.

Agrandissement – Réduction

• **Définition**

Dans un agrandissement ou une réduction de rapport k ($k > 0$), les longueurs sont multipliées par k.
k est le coefficient d'agrandissement ou de réduction.
Pour un agrandissement : $k > 1$.
Pour une réduction : $k < 1$.

• **Propriétés**

Dans un agrandissement ou une réduction de rapport k, les aires sont multipliées par k^2 et les volumes sont multipliés par k^3.

Illustration

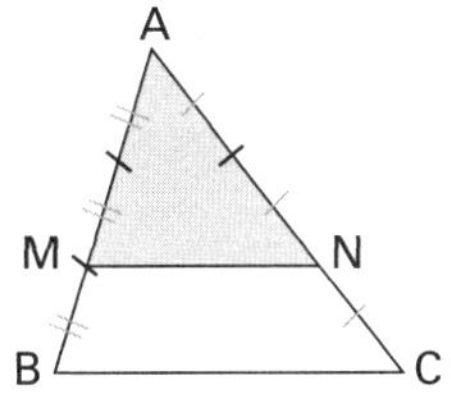

Le triangle AMN est une réduction du triangle ABC de rapport :

$$k = \frac{AM}{AB} = \frac{2}{3}.$$

Le triangle ABC est un agrandissement du triangle AMN de rapport :

$$k = \frac{AB}{AM} = \frac{3}{2} = 1,5.$$

$$\mathscr{A}_{AMN} = \left(\frac{2}{3}\right)^2 \times \mathscr{A}_{ABC}$$

Triangles semblables

• Deux triangles sont semblables ou de même forme si les angles de l'un sont égaux aux angles de l'autre.

• Deux triangles sont semblables si et seulement s'ils ont leurs côtés deux à deux proportionnels, autrement dit, si l'un est l'agrandissement/réduction de l'autre.

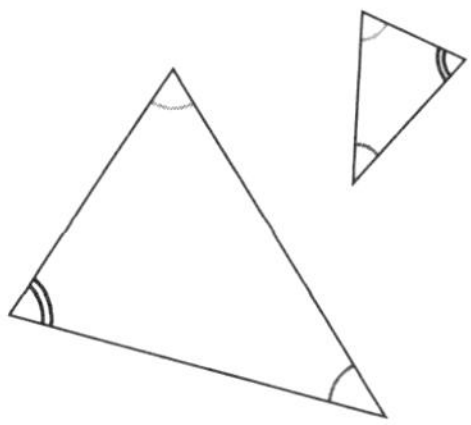

Trigonométrie

• **Dans un triangle ABC rectangle en A**

$$\cos \widehat{B} = \frac{\text{Côté adjacent à } \widehat{B}}{\text{Hypoténuse}} = \frac{AB}{BC}$$

$$\sin \widehat{B} = \frac{\text{Côté opposé à } \widehat{B}}{\text{Hypoténuse}} = \frac{AC}{BC}$$

$$\tan \widehat{B} = \frac{\text{Côté opposé à } \widehat{B}}{\text{Côté adjacent à } \widehat{B}} = \frac{AC}{AB}$$

Illustration

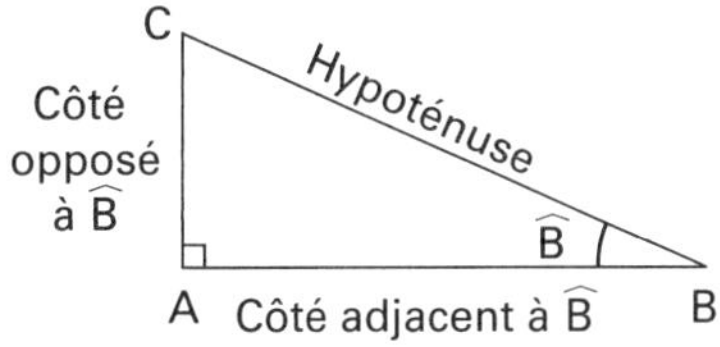

Sections planes

Illustrations

- **d'un parallélépipède rectangle**

◗ par un plan parallèle à une face est un rectangle de même dimension que la face.

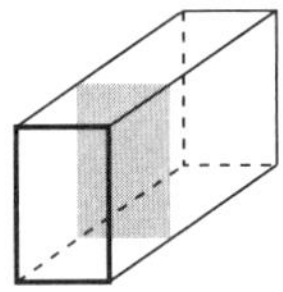

◗ par un plan parallèle à une arête est un rectangle dont l'un des côtés a la longueur de l'arête.

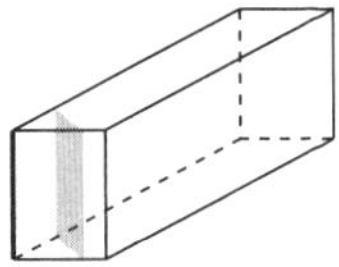

- **d'un cylindre de révolution**

◗ par un plan parallèle à sa base (et donc perpendiculaire à son axe) est un cercle de même rayon que le cercle de base.

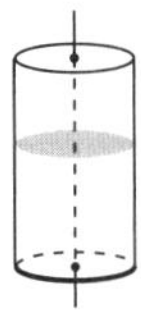

◗ par un plan parallèle à son axe est un rectangle dont l'un des côtés a pour longueur la hauteur du cylindre.

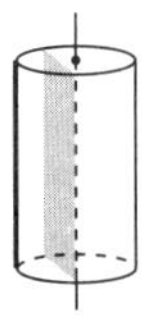

- **d'un cône de révolution**

par un plan parallèle à sa base (et donc perpendiculaire à son axe) est un cercle. Ce cercle est une réduction de celui de la base.

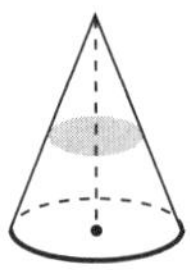

- **d'une pyramide**

par un plan parallèle à sa base est un polygone de même forme que le polygone de base (c'en est une réduction).

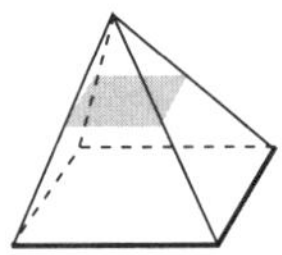

- **d'une sphère**

◗ Si OH < *R*,
la section de la sphère par le plan perpendiculaire à (OH) passant par H est un cercle.

◗ Si OH = *R*,
le plan et la sphère sont tangents. Ils ont un seul point commun, H.

◗ Si OH > *R*,
le plan et la sphère n'ont aucun point commun.

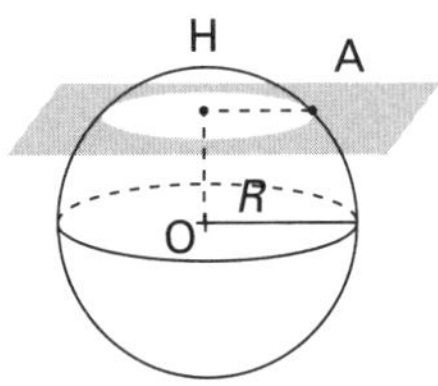

5 Algorithmique et programmation

Illustrations

- **Algorithme**

Un algorithme est une suite finie d'instructions, à appliquer dans un ordre déterminé, qui permet d'obtenir un résultat.

Une recette de cuisine est un algorithme.

- **Variable**

Une variable est désignée par un nom. Elle peut prendre différentes valeurs (un nombre, une liste de nombres, un mot…) et évoluer au cours des instructions.

Avec Scratch

On crée les variables à partir du menu **Données**

- **Boucles**

Une boucle permet de répéter un certain nombre de fois une même séquence d'instructions.

Boucle « répéter *n* fois ».

- **Instructions conditionnelles**

Pour que des instructions ne soient effectuées que sous certaines conditions, on utilise les instructions conditionnelles.

Instruction « Si… Alors… » ou « Si… Alors… Sinon ».

Instruction « Répéter jusqu'à… ».

Crédits photographiques

p. 92 ADOBE STOCK PHOTO / Nikita Starichenko ; **p. 143** ADOBE STOCK PHOTO / Ayamap ; **p. 144** ADOBE STOCK PHOTO / Dmitry Vereshchagin ; **p. 161** ADOBE STOCK PHOTO / nethuz ; **p. 162** ADOBE STOCK PHOTO / DreanA ; **p. 163** ADOBE STOCK PHOTO / Jean-Paul Comparin ; **p. 164** ADOBE STOCK PHOTO / nikitos77 ; **p. 170** Leoh Ming Pei / Shutterstock / © Zoran Karapancev.

Dépôt légal : août 2021 - N° de projet : 10269602
Imprimé en France par Maury-Imprimeur
45330 Malesherbes
N° d'imprimeur : 255506

MIXTE
Papier issu de sources responsables
FSC® C022030
FSC www.fsc.org

Nathan est un éditeur qui s'engage pour la préservation de son environnement et qui utilise du papier fabriqué à partir de bois provenant de forêts gérées de manière responsable et contrôlée.